Thomas A. Ruhk · *Strohbär*

Gartenstraße 10, D-55469 Simmern
Telefon (0 67 61) 71 42

www.pandion-verlag.de

Originalveröffentlichung
Erstausgabe September 2007

4. Auflage Juli 2009

Titelfoto und Autorenporträt:

ISBN 978-3-934524-90-3

Thomas A. Ruhk

STROHBÄR

Kriminalroman

PANDION

Für Susanne,
Jannis und Elea

„Um die Wahrheit zu schützen,
braucht es einen Wall aus Lügen.“

Winston Churchill

Einleitung

In Mittel- und Nordeuropa verstecken sich hinter religiösen Bräuchen meist heidnische Riten, Relikte vorchristlicher Zeiten, die auf hartnäckige Weise die Jahrhunderte überdauerten und lebendig blieben.

Die in Deutschland gefeierte Fastnacht beispielsweise galt in alten Zeiten als Frühlingsfest, zu dem winterliche Krankheiten und böse Geister mit viel Mummenschanz ausgetrieben wurden.

Zur Fastnachtszeit gehört auch das Strohbärtreiben, ein alter Brauch, der noch heute in vielen Landstrichen gepflegt wird. Zu diesem Anlass steckt man kräftige, gesunde Männer in aufwändige Kostüme aus gedroschenem Getreide. Nur selten haben die eigentümlichen Gestalten tatsächliche Ähnlichkeit mit Meister Petz. Die eher an Vogelscheuchen erinnernden Figuren tragen meist abstoßende Masken, ein Anblick, an den man sich als Unwissender nur schwerlich gewöhnen kann.

Alle Strohbärumzüge haben die Gemeinsamkeit, dass die Bären durch johlende Treiber von Haustür zu Haustür gezerrt werden. Mancherorts sammeln die seltsamen Grüppchen Eier und Speck, in anderen Gemeinden ist der Brauch zu Saufgelagen verkommen, bei dem nicht selten harte Schnäpse gereicht werden.

Die meisten Menschen wissen nicht mehr, warum man die Strohbären einst durch die Dörfer trieb, und so kommt es, dass diese Tradition heute von Region zu Region auch zeitlich weit auseinander liegt. Oftmals werden die seltsam anmutenden Ungeheuer zur Faschingszeit an Ketten geführt, und genauso häufig wird der Brauch als Erntedankfest vor dem Wintereinbruch gepflegt.

Die Strohbären personifizierten in früheren Tagen den Winter, der gebändigt zum Dorf hinausgeführt wurde. Die Einwohner hofften, dass er sie nun mit seinem kalten Zorn in Ruhe lassen würde. Sie gaben Eier und Speck, zum Beweis für den eisigen Grimm, dass er sie mit all seinem Frost und seiner Unbarmherzigkeit nicht bezwungen hatte. Letztlich wurde das Strohbärkostüm verbrannt; ein Siegesfeuer des Menschen über die Natur. Es war der Abschluss der kalten Jahreszeit und gleichzeitig ein Feueropfer für den Sonnengott, damit dieser, freundlich gestimmt, den Rest des Jahres gutes Wetter vorherrschen ließ.

Eine der prominentesten Ritusannektierungen ist das gegenwärtige Osterfest. Es entspringt sehr alten Gebräuchen der germanischen Mythologie. Man verehrte Hasen als Totemtiere der Sonnen- und Frühlingsgöttin Ostara. Das Symbol der keltischen Königin Boudicca (gestorben im Jahr 61 v. Chr.) war eben jener Hase, der auch bei den Riten für die Göttin Ostara geweiht wurde. Daher kommt unser Osterfest mit seinem Hasen, welches heute die Auferstehung Christi begleitet. Es hat offensichtlich nicht das Geringste damit zu tun.

In diesem Zusammenhang wird deutlich, wie stark die Kirche überlieferte Bräuche veränderte. Traditionen wie das beliebte Maifest mit seinem dazugehörigen Tanz sind nichts anderes als Fruchtbarkeitsrituale. Die deutliche Symbolik mit Maibaum (Phallus) und Kranz (Vulva) wurde allerdings fast völlig aus dem Allgemeinwissen hinausgepredigt, denn die Körperlichkeit ist dem Klerus immer ein Dorn im Auge gewesen. Die europäische Geschichte des Mittelalters ist voll von dem heute abstrus erscheinenden Hass auf den weiblichen Körper.

Obwohl die Obrigkeit der damaligen Kirche viele alte Bräuche verbot und ächtete, machte sie sich ebenso viele zu Nutze. Papst Gregor der Große schrieb im Jahr 600 in einem Brief an Bischof Augustinus, dass man nicht die Tempel der Götzen zerstören solle, sondern die Götzen selbst. Eine Umerziehung von Traditionen und Bräuchen, eine Anpassung an christliche Notwendigkeiten, um die heidnischen Gegner mit den eigenen Waffen zu schlagen.

Die größte Unkonstante in dieser „Glaubensgleichung“ ist aber immer der Mensch selbst. In allen Zeiten geschah es, dass bösartige Menschen die Deckmäntel von Traditionen missbrauchten, um eigenen, finsteren Plänen nachzugehen. In sämtlichen Epochen der Historie wurden unter religiösen Fahnen schreckliche Gräueltaten verübt. Es darf angenommen werden, dass viele jener, die sich im Auftrage Gottes wähnten, letztlich aus meist niederen Gründen die Schwerter erhoben.

Alle Lexika und die täglichen Nachrichtensendungen sind prall gefüllt mit Beweisen für die menschliche Zerstörungskraft.

Die Begebenheit, von der hier berichtet wird, schildert von solch einem Missbrauch der Tradition. Eine Geschichte, die nur Opfer kennt ... in jeder Hinsicht.

1.

„Porta60 an 60-10. Porta60 an 60-10. Kommen."

„Hier 60-10. Kommen."

„Hier Porta60. Wir haben einen anonymen Hinweis per Telefon erhalten. Die Stimme des Anrufers war verfremdet. Angeblich wartet in der leer stehenden Schmiede von Kurt Sohni eine Überraschung auf uns. Der Unbekannte nannte es ‚ein Stück Gerechtigkeit'". Mehr Informationen habe ich nicht. Kommen."

„Hier 60-10. Wir fahren zur Sohni-Schmiede und melden uns dann. Ende."

Oberkommissar Frank Müller seufzte und runzelte die Stirn, als er in die Hauptstraße einbog und über den Funkspruch der Zentrale nachdachte. Eine künstlich veränderte Stimme war auf jeden Fall verdächtiger als all die anderen dubiosen Hinweise, die täglich in der Polizeiinspektion Idar-Oberstein eingingen.

Müller grübelte einen Augenblick über die technischen Möglichkeiten der Stimmverzerrung. Er wurde von einem dumpfen Räuspern aus seinen Gedanken gerissen.

„Na toll, jetzt müssen wir nächtens durch die alte Schmiede stolpern", knurrte Herbert Lanzinger, sein Streifenpartner. „Ein Stück Gerechtigkeit? Hast du eine Vorstellung, was das bedeuten könnte?"

„Wahrscheinlich finden wir einen zusammengeschlagenen Dealer", entgegnete Müller. „Wie vor acht Wochen, erinnerst du dich? Die Stadt wird langsam zu eng für unsere Freunde aus der Drogenszene. Sie verschaffen sich etwas Platz."

Oberkommissar Lanzinger lachte rau. „Ratten fressen Ratten. Ist mal was Neues. Hauptsache, sie lassen Unbeteiligte in Ruhe."

Frank Müller nickte beifällig und beschleunigte den Streifenwagen. Der wuchtige Mercedes Kombi rollte durch die schlafende Stadt. Nur wenige Fenster waren erleuchtet. Dort wurden Geburtstage gefeiert oder Sportübertragungen verfolgt, und sehr wahrscheinlich kam irgendwo auch ein hastiger Geschlechtsakt zustande.

Leider gab es auch Fenster, hinter deren Scheiben leere Flaschen hochprozentige Berge bildeten. Fast jede Nacht kam es vor, dass die Streifenwagen zu einem jener Fenster gerufen wurden. Die erbärmlichen Szenen, die sich dann abspielten, waren höchst ordinäre Theaterstücke – gespielt von Akteuren, die sich sinnfreie Texte mit hochrotem Kopf zuriefen. Wenn die Polizisten ankamen, hatte es meist auch Handgreiflichkeiten gegeben. Die Frauenhäuser dieser Welt füllten sich mit Gestalten, die sich kaum noch in ihrer Weiblichkeit definieren konnten. Erst wenn die Schwellungen im Gesicht verschwanden, wagten sie es, wieder in einen Spiegel zu sehen.

Die Beamten der Schutzpolizei saßen schweigend im Streifenwagen und hingen ihren Gedanken nach. Das Licht der Straßenlampen beleuchtete in regelmäßigen Abständen den Innenraum des Fahrzeugs und ließ die Gesichter der beiden Oberkommissare seltsam blass aussehen. Der Wagen erreichte nach wenigen Minuten sein Ziel.

Frank Müller stoppte den Diesel und blickte argwöhnisch an dem dunklen Haus in die Höhe. Es wirkte nicht besonders einladend auf ihn. Die schon seit vielen Jahren geräumte Schmiede, ein dreistöckiger Betonklotz mit hässlicher, grauer Fassade, verwandelte sich immer schneller in eine Ruine. Die Anwohner fanden nach jedem größeren Sturm neue Alterserscheinungen, aber es fehlte der Stadt an Geld und Grundstücksinteressenten, um das Gebäude einzureißen. Nur ein einsames „Betreten verboten“-Schild zeugte davon, dass dieses Bauwerk nicht in Vergessenheit geraten war.

Lanzinger griff nach dem Funkgerät. „60-10 an Porta60. 60-10 an Porta60. Kommen.“

„Hier Porta60. Kommen“, quäkte es aus dem Lautsprecher.

„Hier 60-10. Haben die Schmiede erreicht und verlassen jetzt den Wagen. Ende.“

„Hier Porta60. Verstanden und Ende.“

Die Polizisten stiegen aus dem Mercedes und legten schusssichere Westen an, eine ungeliebte Vorschrift in immer rauer werdenden Zeiten. Herbert Lanzinger lockerte die P5 in seinem Pistolenhalfter und sah Müller zu, der sich mit unbewegter Miene die Maschinenpistole aus dem Streifenwagen über die Schulter hängte.

„Man könnte meinen, wir ziehen in den Krieg“, sagte Lanzinger, und es klang nicht wie ein Scherz.

Oberkommissar Müller nickte. „Hast du das Handy und deine Lampe eingesteckt?“

Lanzinger grinste schief und schaltete das Licht an.

Der fahle Schein der großen Stablampen zitterte über den Hinterhof des leer stehenden Gebäudes. Gräuliches, rissiges Mauerwerk sah wie die faltige Haut eines Greises aus – ein deutlicher Hinweis auf den Zustand der Bausubstanz, die ihren Zenit schon lange überschritten hatte.

Die Männer, die sich vorsichtig durch die Dunkelheit tasteten, stießen hastige Atemzüge aus, kleine Kondenswolken, die im Strahl der Lampen sofort zerfaserten. Alle Zugangstüren, die in die Schmiede führten, waren verschlossen. Es blieb nur der Hof zur Erkundung übrig, danach mussten sich die beiden Beamten überlegen, ob sie eine Tür aufhebeln wollten.

Frank Müller, ein hoch gewachsener Enddreißiger mit brauner Haarbürste, beobachtete aufmerksam die nächtliche Umgebung. Die breiten Schultern des kantigen Oberkommissars waren missmutig hochgezogen. Er hasste es, von vagen Hinweisen in unbekanntes Terrain gelockt zu werden. Müller ließ den Strahl seiner Leuchte in die Höhe wandern und suchte die Wände ab.

‚Gerechtigkeit …’, überlegte er kopfschüttelnd.

Das Rauschgiftmilieu der Stadt war sehr lebhaft, und mit den stetig heftiger werdenden Schlägereien bei jeder Art von Veranstaltung wurde der Polizeidienst zu einem depressiv machenden Fließbandjob. Man gewann den Eindruck, die vorwiegend männliche Jugend bestehe nur noch aus gelangweilten Existenzen, die sich in Ermangelung von Tapferkeitsmedaillen gegenseitig die Schädel einschlugen. Und wenn sie sich nicht prügelten, hingen sie im Alkohol- oder Drogenrausch wie Maden am Fruchtfleisch der Gesellschaft.

Frank Müller seufzte erneut und drehte sich zu seinem grauhaarigen Kollegen um, der einige Meter hinter ihm den Boden ableuchtete.

„Herbert, siehst du was?“, fragte er leise.

Manchmal war es ein kleines Wunder, wie Lanzinger es schaffte, an seinem Bauch vorbeizusehen. Aber der erste Blick täuschte. Trotz seiner Korpulenz war er erstaunlich beweglich, eine Trumpfkarte, die bei mehreren Einsätzen als Überraschungsmoment gedient hatte, vor allem dann, wenn er von aggressiven Betrunkenen unterschätzt wurde.

„Nein“, antwortete Lanzinger flüsternd. „Ich sehe überhaupt nichts. Scheiße, es ist stockdunkel hier. Ohne Lampen wären wir blind. Wie soll man da etwas finden?“

Müller nickte und machte einige Schritte nach vorne. Der Hof hinter der längst baufälligen Schmiede war annähernd quadratisch. Die drei Meter hohen Betonwände schufen die Atmosphäre einer Arena. An solchen Plätzen sammelte sich nicht nur lichtscheues Gesindel, sondern auch Bauschutt und Geröll. Manches davon stammte von dem Gebäude selbst, aber einiges war sicher auch von nicht so ehrbaren Mitbürgern in Nacht- und Nebelaktionen entsorgt worden. Der eigentliche Grund des Hofes versteckte sich unter einer dicken Schicht unterschiedlicher Materialien, die jeden Schritt zu einer Lotterie für die Fußgelenke machten.

„Hier ist nichts“, brummte Herbert Lanzinger mürrisch, hob die Mütze und strich sich nervös über die Halbglatze.

Der Lampenstrahl schwang vor und zurück. Zuckende Schattenmuster huschten durch den Hof. Dabei fiel dem gedrungenen Streifenpolizist eine Unregelmäßigkeit auf.

„Halt, warte ...", sagte er, „... da vorne in der Ecke ist eine Art Nische. Scheint ein Gang zu sein."

Frank Müller nahm die Stelle in Augenschein und ging darauf zu. „Tatsächlich", sagte er.

Die künstliche Schlucht erinnerte an einen Schützengraben. Sie verband dieses Grundstück anscheinend mit dem des Nachbarhauses.

‚Hier war ich noch nie', dachte der Oberkommissar und fragte sich, warum die Wände so hoch waren.

Die Enge war bedrückend. Die Gebäude in den bedeutendsten und ältesten Straßen Idar-Obersteins waren wuchtig gebaut. Sie hoben sich vor dem nächtlichen Himmel deutlich ab und kamen den Polizisten in der Dunkelheit wie unerforschte Gebirge vor. Es war still hinter den Häusern, und nur gelegentlich fuhr auf der Straße ein Auto vorbei. Die Motorengeräusche erreichten den Hof gerade noch als gedämpftes Brummen.

Die beiden Beamten folgten dem Verlauf des Ganges mit angespannten Nerven. Nach wenigen Schritten standen sie vor einem türlosen Rahmen, in dessen Schwärze der Lichtschein der Lampen sofort verschwand.

Herbert Lanzinger fröstelte und fühlte, wie sich seine Nackenhaare in Dornen verwandelten. Er hatte den Eindruck, vor der Höhle eines Drachen zu stehen. Er wäre über einen Haufen blank genagter Knochen nicht verwundert gewesen.

„Vorsicht, Frank", sagte er und nahm die Pistole aus dem Halfter, eine Bewegung, die er immer so lange wie möglich hinauszögerte.

In seinem tiefsten Innern hasste Herbert Lanzinger jede Art von Waffe. Müller drehte sich um und suchte den Blick seines langjährigen Partners, aber Lanzingers Augen waren unter dem Mützenschirm nur schwer zu erkennen.

„Eine Vorahnung?", fragte der Oberkommissar.

Lanzinger nickte stumm. Manchmal wurde er damit aufgezogen, manchmal schalt er sich deswegen selbst einen Narren, aber bei zwei Gelegenheiten war seine Intuition ein entscheidender Faktor gewesen. Deshalb nannte man ihn auf der Dienststelle auch „Orakel“, ein Spitzname, der von den meisten Kollegen eher als Titel gesehen wurde.

Frank Müller zögerte keinen Augenblick und hob die Maschinenpistole auf Bauchhöhe. Seine Hände schwitzten plötzlich. Wenn Lanzinger Fracksausen bekam, war höchste Vorsicht geboten. Müller deutete mit dem Waffenlauf auf die rechte Seite der Tür und huschte selbst nach links. Das Licht der Lampe tanzte hin und her.

Lanzinger folgte ihm auf dem Fuß und warf sich rechts an die Wand. Sein Herz raste, klopfte ihm bis zum Hals. Noch nie war das Gefühl einer Bedrohung so blitzartig über ihn hereingebrochen, wie eine Spinne, die sich aus der Mitte ihres Fangnetzes auf ein wehrloses Opfer stürzt. Das Wissen um etwas Schreckliches verdichtete sich zu einem dicken Klumpen, der den Magen des Sechsundvierzigjährigen nach oben und unten verschloss.

Der Oberkommissar fasste sich ein Herz und wirbelte herum, leuchtete mit vorgestreckter Waffe in das Dunkel des Türrahmens hinein.

Frank Müller blickte in das Gesicht seines Kollegen – es blieb reglos und angespannt.

„Alles ruhig“, sagte Lanzinger leise. „Geh rein.“

Müller schob sich an ihm vorbei, ging zwei, drei Schritte nach vorne und verschwand aus dem Blickfeld seines Partners. Lanzinger schwenkte die Lampe ein letztes Mal durch den Gang und folgte ihm durch den Rahmen.

Die Polizisten wurden empfangen von muffiger Finsternis, in deren unheimlicher Stille träge Staubwolken tanzten. Sie beschränkten die Sicht auf wenige Schritte.

„Jetzt sind wir in der Drachenhöhle …“, murmelte Lanzinger und schluckte.

„Was hast du gesagt?“, wisperte sein Kollege.

Lanzinger gab keine Antwort und leuchtete die Wände ab.

Der Raum war vier mal vier Meter groß und bis auf einige alte Abfalltüten leer.

Fast.

„Was ist das?", fragte Herbert Lanzinger und bückte sich. „Sieht aus wie Grashalme."

„Stroh", stellte Müller fest. „Passt irgendwie nicht hierher. Weder an den Ort noch in die Jahreszeit."

Lanzinger stemmte sich wieder in die Höhe und leuchtete die Umgebung seiner Füße ab.

„Sieh dir das an", sagte er erstaunt. „Hier ist überall Stroh! Eine richtige Spur wurde ausgelegt. Sie ist fast einen halben Meter breit. Was soll das?"

Die Lichtkegel der beiden Lampen vereinigten sich und trafen auf das Ende des Raumes. Aus dem wallenden Staub schälte sich eine hölzerne, schief in den Angeln hängende Tür, die wie ein Relikt aus Großvaters Zeiten wirkte. Irgendein Spaßvogel hatte die grobe Form eines Herzens aus dem Holz geschnitten, und paradoxerweise kam auch ein seltsamer, an alte Toiletten erinnernder Geruch durch das Loch.

Vorsichtig traten die Männer vor die Tür. Das Stroh lief genau unter ihr hindurch.

Die Polizisten waren ein eingespieltes Team. Lanzinger riss die Tür auf. Sein Partner machte zwei schnelle Schritte in den Raum und fuhr im selben Moment mit einem spitzen Schrei zurück.

Das Licht der Lampe zerrte für einen kurzen Augenblick Blut und nacktes Fleisch in das Sichtfeld der Männer. Irgendwo schaukelte ein blasses Gesicht vor und zurück. Müller verlor seine Leuchte und setzte sich rückwärts auf den Hosenboden. Herbert Lanzinger konnte sehen, dass die Mundwinkel seines Kollegen zuckten.

Der füllige Beamte hob langsam die Lampe und hielt die Pistole vor sich, obwohl er sicher war, dass ihn niemand angreifen würde. Er ahnte, was ihn erwartete, und ihm war, als könne er mit der Waffe den Horror von sich fernhalten, als wäre es dann möglich, nüchtern zu bleiben angesichts diesen Ausmaßes menschlicher Brutalität.

Unbarmherzig zeichneten Licht und Schatten ein furchtbares Bild in der kleinen Kammer. Dies war früher wahrscheinlich ein Abstellraum gewesen, in dem Müllcontainer oder Fahrräder gelagert wurden.

Jetzt war es die vorerst letzte Ruhestätte einer nackten, männlichen Leiche, die von der Decke wie ein Zirkusartist herabbaumelte. Die Arme des Toten waren an den Handgelenken auf dem Rücken zusammengebunden. Das dünne Drahtseil, mit dessen Hilfe dies bewerkstelligt worden war, schnitt tief in das leblose Fleisch ein. Die katastrophal überdehnten Schultern mussten ausgekugelt sein, denn die Arme standen in einem unmöglichen Winkel vom Körper ab. Sie waren an der Decke des Raumes befestigt – zusammen mit einem zweiten Drahtseil, welches von den ebenso verschnürten Füßen kam. Die Halterung für die Seile, ein wuchtiger Metallhaken, wirkte neu und äußerst stabil. Die ganze Körperhaltung erinnerte an ein U, wodurch die Leiche auf bizarre Weise einer menschlichen Schaukel glich. Der Tote schwang sanft hin und her. Wäre die aufgeschnittene Kehle nicht gewesen, hätte man den Mann für einen Entfesselungskünstler halten können. Es gab ein knirschendes Geräusch, und Lanzinger brauchte einen Moment, ehe er begriff, dass es von den Drähten herrührte, die bereits auf den Knochen schabten.

Der Drache fraß an seinem Opfer …

„Großer Gott", sagte Müller und wuchtete sich ungelenk auf die Beine. Seine Stimme vibrierte. „Großer Gott."

Die Lampe in Lanzingers Hand war völlig ruhig, aber Müller konnte sehen, dass die P5 seines Kollegen verräterisch wackelte. Er selbst spürte einen säuerlichen Geschmack im Mund und hätte sich beinahe übergeben.

„Welcher Sadist ist zu so etwas fähig?", flüsterte Herbert Lanzinger erschüttert und hielt den Blick auf die Leiche gerichtet.

‚Das frage ich mich auch', dachte Müller und zwang sich, den Toten in der Kammer genauer zu betrachten.

Lanzinger machte Anstalten, den Raum zu betreten.

„Bleib weg, wir dürfen nichts verändern", warnte Müller. „Die Spurensicherung zieht uns sonst zur Rechenschaft. Ist da noch mehr Stroh?"

„Ja", antwortete Lanzinger flüsternd. Er hielt die Waffe immer noch auf die Leiche gerichtet. „Anscheinend ist es wie ein Kreis um den Toten gelegt worden."

Müller sah auf den Boden unter dem Mordopfer. Er war froh, die Augen von dieser grässlichen Machtdemonstration abwenden zu können.

„Es ist ein Kreis, Herbert", flüsterte er. „Ich würde sogar sagen, ein perfekter Kreis. Was ist das hier für ein Verbrechen, Herbert? Wer hat hier solch eine Demütigung vollzogen? Herbert, nimm die Waffe runter."

Lanzinger senkte langsam die Pistole und schluckte. Seine Arme waren völlig verkrampft. Wie konnten Menschen einander nur so etwas antun?

Einen langen Moment später ergriff die Routine die Kontrolle über seine Handlungen. Er nahm das Diensthandy. Die Inspektion meldete sich sofort. Leise schilderte der Oberkommissar den schrecklichen Fund und lauschte ersten Anweisungen. Während er auflegte und einige Sekunden schwieg, kratzte sich Frank Müller nachdenklich am Kinn.

„Das wird eine lange Nacht", meinte er.

Zwischenspiel

Der Türgong verhallt im Haus. Der siebenjährige Tim schiebt die Schranktür zu.

„Angsthase", sagt er grinsend.

Er dreht sich von dem großen, grünbraunen Möbelstück weg, das an der längsten Wand des Wohnzimmers steht und dem Raum ein modernes Flair verleiht.

Tim geht in den Flur und zieht einen kleinen Schemel vor die Haustür. Er stellt sich darauf und wirft einen Blick durch den Spion. Drei junge Männer drängen sich auf der Treppe vor dem Haus zusammen. Sie haben nicht sehr viel Platz, denn eine vierte Gestalt füllt die Treppe beinahe völlig aus.

Tim kann nicht alles überblicken, erkennt jedoch sofort, um wen es sich dabei handelt. Er lächelt und kichert in kindlicher Vorfreude. Er schiebt den Hocker mit dem Fuß zur Seite und entriegelt die Tür. Als er sie aufzieht, tritt eine riesige Gestalt durch den Rahmen. Der Gigant muss den unförmigen Kopf einziehen, um ins Haus zu gelangen.

Dichte Bündel aus Stroh sind sorgfältig geflochten und festgezurrt worden, bilden Arme, Beine und einen wuchtigen Torso. Die Hände und Füße der Gestalt sind kaum ausgeformt. Der Kopf ist wie ein umgekehrter Trichter in die Höhe gezogen. Anstelle eines Gesichtes besitzt das Ungetüm eine schwarzblaue Maske, die je nach Fantasie ein Harlekingesicht oder eine Monsterfratze sein mag. Als Tim die Maske sieht, denkt er im ersten Moment an einen bösartigen Hund, aber er zeigt keine Angst.

Es ist ein Strohbär.

Tim ist noch nie so nahe bei dieser legendären Figur gewesen.

Sein Gemüt macht aufgeregte Sprünge, beinahe so, als stünde er dem Weihnachtsmann persönlich gegenüber.

Er hält instinktiv die Luft an, als die golemartige Gestalt in den Flur tritt. Der Strohgeruch wird mit einem Mal so intensiv, dass es ihm fast die Sinne raubt. Für einen Augenblick glaubt der Junge, dass da noch ein weiterer, unterschwelliger Geruch im Hintergrund ist. Es riecht fast wie die leeren Flaschen aus Vaters Kellerbar, an denen er manchmal schnuppert und sich fragt, warum erwachsene Männer derartiges Zeug in sich hineinschütten. Aus Neugier hat er einmal einen winzigen Schluck probiert und sofort den Inhalt seines Magens ausgespieen.

Tim weiß, dass die Strohbären mit ihren Treibern von Haus zu Haus ziehen. Sie sammeln Eier und Speck, die am Ende des Tages in der großen Pfanne vom alten Heinrich gebraten werden. Die Feuerstelle am Sportplatz wird bereits vorbereitet. Das ganze Dorf freut sich schon darauf.

Der Riese aus Stroh steht vor Tim und schwankt sanft hin und her. Der Junge nimmt an, dass dies zum Schauspiel dazugehört und vielleicht den Wind darstellen soll, vor dem sich das Getreide auf den Feldern jeden Tag rauschend verbeugt.

„Na Kleiner, wo sind denn deine Eltern?“, will der Strohbär mit dröhnender Stimme wissen.

„Die sind für eine Stunde weggefahren“, erklärt Tim fest. „Mein Papa hat einen wichtigen Termin.“

Er betont das Wort falsch. Er spricht es mit der altklugen Wichtigkeit aus, die alle kleinen Jungs an sich haben. „Ich bin allein. Mami hat mich aber genau angewiesen, was ich euch geben soll.“

„Tatsächlich?“, sagt der Strohbär leise.

Er rückt ein Stück auf Tim zu. Der Junge muss den Kopf in den Nacken legen, um ihn im Blick zu behalten. Erneut schießt ihm durch den Kopf, dass die Maske wie der Schädel eines Hundes aussieht.

Eines Raubtieres, welches die Zähne fletscht.

Tim wirft einen raschen Blick zur Seite, wünscht sich, er würde auch im Schrank stecken.

‚Ich darf nichts verraten', denkt der Junge tapfer und starrt dem Strohbär wieder ins Gesicht.

‚Ja', schießt es ihm durch den Kopf, ‚es ist ein Raubtier.'

Es sieht hungrig aus.

2.

„Endlich“, sagte Finn Steinmann und gähnte.

Er passierte mit seinem Wagen einen kleineren Gebäudekomplex und erreichte nach einer weit gezogenen Linkskurve die Stadt Idar-Oberstein.

Aslan Nakrüz fiel in das Gähnen ein. „Du steckst mich an, Finn“, sagte der Deutschtürke. „Wie spät ist es?“

Steinmann warf einen Blick zur Seite und deutete stumm auf die Fahrzeuguhr, die gut erkennbar im Zentrum des Armaturenbretts lag. Die Anzeige wies unbarmherzig darauf hin, dass es halb vier Uhr morgens war.

„Ich weiß“, sagte Aslan. „Es war nur ein Versuch, ein wenig Konversation zu betreiben. Unterhaltung, verstehst du? Gesprochene Worte, sagt dir das was? Seit wir Trier verlassen haben, bist du stumm wie ein Fisch.“

„Ich denke nach“, sagte Finn. „Die Kollegen aus Idar-Oberstein meinten, sie hätten etwas Derartiges noch nie gesehen.“

Er setzte den Blinker an der ersten Ampel der Stadt und bog nach links ab. Auf der rechten Seite lag ein großes Kaufhaus, an welchem sie rasch vorbeifuhren. Schließlich tauchte der Passat in die Häuserreihen der Stadt ein.

‚Ich bin müde’, dachte Steinmann und gähnte wieder.

„Keine große Stadt“, meinte Aslan, der aufmerksam aus dem Fenster blickte. „Sieh dich doch um, wie eng dieses Tal ist. In solchen Provinznestern geschehen nicht oft Morde. Wahrscheinlich findet mein Trupp nach kurzer Zeit schon einen entscheidenden Hinweis. Morgen sind wir wieder in Trier.“

Steinmann nickte und sah flüchtig in den Rückspiegel. Der Ford Transit mit den Männern vom Erkennungsdienst fuhr ein

Stück hinter ihnen. Im Spiegel blickte Finn einen Moment in seine eigenen Augen, deren Grau in der Dunkelheit nicht zu erkennen war. Sein Gesicht hatte einen ernsten Ausdruck.

Nach den Informationen der Polizisten war die Fundstelle der Leiche nicht weit von der Wache entfernt. Steinmann lehnte es ab, vorab über den Zustand der Leiche informiert zu werden, da er seinem eigenen ersten Eindruck großen Wert beimaß. Es war vereinbart, dass sie ein Kollege von der Schutzpolizei zum Tatort führen sollte.

Steinmann war in Trier bei der Kriminalpolizei, genauso wie Aslan Nakrüz. Beide trugen den Rang eines Hauptkommissars, wobei Finn die Leitung der Ermittlung in diesem Mordfall übergeben worden war. Der Beamte der Abteilung K11 hatte bereits mehrere ungewöhnliche Tötungsdelikte aufgeklärt und galt als Spezialist für Fälle mit rituellem oder okkultem Hintergrund.

Steinmann war ein großer, schlanker, fast hagerer Mann mit blonden Haaren, in die sich ganz allmählich ein grauer Schimmer einschlich. Er war knapp über vierzig, doch der alltägliche Dienst in Verbindung mit Mord und Totschlag hatte schon markante Furchen in das Gesicht des Hauptkommissars gegraben. Sie verliehen ihm die herbe Ausstrahlung eines Schiffskapitäns. Da er auch noch aus Norddeutschland stammte und gelegentlich auf Platt fluchte, hatten ihn die Kollegen im Trierer Binnenland in seiner Anfangszeit ständig mit Ostfriesenwitzen genervt.

Aslan Nakrüz war das genaue Gegenteil von Finn. Er war klein und bullig, schien nie ruhig sitzen zu können und saugte ständig mit den Augen Details auf. Das war auch notwendig, denn der Deutschtürke war Leiter des Erkennungsdienstteams, kurz K17, welches in dem Transit hinter ihnen fuhr. Er bezeichnete sich selbst als unfehlbar, aber das war nur eine Marotte. Wenn er mit seinem Team an die Spurensuche ging, hinterfragte er immer wieder seine Handlungen und trieb sich und seine Leute zu Höchstleistungen. Auch er war mehr als gespannt auf den Fundort des Toten, denn nach allem, was er bisher gehört hatte, schien es sich um einen sehr ungewöhnlichen Fall zu handeln.

„In dieser Stadt sind offenbar alle Wege kurz", sagte Aslan, als er die klobige Dienststelle der dortigen Polizei schon nach wenigen Minuten sah. „Sieht alt aus."

„Ja", entgegnete Finn. „Soweit ich weiß, war es früher das Stadthaus."

Die Polizeiinspektion Idar-Oberstein ist ein rotbrauner, rechteckiger Bau ohne architektonische Finessen, der mehr an eine Festung denn an eine Wache erinnert. Vor seiner Front verläuft die Hauptstraße, eine der beiden Schlagadern der Kleinstadt. Rechts am Gebäude vorbei führt eine steil ansteigende Straße zum einzigen Krankenhaus der Stadt hinauf.

„Etwas makaber", murmelte Aslan. „Fehlt nur noch ein Schlagbaum, dann sieht die Inspektion wie das Wachhaus eines Armeehospitals aus."

„Der Bau liegt sehr zentral, Aslan", tadelte Finn. „Ein Kollege von hier erzählte mir bei einem Lehrgang, dass das Stadthaus genau auf der Grenze zwischen Idar und Oberstein errichtet wurde. Von hier aus lässt sich alles sehr schnell erreichen."

Nakrüz brummte und deutete auf einen Parkplatz, der sich hinter einer Bushaltestelle versteckte und an die steile Straße zum Klinikum angelehnt war. Steinmann steuerte seinen Wagen auf eine freie Fläche. Das Fahrzeug zuckte plötzlich vor und ging aus.

„Hast du deine Kiste noch nicht in die Werkstatt gebracht?", fragte Aslan.

Der Deutschtürke wusste, dass Finn nicht viel von Autos verstand. Steinmann warf ihm einen mürrischen Blick zu und sah nach hinten. Wenige Sekunden später hielt der große Transit neben ihnen. In der Nähe der Bushaltestelle stand ein Streifenwagen, aber der Grund dafür ließ sich nicht erkennen.

Steinmann und Aslan stiegen aus. Auf der Beifahrerseite des Busses senkte sich die Scheibe. Aslan steckte den Kopf durch die Öffnung und gab seinem Team einige Anweisungen. Finn grinste flüchtig, als er den quirligen Deutschtürken auf Zehenspitzen im Transit hängen sah.

„Soll ich in Zukunft einen Hocker in den Kofferraum legen?", fragte er Aslan, während sie kurz darauf über die Straße zur Inspektion liefen.

„Was willst du damit?"

„Ich packe ihn für den Fall ein, dass du wieder einmal mitfährst. Damit du etwas mehr ... Übersicht ... hast, wenn wir aussteigen müssen."

„Leck mich. Ich habe dafür dickere Arme als du."

„Die nutzen dir nichts, wenn du dein Ziel nicht sehen kannst."

„Arschloch."

Finn lachte verhalten und stieg die Stufen des Einganges der Inspektion hinauf. Es gehörte zum Ritual dazu, sich kurz vor Beginn einer Zeit und Nerven raubenden Ermittlung ein wenig Luft zu verschaffen.

‚Wenn wir erst einmal mit dem Fall beschäftigt sind, bleibt wenig Zeit für Humor', dachte Finn.

Die Beamten aus Trier meldeten sich im Eingangsbereich der Idar-Obersteiner Wache. Sie wurden von einem Schutzpolizist in Empfang genommen.

„Kommissar Peters", stellte sich der Mann vor. „Ich bringe Sie zur Leiche. Der Verkehr ist bereits umgeleitet worden, das Gelände weitläufig abgeriegelt. Wir haben Glück, dass so früh nicht viel los ist."

Steinmann nickte verstehend. „Wird der Berufsverkehr in den Morgenstunden für Probleme sorgen? Wir können keine Irrläufer gebrauchen, die achtlos Spuren vernichten."

Der Kommissar öffnete den Beamten aus Trier die Tür und schüttelte den Kopf. „Keine Sorge, meine Kollegen haben die Sache im Griff. Folgen Sie mir jetzt bitte mit Ihrem Wagen. Ich fahre voraus und bringe Sie zum Tatort."

Finn und Aslan begaben sich wieder in ihr Auto. Kurz darauf rollte ein Streifenwagen vorbei. Peters saß am Steuer und bedeutete ihnen, dem Mercedes zu folgen.

‚Es geht los', dachte Steinmann.

3.

Die zwei Fahrzeuge kamen gegenüber der Schmiede zum Stehen. Umleitungsschilder lenkten ankommende Autos geschickt an dem alten Bau vorbei. Die Straße war ruhig.

Finn stieg aus seinem Wagen und betrachtete die Fassade der Schmiede. Starke Scheinwerfer beleuchteten jeden Stein des Gebäudes, wodurch es etwas von seiner geheimnisvollen Aura verlor. Es sah eher wie ein Leichnam auf dem Obduktionstisch eines Pathologen aus, unfähig, den unbarmherzigen Lichtern auszuweichen. Das Rattern eines großen Stromaggregates war weithin hörbar.

Kommissar Peters stieg aus dem Streifenwagen und deutete auf die Strahler. „Wir haben das Technische Hilfswerk um Beistand gebeten. Das Gelände ist zu groß für die Mittel unseres Technikzuges. Das THW nimmt uns eine Menge Arbeit ab."

„Das ist vernünftig", stellte Aslan fest. „Die Jungs vom THW haben weit bessere Möglichkeiten, ein Spukschloss wie dieses ins rechte Licht zu rücken."

„Folgen Sie mir", sagte Kommissar Peters und ging zügig über die Straße.

Er hielt direkt auf eine gepflasterte Einfahrt zu, die an der rechten Seite der Schmiede auf den Hof führte. Der Frühling lag noch in weiter Ferne, dennoch erkannte Finn, dass die Pflastersteine der Einfahrt seit geraumer Zeit unter sprießendem Unkraut litten. Einige waren zertrümmert, andere in der Mitte gebrochen, manche fehlten völlig. Einst mochte es ein prachtvoll angelegter Boden gewesen sein; jetzt war es nur noch eine kümmerliche Ansammlung poröser Steine.

„Passt zum Gesamtbild“, sagte Aslan und machte eine umfassende Bewegung.

Direkt in der Einfahrt stand ein Wache haltender Polizist, einige Meter entfernt parkte ein Einsatzfahrzeug des Technischen Hilfswerkes. Von dem Transporter kam auch das Brummen des Aggregates. Zwei blau uniformierte Männer knieten vor einem Steckerpult und arbeiteten an dicken Stromkabeln. Die Techniker grüßten freundlich, als die Polizisten an ihnen vorbeigingen.

Aslan wandte sich zu dem Transit um. Die Beamten vom Erkennungsdienst luden gerade ihr Handwerkszeug aus und würden in einigen Minuten ihre Arbeit aufnehmen.

„Ohne Licht ist die Schmiede ein ziemlich verlassener Flecken“, sagte Kommissar Peters. „Wenn wir den Anruf nicht erhalten hätten, wäre die Leiche vermutlich unentdeckt geblieben.“

„Hat man schon zurückverfolgen können, woher der Hinweis kam?“, wollte Steinmann wissen.

„Ist Ihnen die Telefonzelle nahe der Inspektion aufgefallen?“, stellte Peters eine Gegenfrage.

Finn verneinte, aber Aslan hatte die Zelle bemerkt.

„Dort stand ein Streifenwagen“, sagte der bullige Hauptkommissar.

Finn erinnerte sich daran.

„Ob Sie es glauben oder nicht, der Anruf kam von dort“, erklärte Kommissar Peters. „Wir durchsuchen die Zelle gerade nach Spuren.“

Steinmann brummte überrascht und blieb dann abrupt stehen. Sein Blick fiel auf das chaotische Durcheinander zahlreicher Müllhaufen, die den Hof der Schmiede füllten. Damit mögliche Spuren nicht verwischt wurden, war ein schmaler Pfad mit reflektierendem Band abtrassiert worden.

„Ja“, sagte Peters, der die Gedanken seiner Begleiter erriet. „Offenbar halten dies manche für eine Außenstelle der Mülldeponie.“

„Das gibt viel Arbeit“, sagte Aslan und schürzte die Lippen.

„Es wird seine Zeit brauchen, bis wir hier alles durchsucht haben.“

„Warten Sie, bis Sie die Leiche sehen“, sagte Peters.

‚Jetzt bin ich wirklich gespannt’, dachte Finn und fühlte sich seltsam nervös, als sie von dem Kommissar zu einem schmalen Gang geführt wurden.

Aslan fluchte. „Ist dies der einzige Zugang zur Leiche?“

Peters nickte. „Der Gang ist fünf Meter lang und nur einen Meter breit. Der Ermordete muss hier durchgeschafft worden sein, ganz egal, ob er tot oder lebendig war.“

„Es besteht also die Möglichkeit, dass Mörder oder Opfer die Wände berührt haben“, sagte Finn. „Ab sofort gehen wir im Seitwärtsschritt durch diesen Gang. Ich will vorne ein Hinweisschild haben. Wir dürfen etwaige Spuren auf den Wänden nicht zerstören.“

„Ich kümmere mich darum“, sagte Kommissar Peters.

„Hoffentlich macht niemand ein Foto, wenn wir wie Krebse durch den Gang tänzeln“, sagte Aslan und schüttelte den Kopf.

Finn macht den Anfang und trat vor den Kellerbau am Ende des Ganges. „Wer hat die Erstfotos von dem Toten gemacht?“

„Die Oberkommissare Lanzinger und Müller.“

„Die beiden haben auch den ersten Angriff durchgeführt?“, fragte Steinmann weiter.

„Sie schreiben gerade ihren Bericht“, bestätigte Peters.

Finn war zufrieden und wandte sich dem Kellerbau zu. Peters verabschiedete sich.

‚Denn man tau’, dachte Steinmann und trat in den hell erleuchteten Raum hinein.

Das Licht kam von einer Halogenleuchte, die sich auf einem Ständer in der linken Ecke neben dem Eingang befand. Der starke Scheinwerfer war so ausgerichtet worden, dass die schiefe Holztür am Ende des Raumes angestrahlt wurde. Die dahinter liegende Kammer war offen. Auch in diesem Raum hatte man Licht installiert.

„Grundgütiger", keuchte Finn, als er die Leiche sah. „Manchmal wünsche ich mir, meinen Job blind ausüben zu können."

Aslan trat neben ihn. Auch er war blass. Es gab einfach keine Routine bei der Betrachtung von Mordopfern. Jeder einzelne Tote blieb hartnäckig im Gedächtnis haften. Die in Schmerz und Entsetzen eingefrorenen Gesichter bildeten im Lauf der Jahre eine lange Galerie des Schreckens, an der nicht wenige Polizisten in ihren Träumen vorbeimarschierten.

„Vielleicht ist das der Grund, warum so viele Morde in der Dunkelheit geschehen", sagte der Deutschtürke nachdenklich. „Dann sehen die Täter nicht so genau, was sie gerade anrichten."

Finn stand einige Sekunden still, dann ging er auf die Knie. Versonnen betrachtete er die Strohspur, die zur Kammer mit dem Toten führte. Er spürte das Verlangen, nach einem der Halme zu greifen, unterdrückte die Regung jedoch.

Der Hauptkommissar erhob sich und stellte sich an den Türrahmen des kleinen Raumes.

‚Das ist eine Grabkammer', dachte er und sah dem Leichnam ins Gesicht.

Der Mann hatte markante Züge und trug etwas zu viel Gewicht mit sich herum. Finn bemerkte, dass der Körper bis auf das Haupthaar völlig kahl war. Hatte er sich vor seinem Tod noch rasiert?

‚Wie lange bist du gequält worden, bis dein Mörder dich gehen ließ?'

Jeder sanfte Windhauch, der durch den Keller fuhr, ließ die Leiche vor- und zurückschaukeln. Die Bewegung warf flackernde, an Kaminfeuer erinnernde Schattenmuster auf die Wände. Steinmann hob den Blick und sah zwei Beamten der Kripo Idar-Oberstein zu, die sich in weißen Schutzanzügen Notizen machten. Sie entzogen der Szenerie durch ihre Anwesenheit etwas von dem Schrecken, den ein Verbrechen wie dieses vermittelte.

„Dein erster Eindruck?", fragte Aslan und beobachtete mit Argusaugen die Handbewegungen der Spurensicherer.

Finn schreckte auf. „Was?"

„Was denkst du?“

„Ich frage mich, was der Mörder mit all dem Blut will.“

Aslan sah ihn einen Moment fragend an. Es dauerte, bis er verstand, was Steinmann meinte.

„Du hast Recht. Man hat dem Mann die Kehle durchgeschnitten, aber auf dem Boden ist kein Blut zu sehen.“

Aslan ging kurz in die Hocke und nahm die Wunde des Toten in Augenschein. „Nur etwas Kruste an dem Schnitt selbst. Entweder ist das Blut von einem Gefäß aufgefangen worden…“

„… Oder er ist nicht hier gestorben“, vollendete Finn den Satz.

Einer der Polizisten in dem Raum drehte sich um und grüßte mit einer Handbewegung.

„Hauptkommissar Steinmann?“

Finn nickte freundlich.

„Ich bin Oberkommissar Siborski und habe bisher die Leitung gehabt. Unser Mann von der K7 sammelt bereits Hinweise, aber ich hoffe, Sie haben Verstärkung mitgebracht.“

Finn setzte ein Lächeln auf, das dem Ort angemessen war, und deutete auf Aslan. „Das ist Hauptkommissar Nakrüz.“

Die Männer begrüßten sich.

„Er hat ein Team dabei, welches sich gerade vorbereitet. Was hat der Bereitschaftsstaatsanwalt gesagt?“

„Er wird in Bad Kreuznach bleiben, möchte am Morgen jedoch einen ersten Bericht sehen. Dieser Mord wird in der Region für Aufsehen sorgen und die Presse auf den Plan rufen. Der Staatsanwalt hat weiterhin nach Sichtung der bisher bekannten Fakten einen Gerichtsmediziner aus Mainz in Marsch gesetzt. Der Mann sollte in den frühen Morgenstunden hier eintreffen.“

Finn war zufrieden und sah auf seine Armbanduhr. „Okay, ich übernehme die Leitung ab vier Uhr morgens. Aslan, geh mit deinen Leuten an die Arbeit. Um neun machen wir ein erstes Meeting in der Inspektion. Ich möchte, dass die SOKO ‚Vampir‘ bis dahin brauchbare Informationen gesammelt hat.“

„Vampir?“, bemerkte Aslan. „Das wird die Medien freuen. Ich

sehe schon die Schlagzeilen vor mir: Blutsauger frisst Idar-Obersteiner."

„Fällt dir etwas Treffenderes ein?"

„Nein", antwortete Aslan ehrlich. „Eine Idee, was das ganze Stroh soll?"

Steinmann verneinte. „Wir brauchen erst ein Gesamtbild. Ich halte es für ein Symbol, aber ohne mehr Material ist das bloße Spekulation."

„Eine Tat mit sexueller Motivation?", unterbrach Siborski seine Überlegungen. „Oder nur eine rituelle Handlung?"

„Warten wir bis neun. Ich möchte ein Meeting mit allen Beteiligten. Dann werden wir hoffentlich sehen, in welche Richtungen unsere Ermittlungen gehen können."

„Du bist erstaunlich zuversichtlich", sagte Aslan.

„Es gibt hier sehr viele Hinweise und Details, alter Freund", entgegnete Steinmann. „Tatorte wie dieser erzählen eine Geschichte – wir müssen nur einen Weg finden, wie wir sie hören können."

Im Gang tauchten Stimmen auf. Kunststoffgeraschel kündete von Beamten in Schutzanzügen, die mit Köfferchen und Spurensicherungsbeuteln im Vorraum Stellung bezogen. Ein Tisch wurde aufgestellt, auf dem die Polizisten ihr Material vorläufig ablegen konnten. Ein Mitglied von Aslans Team reichte dem Deutschtürken einen Anzug.

„Ich hasse diese Strampler", knurrte Nakrüz. „Das Geräusch beim Gehen erinnert mich immer an Babys in Windeln."

„Du musst es ja wissen", spöttelte Finn.

Nakrüz hatte innerhalb weniger Jahre vier Kinder gezeugt. „Mach nur deine Witze, Nordmann. Ich bin eben potent. Und jetzt verschwinde – ich habe zu tun."

Als Steinmann mit Siborski aus den Kellerräumen trat, flog ein Helikopter über die Schmiede hinweg. Die Positionsleuchten des Polizeihubschraubers glühten in regelmäßigen Abständen auf. Die Maschine verschwand über den Dächern, kehrte dann aber nach einer engen Schleife zurück. Der Hauptkommissar wusste, dass nun detailgenaue und scharfe Bilder von der Schmiede gemacht wurden.

Auf der Straße vor dem Gebäude begann ganz allmählich der Berufsverkehr, und in den Fenstern der Stadt zeigte sich immer mehr Licht.

Idar-Oberstein erwachte.

4.

Kaffeegeruch verteilte sich im Besprechungsraum. Er drang aus Tassen und Bechern, die auf Tischen standen oder von müden Händen gehalten wurden. Verhaltenes Gemurmel kam von mehreren kleinen Personengruppen, die sich gebildet hatten. Die Männer und Frauen in dem Raum machten sich untereinander bekannt. Wären sie jünger gewesen, hätte man annehmen können, sie säßen in einem Klassenzimmer.

‚Seltsam', dachte Finn. ‚Aus irgendeinem Grund spricht man nie laut in Besprechungsräumen.'

Er nahm an, dass es sich dabei um eine deutsche Eigenart handelte, die genauso tief saß wie das Obrigkeitsdenken älterer Menschen. Auf dem Land gingen die Alten noch immer im Sonntagsanzug zur Wahl.

Finn lauschte eine Weile den Gesprächen und nippte gelegentlich an seinem Kaffee. Es war schwer zu sagen, ob die dunkle Brühe gut oder schlecht schmeckte – im Moment war sie einfach nur heiß.

Als das Gemurmel mehr und mehr um den Fall kreiste, stellte Finn seine Tasse auf den vordersten Tisch, an dem er lehnte, und klopfte laut auf die Platte. Sofort versiegten die Gespräche.

„Guten Morgen zusammen. Für alle, die mich noch nicht kennen: Mein Name ist Finn Steinmann von der Polizeidirektion Trier. Ich wurde mit der Leitung der SOKO ‚Vampir' beauftragt. Ich bin kein Freund großer Reden und halte es gerne so, dass sich die Gruppenführer der anderen Ressorts selbst vorstellen."

Aslan erhob sich. „Ich bin Aslan Nakrüz und leite die Spurensicherung der SOKO."

‚Kurz und knapp wie immer', dachte Finn und beobachtete

einen älteren, schlanken Mann, der langsam aufstand. Der sezierende Blick seiner eleganten Erscheinung verbreitete sofort die Aura eines Mediziners. Neben ihm saß eine Frau mit Designerbrille, die ihr feuerrotes Haar zu einem strengen Dutt zusammengesteckt hatte. Sie war attraktiv, wirkte aber unnahbar.

Der hoch gewachsene Mann stellte sich mit gestochenem Hochdeutsch vor. Es war keinerlei Dialekt zu erkennen. Finn nahm an, dass er regelmäßig vor Studenten und hochrangigen Delegationen sprach.

„Ich bin Professor Paul Kartina vom Gerichtsmedizinischen Institut in Mainz."

Eine kurze Pause. Steinmann hatte den Eindruck, dass der Professor auf Applaus wartete.

„Ich kam mit meiner Assistentin, Dr. Katja Neisinger, erst vor einer halben Stunde an. Wir konnten die Leiche noch nicht in Augenschein nehmen, daher dürfen Sie keine fundierten Beiträge in diesem Meeting erwarten. Meine Informationen beruhen einzig auf den Aussagen eines jungen Pathologen vom hiesigen Klinikum, und da es sich um ein sehr komplexes Verbrechen handelt, möchte ich von spekulativen Vermutungen vorerst Abstand nehmen."

‚Kartina redet wie ein Politiker. Er ist ein Profi ...', dachte Finn und studierte die Miene des Professors, ‚... und leider weiß er das auch. Ob seine Assistentin genauso unfehlbar ist?'

Steinmann musterte Dr. Neisinger interessiert, wurde aber abgelenkt von einem Polizisten in Uniform, der ganz im Gegensatz zu Kartina mit dem Hochdeutsch zu kämpfen hatte. Soviel er wusste, stammte der Mann aus dem tiefsten Hunsrück. Er klang nicht unbedingt komisch, betonte jedoch einzelne Wörter an der falschen Stelle. Dazu kam ein deutlich rollendes ‚R'. Finn war weit davon entfernt, den Oberkommissar deswegen nicht für voll zu nehmen. Er fragte sich, ob Kartina ebenso dachte.

„Ich bin Frank Müller. Die Polizeiinspektion Idar-Oberstein hat eine Dienstgruppe der Schutzpolizei zusammengestellt, die für die SOKO zur Verfügung steht."

Nachdem Müller sich gesetzt hatte, stand Finn wieder auf und fasste die allgemeine Situation zusammen. „Danke. Im Ganzen sind wir dreiunddreißig Männer und Frauen. Es muss uns gelingen, schnelle Ergebnisse vorweisen zu können, wobei als geheim eingestufte Hinweise gesondert benannt werden. Ich muss das nicht näher erläutern, jeder hier im Raum kennt den üblichen Ablauf in solchen Fällen. Ich weise an dieser Stelle auch darauf hin, dass sich alle Angehörigen der SOKO vor den Medien und gegenüber Kollegen mit Äußerungen zurückhalten müssen. Sie wissen, wie hartnäckig die Pressevögel nach Schlagzeilen scharren. Insbesondere die schauerlichen Details der Leiche möchte ich nicht in der Boulevardpresse finden, und genau diese wird sich am meisten um Informationen bemühen. In wenigen Stunden werden hier die ersten Kamerawagen auftauchen. Vor uns liegt ein Puzzle mit einem sehr spektakulärem Mord. Die Öffentlichkeit giert nach solchen Sachen."

Steinmann erntete zustimmendes Kopfnicken.

„Okay, das hätten wir", fuhr er fort. „Jetzt wollen wir herausfinden, womit wir es zu tun haben. Heute Nacht um null Uhr dreiunddreißig hat Streifenwagen 60-10 aufgrund eines anonymen Anrufes die Leiche eines Mannes entdeckt."

Finn schaltete einen PC mit einem großen LCD-Bildschirm ein. Er öffnete eine Datei, in der Bilder gespeichert waren, die von Digitalkameras stammten. Einige Großaufnahmen hatten Lanzinger und Müller direkt beim ersten Angriff gemacht. Die meisten Fotos kamen von den Spezialisten des Erkennungsdienstes.

Die SOKO-Mitglieder, die nicht am Tatort gewesen waren, beugten sich neugierig nach vorne. Steinmann registrierte, dass auch Professor Kartina und seine Assistentin dazugehörten. Nach den ersten Bildern steckten die beiden Mediziner die Köpfe zusammen und diskutierten leise.

Finn ergriff wieder das Wort. „Abgesehen davon, dass dies das Werk eines Sadisten sein muss, haben wir es hier mit einer extrem ausgefeilten Tötungschoreographie zu tun. Die Leiche ist uns regelrecht präsentiert worden, und der oder die Täter wollen, dass wir in andächtiges Staunen verfallen. Anders kann ich mir diese Zurschaustellung des Opfers nicht erklären."

„Das ist dem oder den Tätern auch gelungen", sagte Professor Kartina und überraschte damit jeden im Raum. „Unsere üblichen Lieferanten der Gerichtsmedizin geben sich selten so viel Mühe. Die meisten schicken uns ihre Opfer mit wenig interessanten Verletzungen."

„Wollten Sie spekulative Vermutungen nicht sein lassen?", fragte Finn, der sich über die Bemerkung ärgerte.

Kartina sah ihn einen Moment durchdringend an. Er war es anscheinend nicht gewohnt, mit Gegenwehr konfrontiert zu werden, antwortete aber auf die Frage.

„Nun, in diesem Punkt kann ich den Aussagen des Kliniknotarztes Glauben schenken, Hauptkommissar Steinmann. Die Leiche hat nur noch sehr wenig oder gar kein Blut mehr im Körper. Es findet sich aber nichts davon auf dem Boden wieder. Selbst mit einem Auffangbehälter ist das Risiko sehr groß, dass irgendetwas davon verschüttet geht. Das heißt, er wurde höchstwahrscheinlich nicht in diesem Hof getötet."

Aslan Nakrüz unterstützte die Aussage des Professors. „Unsere Hunde suchen nach geronnenem Blut, aber bisher haben wir noch nichts gefunden."

„Danke", sagte Finn und fasste dann weiter zusammen. „Bei der Leiche handelt es sich um einen westeuropäischen Mann Mitte bis Ende vierzig. Ihm wurde die Kehle durchgeschnitten, außerdem hat man seine Arme und Beine recht drastisch überdehnt, um ihn an der Decke befestigen zu können."

Steinmann winkte Aslan, der die Schilderungen übernahm.

„Nach Rücksprache mit Professor Kartina haben wir den Mann sprichwörtlich noch am Haken gelassen. Zum Zustand der Leiche muss ich nichts sagen, ihr seht selbst, mit welcher Perversion hier vorgegangen wurde. Ein Detail ist uns aber schon ins Auge gefallen: Der Haken ist fast neu, dem Korrosionsgrad nach erst ein knappes Jahr alt. Wir werden ihn entnehmen, wenn der

Leichnam abgehängt wurde. Es ist ein Dübel für Schwerlasten zu erkennen, in dem man den Haken verschraubt hat. Heimwerker benutzen diese Dinger eher selten."

Aslan bewegte den Cursor über den Bildschirm und klickte ein Bild an. Eine Großaufnahme der Drahtseilbefestigung wurde sichtbar. Nakrüz deutete darauf.

„Die Schmiede steht seit fünfzehn Jahren leer. Ich finde, niemand hätte einen Nutzen davon, in diesem Kellerraum einen Haken zu montieren."

Vereinzeltes Gemurmel kam auf.

„Wir sollten also in Betracht ziehen …", sagte Steinmann vorsichtig, „… dass vor knapp einem Jahr der Haken angebracht wurde, um jetzt eine Leiche zu tragen."

„Nicht ungeschickt", sagte Frank Müller. „Wäre erst vor vier Tagen gebohrt worden, hätte sich jemand daran erinnern können, aber ob vor einem Jahr irgendwo eine Bohrmaschine ratterte, weiß heute niemand mehr."

Finn nickte. „Ja, dennoch fragen wir die Anwohner danach. Ich möchte, dass Sie und Ihr Kollege Lanzinger das in die Hand nehmen. Jeder Hinweis ist wichtig. Wenn es so ist, dass die Tat mindestens ein Jahr geplant wurde, haben wir es hier nicht mit einem Verrückten, sondern mit einem äußerst gerissenen Täter zu tun. Marke und Herkunft des Hakens sollten ermittelt werden. Es ist zwar rund zwölf Monate her, aber vielleicht erhalten wir dadurch Hinweise."

Steinmann schaltete auf ein anderes Bild um. Es war eine Luftaufnahme der Schmiede.

„Es ist gut zu erkennen, dass keine hinteren Zugänge zum Gebäude führen. Der Bau wurde direkt am Hang angelegt. Dort sind nur dichtes Buschwerk und Felsbrocken zu finden, dann kommt der sehr tief liegende Hof. Die Leiche dort hinunterzuschaffen ist schwierig und wäre sehr unvorsichtig. Wir können es nicht ausschließen, aber ich halte es für unwahrscheinlich. Was ich bisher von Idar-Oberstein gesehen habe, lässt darauf schließen, dass es hier überall relativ eng ist. Nach bisherigen Erkenntnissen wurde die Leiche also von der Straße an ihren Bestimmungsort gebracht."

„Was ist mit der Schmiede selbst?", fragte Herbert Lanzinger.

„Da können wir erst heute Mittag mit der Suche anfangen", antwortete Aslan. „Das Areal ist sehr groß, ich bräuchte doppelt so viele Leute, um alles gleichzeitig abzudecken. Die verdammten Schutthaufen auf dem Innenhof werden uns lange aufhalten."

„Das sind also die bisher wichtigsten Fakten", sagte Finn. „Ein Mann mittleren Alters und unbekannter Identität wird ermordet, all seines Blutes beraubt und anschließend wie ein Ausstellungsstück präsentiert. Den Hinweis darauf erhielten wir anonym aus einer Telefonzelle, die direkt neben der Inspektion steht. Ich werde dem Staatsanwalt den Vorschlag machen, die Presse nur darüber zu informieren, dass wir eine Leiche aufgrund eines Hinweises gefunden haben. Das wird uns die Hyänen hoffentlich vom Hals halten."

Hier und da lachte jemand.

„Kommen wir zur Symbolik, die hinter diesem Fall steht", sagte Finn.

Schlagartig wurde es ruhig.

„Ich sehe hier mehrere deutliche Zeichen", erläuterte er. „Den Kreis, das fehlende Blut, die brutale Fesselung und das Stroh."

Schweigen.

„Haltet euch mal vor Augen, wie präzise der oder die Mörder vorgingen. Neben der Organisation der Tötung und der Blutentnahme wurde ein Kreis aus Stroh unter der Leiche ausgelegt. Das hat richtig Zeit und Mühe gekostet, und deswegen messe ich diesem Zeichen auch große Bedeutung bei. Die Fesselung ist mir in ihrer Bedeutung noch unklar."

„Sind das nicht deutlich sexuell motivierte Hinweise?"

Steinmann richtete seinen Blick auf Dr. Neisinger, die diese Frage gestellt hatte. Bisher war sie durch Reglosigkeit aufgefallen, und Finn hatte schon geglaubt, sie sei nur ein promovierter Lakai des Professors.

„Ich gebe Ihnen Recht, Dr. Neisinger. Es ist möglich, dass wir hier entweder einen drastischen Fall von Masochismus oder Sadismus haben. Dem widerspricht aber der Anruf, bei dem von Gerechtigkeit gesprochen wurde. Das sieht mir eher nach einer Rache aus. Fehden äußern sich häufig mit Verstümmelungen und sehr gewalttätigen Morden.“

„Aber auch die könnten sexuellen Hintergrund haben“, entgegnete Dr. Neisinger. „Der Tote ist nackt. Ich würde das als Demütigung deuten.“

„Möglich“, sagte Finn. „Vielleicht wissen wir mehr, wenn die Identität des Opfers feststeht. Die Fingerabdrücke werden gerade durch den Computer gejagt. Mit etwas Glück ist der Mann schon einmal aufgefallen und wurde registriert.“

Aslan wandte sich an die beiden Mediziner. „Wann werden Sie die Leiche untersuchen? Es ist schwierig, in einem kleinen Raum mit einem frei schwingenden Körper Spuren zu sichern.“

Kartina lächelte schwach. „Wir werden bald zum Tatort fahren und die Arbeit aufnehmen.“

Nakrüz war zufrieden. Finn machte sich ein paar Notizen und ergriff wieder das Wort.

„Bleiben wir beim Thema. Was will uns der Täter mit dem Stroh und dem Kreis mitteilen? Aus welchem Grund lässt er sein Opfer ausbluten? Wozu diese ungewöhnliche Fesselung?“

„Eine Art Bestrafung vielleicht“, überlegte Stefanie Gorges, eine vierzigjährige Frau aus dem Ermittlerteam rund um Steinmann. Man sagte von ihr, dass sie hervorragend im Deuten der Körpersprache war. „Er … nimmt dem Opfer etwas weg. Er raubt ihm Beweglichkeit und Körpersäfte.“

Finn blickte die dunkelhaarige Frau an und notierte ihre Idee auf einem großen Blatt Papier. „Weitere Meinungen?“

„Er lebt sexuelle Perversionen aus“, sagte Herbert Lanzinger. „Es könnte auch sein, dass es ein verabredeter Mord war. Harte Fesselungen, kannibalistische Neigungen – alles schon da gewesen.“

„Was verstehen Sie unter kannibalistischen Neigungen?“, fragte Finn den korpulenten Oberkommissar. „Es sind keine Stücke aus dem Toten herausgeschnitten worden."

Irgendjemand hatte ihm den Spitznamen des Mannes zugeflüstert, aber er kam im Moment nicht mehr darauf.

„Nun", sagte Lanzinger, „vielleicht trinkt der Killer das Blut."

Unangenehme Stille breitete sich im Besprechungsraum aus. Die Vorstellung, in Idar-Oberstein liefe ein Killer herum, der sich für einen Vampir hielt, sorgte bei vielen Beamten für Gänsehaut.

Genauer gesagt – bei allen.

„Wir dürfen nicht den Fehler machen, von einem Einzeltäter auszugehen", sagte Aslan Nakrüz. „Es könnten zwei, drei oder eine ganze Bande sein."

„Mir reicht ein Hannibal völlig aus", sagte Herbert Lanzinger.

„Stopp, stopp", hob Finn die Stimme. „Ich notiere Kannibalismus, was aber nicht heißt, dass wir es auch damit zu tun haben. Es ist eine Möglichkeit von vielen. Lasst die Krabben im Kutter. Weitere Meinungen?"

„Eine religiöse Handlung", sagte Horst Engel, ein Kripobeamter, der kurz vor dem Ruhestand war.

„Der Gedanke kam mir auch schon", nickte Steinmann. „Ich dachte an eine rituelle Schlachtung, die nicht unbedingt mit Nahrungsaufnahme verbunden sein muss. In den meisten Kulten gilt ausgeblutetes Fleisch als rein."

Er schrieb die Idee auf das Papier. „Drei bisher. Weiter. Was fällt euch noch ein?"

„Eine Beziehungstat", sagte jemand.

„Die Ermordung eines Strohwitwers?", ergänzte ein anderer. „Hat ihn seine eigene Frau umgebracht und dann den Kreis gelegt? Soll das ein Rätsel sein?"

Finn runzelte die Stirn. „Stellt sich die Frage, wie stark eine Frau sein müsste, um einen Mann an dem Haken zu befestigen. Es sei denn, sie hatte Hilfe. Denkbar wäre auch eine Tat eines Homosexuellen, was die benötigte Kraft besser erklären würde. Weitere Wortmeldungen?"

„Ein Kleinkrieg im Bandenmilieu oder die Hinrichtung eines konkurrierenden Unternehmers. Vielleicht hat unsere Leiche zu Lebzeiten das Geschäft eines Mitbewerbers geschädigt und musste jetzt ‚dafür bluten'."

Finn sah auf. Das war ein guter Einwand. Eingebracht hatte ihn ein junger Polizist.

„Ja, das ist möglich. Es könnte sich um ein Spiel mit Metaphern handeln."

Steinmann starrte auf seinen Zettel und las die Worte, die er in den letzten Minuten aufgeschrieben hatte.

„Beziehungstat, Bestrafung, Perversion, rituelle Handlung, Bandenkrieg oder streitende Unternehmer – das ist schon eine ganze Menge. Aber wir brauchen Ergebnisse. Bisher wissen wir noch zu wenig. Ich möchte, dass diejenigen, die von der Nacht geschlaucht sind, nach der Besprechung schlafen gehen. Ich brauche eine belastbare SOKO. Vorher will ich jedoch alle Berichte sehen. Niemand verschwindet, ohne den nachfolgenden Kollegen alle relevanten Informationen gegeben zu haben. Es darf keine Lücke im Informationsfluss geben. Das gilt auch für die medizinischen Details."

Professor Kartina nickte bedächtig. „Sie erhalten meinen Bericht, sobald ich erste Erkenntnisse habe."

„Gut. Das nächste Meeting setze ich für achtzehn Uhr an. Bis dahin werden hoffentlich weitere Daten bekannt sein, die unser Lagebild verdeutlichen."

„Sie sprachen vorhin über den Strohkreis", warf Dr. Neisinger ein. „Sie sagten, Sie würden ihm große Bedeutung beimessen. Was meinten Sie damit?"

„Wäre es ein unregelmäßiger Kreis, würde ich mir weniger Gedanken darum machen. Aber dem Erkennungsdienst ist etwas Ungewöhnliches aufgefallen. Aslan?"

Der Deutschtürke erhob sich.

„Als wir den Haken untersuchten und seine Lage in der Decke bestimmten, stellten wir fest, dass er genau im Zentrum des quadratischen Raumgrundrisses liegt. Auch den Kreis haben wir vermessen. Er ist absolut perfekt und würde sogar einer mathematischen Berechnung standhalten. Nachdem wir ihn in Relation zu dem Haken setzten, kam etwas Bemerkenswertes zum Vorschein: Der Mittelpunkt des Kreises ist identisch mit der Lage des Hakens, liegt also ebenfalls im Zentrum des Raumes."

Aslan setzte sich. Einen Moment herrschte konzentrierte Stille im Konferenzraum. Die Beamten nahmen sich eine winzige Auszeit und verarbeiteten diese Information.

„Wie viel Zeit hat unser Täter in dieses Kunstwerk gesteckt?", fragte Finn die anwesenden Mitglieder der SOKO.

„Es ist ihm offenbar sehr wichtig, daher muss es etwas bedeuten", brummte Oberkommissar Lanzinger. „Vor allem, da im Vorraum auch Stroh ausgelegt wurde."

Finn nickte. „Den Streifen im Vorraum nenne ich ‚Strohstraße'. Er soll uns zur Leiche führen."

„Laufen Kreis und Straße eigentlich ineinander über?", kam eine Frage aus dem Kreis der Ermittler.

„Nein", antwortete Aslan. „Im ersten Augenblick sieht es so aus, aber zwischen Straße und Kreis ist eine fünf Zentimeter breite Lücke. Beide stehen allein."

„Also sind wir wieder bei Sinn und Zweck des Kreises", sagte Finn und blickte Dr. Neisinger an.

„Ich habe mich vorab ein wenig über Sie informiert, Hauptkommissar Steinmann", sagte Professor Kartina plötzlich. „Sie gelten als Spezialist für okkulte und religiöse Symboliken, nicht wahr? Haben Sie schon eine Idee in unserem Fall?"

Alle Augen richteten sich auf Finn, der sich fragte, ob Kartina ihn herausfordern wollte. Er sah dem Professor fest in die Augen.

„Die Deutung von kreisförmigen Symbolen ist sehr umfangreich", erklärte er. „Aber natürlich habe ich mir schon meine Gedanken gemacht."

Er trank einen Schluck Kaffee und sammelte seine Gedanken. „Vor allem in der Religion findet sich immer wieder der Kreis zur Darstellung höherer Wesen. Im Christentum haben wir zum

Beispiel den Heiligenschein zur Kennzeichnung der Göttlichkeit einer Person, und konzentrische Kreise stellen auf Bildnissen die Hierarchien unseres Himmelreichs dar. Im Buddhismus ist es das Symbol des Buddhawesens, die Chinesen betten Yin und Yang in Kreise, die tibetanischen Mandalas sind oft kreisförmig und auch die Hindus stellen den tanzenden Gott Shiva in einem Feuerkranz dar. Sogar die Indianer Amerikas haben den Pionieren Kreise aufgemalt, als sie nach ihrem Gott gefragt wurden."

Ein Handy klingelte, und jemand murmelte ein paar kurze Worte.

„Kreise gelten als Zeichen für Unendlichkeit", erklärte Finn weiter. „Mathematikern gelingt es nicht, die Zahl Pi endgültig zu bestimmen. Soweit ich weiß, wurden bisher über eine Billion Dezimalstellen gefunden. Es gibt jedoch eine Sache, die noch wichtiger als der Radius ist: das Zentrum."

Steinmann wusste, dass er jetzt die meisten seiner Zuhörer überforderte. Er nahm es niemandem übel. Er hatte sich dieses Fachwissen in endlosen Nächten angeeignet, die Nase in Bücher mit obskuren Titeln gesteckt, und viele davon stammten noch von seiner verstorbenen Großmutter. Der hagere Polizist lächelte, als er an seine schrullige Oma dachte, und bemerkte nicht, dass ihn ein Teil der SOKO im selben Augenblick als ebenso arrogant wie den Professor einstufte.

„Man sagt, im Mittelpunkt des Kreises sitzt die Kraft, die ihn gestaltet", sagte Finn.

„Was meinst du damit?", fiel ihm Aslan in die Rede. „Hat das Opfer das Stroh selbst ausgelegt?"

„Nein", wiegelte Steinmann ab. „Aber es wäre denkbar, dass der Kreis ein Zeichen ist, von dem er selbst auch einen Teil darstellt."

„Das ist mir zu hoch", stöhnte jemand weiter hinten im Raum.

Finn stand auf. „Es ist weniger kompliziert, als es sich anhört. Ich gebe euch ein paar Beispiele: Wirft man einen Stein ins Wasser, bilden sich sofort Wellen, die einen Kreis bilden. Der Stein ist in seinem Zentrum und gleichzeitig der Ursprung."

Einige nickten verstehend, aber es reichte noch nicht.

„Ein anderes Beispiel findet sich bei Fußballspielen. Die Spieler bilden vor Anpfiff jeder Halbzeit einen Kreis und demonstrieren somit eine geschlossene Einheit. Symbolisch gesprochen befinden sich in ihrer Mitte Siegeswille und Teamgeist. Denkt nur an Elfmeterschießen oder Verlängerungen. Diese Kräfte verbinden die Spieler und sind somit der Grund für den Kreis."

Niemand sagte etwas.

„Ein sehr prägnantes Bild für Kreise findet sich bei Tagungen des UN Sicherheitsrates. In der Diplomatie wird genau darauf geachtet, dass sich niemand durch einen schlechten Sitzplatz benachteiligt fühlt. Daher wird in einem großen Rund verhandelt. Im Zentrum dieses Kreises steht der Wille zur Einigkeit und Gleichberechtigung. Es soll keine Hierarchie erkenntlich sein, so wie es beispielsweise im Bundestag der Fall ist."

Finn erkannte, dass die Männer und Frauen begriffen hatten, was er zu sagen versuchte.

„Sie sind also der Ansicht, Kreis und Opfer stehen in Verbindung?", fragte Herbert Lanzinger. „Irgendeine Handlung des Mannes hat ihn erschaffen?"

„Das weiß ich nicht", gab Steinmann zu. „Aber es wäre möglich."

Da keine weiteren Bemerkungen kamen, rief Steinmann eine kurze Unterbrechung aus. Einige gingen auf die Toilette, andere steckten sich im Hof hastig eine Zigarette an. Finn vertrat sich ebenfalls die Beine.

„Sie wissen eine ganze Menge über solche Dinge", sagte eine Frau hinter ihm.

Der Hauptkommissar drehte sich um und erblickte Dr. Neisinger, die sich unbemerkt genähert hatte.

„Manchmal ecke ich damit ziemlich an", erwiderte er seufzend.

„Woher haben Sie das? Gibt es auf der Polizeischule Seminare über Kreise und Symbole?"

„Nein", lachte er. „Aber wenn Ihre Großmutter eine Kräuterfrau war und Sie bei ihr aufwuchsen, bleibt ein gewisser ... Schaden ... zurück."

„Erzählen Sie mir nicht, Sie hätten Ihre Kindheit im Wald verbracht."

„Doch. Mindestens die Hälfte davon."

„Wo waren Ihre Eltern?"

„Beide starben bei einem Fährunglück in der Ostsee. Sie brachten mich vorher zu meiner Großmutter. Meine Eltern planten ein romantisches Wochenende, wie früher, als ich noch nicht ihren Lebensrhythmus bestimmt hatte."

Finn stellte fest, dass er die Worte ohne Schmerz hervorbrachte. Dennoch zeigte sich auf seinem Gesicht ein flüchtiger Schatten, als er an das letzte Bild dachte, dass er von seinen Eltern hatte. Ein kleines, klappriges Auto entfernte sich von dem Häuschen seiner Großmutter, und links und rechts winkten Hände aus den Fenstern des Wagens.

„Verzeihung", sagte Dr. Neisinger aufrichtig. „Wie alt waren Sie damals?"

„Fünf. Ich war fünf."

Während um sie herum leise diskutiert wurde, schwiegen Steinmann und Neisinger einen Moment.

„Na ja, danach verlief meine Kindheit ein wenig ... esoterisch", lächelte er. „Als Großmutter schließlich auch starb, war ich achtzehn und gerade fertig mit der Schule. Ihr Vermächtnis ist meine stetige Neugier an ungewöhnlichen Dingen. Ich ging zur Polizei und ... aber das sehen Sie ja."

„Dann war Ihre Jugend weit aufregender als meine. Mein Vater ist Arzt, meine Mutter ist Arzt, also blieb mir nichts anderes übrig, als ebenfalls Arzt zu werden."

„Sie klingen nicht gerade begeistert."

„Oh, nein, verstehen Sie mich nicht falsch. Ich liebe meinen Beruf, auch wenn ich nicht unbedingt in der Gerichtsmedizin landen wollte. Aber seit eine Untersuchung von mir zur Ergreifung eines Mörders beigetragen hat, fesselt mich jedes Objekt aufs Neue. Und ich habe selten eines wie dieses gesehen.

Das ist auch der Grund, warum ich Sie anspreche. Der Professor und ich fahren jetzt zur Leiche, nicht, dass Sie sich wundern, wo wir nach der Pause abgeblieben sind. Wir können Ihnen eher helfen, wenn wir das Opfer rasch untersuchen und greifbare Ergebnisse vorweisen können."

Finn nickte. Dr. Neisinger verabschiedete sich und ging rasch zurück ins Gebäude. Er sah der Frau nach und fragte sich, wie sie wohl mit offenen Haaren aussehen mochte.

Als Steinmann in das Konferenzzimmer zurückkehrte, wartete dort schon ein Ermittler auf ihn, der sich mit den Fingerabdrücken des Mordopfers beschäftigt hatte. Der Mann hob einen Computerausdruck in die Luft. Er machte ein Gesicht, als halte er eine errungene Goldmedaille in den Händen.

„Er ist registriert", sagte der Kommissar triumphierend. „Hans Köhler, siebenundvierzig Jahre alt."

„Was haben wir über ihn?", fragte Steinmann überrascht.

„Er wurde wegen sexueller Belästigung und versuchtem Kindesmissbrauch zu zwei Jahren Haft auf Bewährung verurteilt. Er hat sich auf einem Idar-Obersteiner Spielplatz entblößt und anschließend versucht die Kinder zu betatschen. Er wurde jedoch dabei ertappt, was Schlimmeres verhinderte. Aufgrund verschiedener mildernder Umstände kam es nur zu einer Bewährungsstrafe."

Finns Miene verdunkelte sich. Ein Verdacht drängte sich auf.

‚Ein Stück Gerechtigkeit', murmelte eine verzerrte Tonbandstimme in seinem Kopf.

„Wann lief die Bewährung ab?", wollte er wissen.

Steinmann ahnte die Antwort, noch bevor der Computerfachmann den Mund aufmachte.

„Vor einer Woche."

Zwischenspiel

Tim weicht einen Schritt zurück, als die drei Männer hinter dem Strohbär in den Gang treten. Vages Unbehagen beschleicht ihn, aber er deutet es als Aufregung.

„Ich habe Eier und Speck im Wohnzimmer", sagt der Junge und wendet sich von dem Strohbär und seinen Treibern ab.

Er geht durch den Flur in die Diele. Hinter Tim raschelt das Kostüm des Bären. Seine Mutter hat ihn genau instruiert.

„Gib ihm Eier und Speck in die Tasche. Er wird sich bedanken und schallend lachen, so wie Onkel Gustav, wenn er uns besuchen kommt."

„Was passiert dann?", hatte Tim gefragt.

„Dann dürfen sie sich einen Likör einschenken. Ich habe Gläser und Flasche auf dem Tablett bereitgestellt. Du lässt davon die Finger, hast du verstanden? Das ist Angesetzter von Opa Rudolf und ganz bestimmt nicht für kleine Jungs gedacht. Ich werde später deinen Atem kontrollieren, also komm nicht auf dumme Gedanken!"

„Ja, Mama."

Tim wirft einen kurzen Blick zum Wohnzimmerschrank und nimmt dann Eier und Speck vom Tisch auf. Der Strohbär trägt eine beige Stofftasche, die in seinen Pranken kaum zu erkennen ist. Er hebt sie an und öffnet sie. Die Bewegung wirkt mechanisch, wie bei einem Bagger. Tim hat den Eindruck, der Strohbär beobachte ihn genau.

‚Das ist in Wirklichkeit der Weihnachtsmann', denkt der Junge. ‚Er sieht in meinen Kopf und entdeckt dort alle Streiche, die ich jemals angestellt habe.'

Tim wartet darauf, dass der Strohbär Dank und Lachen hören lässt. Doch die Gestalt bleibt stumm. Stattdessen huschen die drei Treiber plötzlich zu den Fenstern und ziehen die Vorhänge zu. Sie bewegen sich hektisch und aufgeregt. Sie erinnern an Ungeziefer, das die Anonymität der Dunkelheit dem Licht vorzieht.

„Wollt ihr etwas trinken?", fragt der Junge.

„Nein", sagt der Strohbär.

Die Treiber kichern.

5.

Schmerzen ...

Sie brannten wie Feuer. Sein Kopf schien in Flammen zu stehen.

‚Wo bin ich?', fragte er sich. ‚Warum hilft mir niemand?'

Er hatte versucht, Beistand herbeizurufen, aber seine Stimme war schwach. Da er die Hände nicht bewegen konnte, war er durch sein Gefängnis gerobbt und hatte mit den blanken Füßen die Wände abgetastet.

Er saß in einer überdimensionalen Holzkiste fest, deren Material so dick war, dass keinerlei Geräusche von außen zu ihm durchkamen. Er wurde schwächer und schwächer, fragte sich unentwegt, warum niemand nach ihm suchte. Sein Zeitgefühl versagte. Von seinem Standpunkt aus befand er sich seit Monaten in der Kiste.

Ab und an wurden ihm Nahrung und Wasser in die Kiste geworfen. Er hatte längst jegliche Etikette verloren. Seine Notdurft verrichtete er zwangsläufig im Liegen. Gereinigt wurde sein Gefängnis nicht. Anfangs war ihm der Gestank zuwider gewesen.

Inzwischen bemerkte er es nicht mehr. Er war von seinem Peiniger auf die niedersten Funktionen beschränkt worden.

Schmerzen ...

„Gib mir meine Augen wieder ...", murmelte er.

Zäher Speichel lief an seinem Kinn herunter. Der Wahnsinn war schon ganz nah. Das Monster hatte ihn geholt, weil er noch seinen Preis bezahlen musste.

Jeder bezahlt irgendwann seinen Preis.

Nur die Rechnung wird auf unterschiedliche Weise präsentiert. Manche erwischt es im Schlaf, andere hingegen ...

Der Deckel der Kiste schwang auf. Der Mann roch seinen Henker, noch bevor er ihn hörte. Der Geruch kam ihm wie ein Duft aus einer anderen Welt vor, einer Welt, die sauberer war als der Innenraum der mit Fäkalien verschmierten Kiste. Dann raschelte etwas.

Der Mann schrie.

6.

Hauptkommissar Steinmann las den Computerausdruck mit wachsendem Unbehagen. Hans Köhler war eine Woche nach Ablauf seiner Bewährungsstrafe ermordet worden. Hatte ein betroffener Vater Selbstjustiz verübt?

Steinmann fiel ein, wie der Kommissar davon gesprochen hatte, dass Köhler mehrere Kinder auf dem Spielplatz vorgefunden hatte.

„Wie viele Kinder hat er seinerzeit belästigt?"

„Darüber stand nichts in der EDV-Akte", antwortete der Ermittler. „Wird sich aber leicht herausfinden lassen. Die Festnahme hat jemand von unserer Sitte vorgenommen. Ich kann mich gut daran erinnern."

Steinmann sah wieder auf den Ausdruck.

„Aslan, nimm einen Techniker und drei Ermittler und fahr zur Wohnung von Hans Köhler. Zusätzlich wird ein weiteres Team die Nachbarschaft des Mannes befragen. Irgendjemand muss ihn vermissen oder zumindest seit einem Zeitraum X nicht mehr gesehen haben."

„Wo wirst du sein?", fragte Nakrüz.

„Ich gehe in die K2 und befrage die Kollegen nach den Umständen von Köhlers Verhaftung. Danach fahre ich an die Schmiede zur Leiche. Wer hat in deiner Abwesenheit die Leitung über den Rest der Techniker?"

„Oberkommissar Siborski."

„Gut", sagte Finn und suchte den Besprechungsraum mit den Augen ab.

Sein Blick fiel auf Horst Engel, den augenscheinlich ältesten Beamten im Raum.

„Ich möchte, dass Sie mitkommen und eine Liste über die betroffenen Angehörigen zusammenstellen. Finden Sie alle Adressen und organisieren Sie Befragungen."

Engel erhob sich und folgte Finn. Es waren nur ein paar Schritte bis in die Abteilung K2, die meistens einfach Sitte genannt wurde. Obwohl große Sonderkommissionen wie „Vampir" aufgrund Personalmangels aus vielen verschiedenen Kommissariaten gebildet wurden, hatte man die K2 der Inspektion Idar-Oberstein unangetastet gelassen, da einige aktuelle Ermittlungen liefen. Finn und seine Begleiter betraten das kleine Büro der Sitte. Sie bestand aus zwei Beamten, einem Mann und einer Frau. Im Moment saß nur die Polizistin an ihrem Platz.

„Hallo, Sara", grüßte Engel. „Ist Kommissar Frankenstein nicht da?"

„Doch", grinste sie. „Er sitzt auf dem Klo."

„Frankenstein?", wunderte sich Steinmann. „Ihr habt seltsame Spitznamen hier."

Jetzt fiel ihm auch Herbert Lanzingers „Titel" wieder ein.

„Das ist kein Spitzname", sagte die Frau. „Er heißt Klaus Frankenstein, aber niemand nennt ihn beim Vornamen."

Horst Engel nickte langsam. „Aber wenn er nicht diesen Nachnamen trüge, hätte er ihn mit Sicherheit als Spitznamen bekommen."

Finn Steinmann runzelte fragend die Stirn, als hinter ihm eine dunkle Stimme „Guten Morgen" sagte. Er wandte den Kopf und sah dann automatisch nach oben.

‚Ja', dachte der Hauptkommissar erschrocken. ‚Eine solche Person kann nur Frankenstein genannt werden.'

Obwohl Finn selbst schon fast 1,90 Meter groß war, überragte ihn der Neuankömmling um mindestens eine Hauptеslänge. Während manche Menschen mit Riesenwuchs zu einem recht dürren Körperbau neigten, war deutlich zu erkennen, dass Klaus Frankenstein eine massige Statur hatte. Anscheinend besuchte er regelmäßig den Kraftraum. Er musste den Kopf senken, um durch den Türrahmen zu kommen. Finn schätzte ihn auf Mitte dreißig.

„Mit solchen Polizisten brauchen wir keine Panzerfahrzeuge mehr“, sagte Steinmann.

„Ja“, erwiderte Frankenstein höflich.

‚Er klingt genervt‘, dachte Finn. ‚Das hätte ich wissen müssen. Er wird solche Sprüche ständig hören.‘

„Sorry“, lächelte Steinmann entschuldigend. „Wir brauchen Ihre Hilfe in unserem Mordfall. Das Opfer wurde identifiziert. Es ist Hans Köhler. Sie hatten den Mann vor über zwei Jahren festgenommen.“

Frankenstein brummte. „Ja, ich erinnere mich. Widerlicher Kerl.“

„Können Sie mir sagen, wie viele Kinder und Familien an der Sache beteiligt waren? Was ist passiert damals?“

Frankenstein setzte sich auf seinen Stuhl, der bedenklich knarrte. „Köhler entblößte sich vor vier kleinen Mädchen, die auf einem Spielplatz im Stadtteil Struth spielten. Er tat es am helllichten Tag. Ein älteres Ehepaar erwischte ihn dabei, wie er an eines der Mädchen Hand anlegen wollte. Köhler flüchtete, danach riefen die Spaziergänger in der Inspektion an. Wir rückten aus und stellten ihn an der Struthbrücke. Er war im Begriff, unter die Naheüberbauung zu kriechen.“

„Naheüberbauung?“

„Der Stadtteil Oberstein wird von einem Fluss geteilt, der Nahe. Vor über zwanzig Jahren hat man sie mit einer Art Autobahn überdacht. Die Nahe sieht man nur noch, wenn man Idar-Oberstein in Richtung Bad Kreuznach verlässt.“

Finn verstand. Köhler hatte in diesem dunklen Gewölbe Schutz gesucht. Frankenstein kramte eine Akte hervor und reichte sie Steinmann, der sie an Horst Engel weitergab.

„Gab es Anhaltspunkte, dass einer der betroffenen Väter zu einem Racheakt fähig sein könnte?“

Der wuchtige Kommissar überlegte einen Moment. „Eigentlich jeder, was aber völlig normal ist.“

Frankenstein zögerte. „Das liegt daran, dass viel zu oft derartige Verbrechen unerkannt bleiben oder mit lächerlichen Verurteilungen abgeschlossen werden."

Finn stimmte ihm insgeheim zu.

„Also haben wir mindestens vier Parteien, die in Frage kommen", fasste er zusammen. „Gab es andere Personen, die sich während des Falles besonders hervortaten?"

„Nein. Köhler selbst lebte allein. Es gibt keine näheren Verwandten mehr, außer einer Schwester, die schon vor vielen Jahren nach Amerika auswanderte. Wir konnten sie damals nicht ausfindig machen."

Steinmann schürzte die Lippen. „Was für mildernde Umstände führten zu der Bewährungsstrafe?"

„Köhler stand unter Drogen und war vorher noch nie aufgefallen. Er stimmte auch einem Entzug sowie einer psychologischen Behandlung zu."

„Wollte er seine Neigung tatsächlich bekämpfen? Was meinen Sie?"

Kommissar Frankenstein und seine Kollegin machten finstere Gesichter. Finn ahnte, was den beiden durch den Kopf ging. Die Rückfallquote bei Sittlichkeitsverbrechern lag enorm hoch.

„Die Medizin macht den Fehler, Sexualstraftäter als kranke Menschen zu betrachten", sagte Sara. „Man glaubt, einen Fehler beheben zu können. Als handele es sich dabei um einen Schnupfen ... etwas, das mit ein paar Medikamenten und erholsamen Schlaf wieder verschwindet."

Sie starrte unbeweglich auf ihren Bildschirm.

„Ich glaube, diese Menschen sind nicht gestört. Es ist ein Charakterzug, eine Vorliebe, so wie ich romantisches Kerzenlicht mag oder jemand anderes für sein Leben gerne blutige Steaks isst. Die Gesellschaft hat zu urteilen, ob sie diese Schweine rigoros bekämpfen will oder mit den Folgen ihrer Taten lebt."

Sie ließ offen, was mit Bekämpfung gemeint war, aber Finn verstand ihre Meinung. Er teilte sie nicht unbedingt, sah aber ein, dass der tägliche Konflikt mit den überwiegend männlichen Tätern Spuren hinterließ.

‚Es sind immer die Männer', dachte Steinmann. ‚Anscheinend fällt es uns von Jahr zu Jahr schwerer, die Auswüchse der Zivilisation im Zaum zu halten.'

„Ich weiß nicht, ob er seine … Krankheit … wirklich erkannte", sagte Klaus Frankenstein. „Wir wurden auf jeden Fall darüber informiert, dass er die Behandlung abgeschlossen hat. Wir überprüften ihn turnusmäßig. Er blieb unauffällig. Seine Bewährung müsste jetzt eigentlich abgelaufen sein."

„Ja", sagte Finn. „Seit einer Woche."

Er ließ es dabei bewenden und sah Horst Engel zu, der sich Notizen machte.

„Haben Sie alle?"

„Ja. Drei Familien leben im Stadtteil Struth, die Vierte war zu Gast bei einem Grillfest und kommt aus dem Ort Enzweiler."

Finn dachte kurz nach. „Ich möchte, dass je zwei Polizisten ein Team bilden und sich bei den Leuten melden. Ich will wissen, wo sie in letzter Zeit waren und was sie für einen Eindruck machen. Intuition ist gefragt."

Horst Engel kümmerte sich um die Organisation der Befragungen. Finn verließ die Inspektion und ging zu seinem Wagen. Während der kurzen Fahrt zum Leichenfundort dachte er angestrengt nach. Mit etwas Glück fand sich bei den Familien ein selbsternannter Rächer, der sich durch ungeschickte Bemerkungen verdächtig machte.

Steinmann schüttelte den Kopf. Nein … ein Mörder, der ein derart ausgefeiltes „Kunstwerk" erstellte, verriet sich nicht mittels tumber Versprecher.

Der Hauptkommissar stoppte den Wagen vor der Sohni-Schmiede. Sein Magen knurrte. Es war neun Uhr fünfundvierzig.

7.

Siborski erwartete ihn bereits in der Hofeinfahrt.

„Professor Kartina hat angeordnet, dass wir die Leiche jetzt in das Klinikum schaffen können."

Steinmann informierte Siborski über die wesentlichsten Teile der Besprechung. „Falls sich in Köhlers Wohnung nichts Verdächtiges findet, ist der Erkennungsdienst bald wieder komplett. Fanden sich Spuren, die den Tathergang deutlicher machen?"

Siborski nickte und führte den Leiter zwischen den Schutthaufen zu dem Verbindungsgang. An beiden Wänden hoben Markierungen kaum zu erkennende Schleifspuren hervor.

„Wir fanden abgeriebene Hautstücke auf dem Beton. Links klebten Haare an der Wand, rechts ist nur Haut. Kartina untersuchte die Leiche auf Schürfwunden. Er fand welche am Kopf und am linken Fuß."

Finn sah das Bild vor sich, wie Hans Köhler durch den Gang getragen wurde. Da es zu eng war, stieß er mit Kopf und Fuß gegen die Wände.

„Hat die Wunde geblutet?"

„Nein. Weder hier noch an der Leiche fand sich geronnenes Blut. Nur ein paar winzige Hautfetzen."

„Also war er tatsächlich schon tot. Er wurde an einem anderen Ort getötet und dann hier zur Schau gestellt."

Steinmanns Mobiltelefon klingelte. Siborski verzog das Gesicht, als er das Geräusch hörte. Der Norddeutsche hatte ein Martinshorn zum Klingelton gewählt.

Es war Aslan Nakrüz.

„Was gibt es?", fragte Steinmann.

„Wir sind in der Wohnung von Köhler.“

„Das ging schnell. Habt ihr etwas Auffälliges gefunden?“

„Ich weiß nicht, wo ich anfangen soll.“

Finn überlief ein Schauer. „Was heißt das?“

„Komm es dir selbst anschauen. Kaum zu glauben, was manche Leute unter Wohnungseinrichtung verstehen.“

„Wo finde ich seine Wohnung?“

„Bist du an der Schmiede?“

„Ja.“

„Fahr zurück zur Inspektion und von dort aus weiter geradeaus. Nach einem knappen Kilometer kommst du an die Edelsteinbörse. Dort ist ein Verkehrskreisel mit einer großen Kugel. Fahr rein und gleich wieder rechts ab.“

„Woran erkenne ich die Börse?“

„Nicht zu verfehlen. Es ist ein Hochhaus mit 21 Stockwerken. Ich war selber überrascht, so einen Klotz mitten in der Stadt zu sehen.“

„Okay, weiter.“

Aslan erklärte ihm den Rest des Weges. Finn versprach, so schnell wie möglich zu kommen, wollte jedoch zunächst noch mit Kartina sprechen. Die Unterhaltung brachte allerdings nur wenig neue Erkenntnisse. Der Professor wirkte konzentriert und überwachte die Techniker, die sich an die Bergung der Leiche machten.

Steinmann verließ die Schmiede wieder und fuhr nach Nakrüz’ Wegbeschreibung zu Hans Köhlers Wohnung. Sie war leicht zu finden. Nach dem Kreisel ging es steil bergauf, bis hoch auf die Kuppe der Lay, wie dieser Teil Idar-Obersteins heißt.

Der Hauptkommissar hatte selten eine Stadt gesehen, bei der der größte Teil der Wohngebiete auf Hügeln liegt. Er nahm an, dass es sich hier um ein zusammengewachsenes Konglomerat verschiedener Siedlungen handelte. Sicher herrschte in der Stadt ein ewiges Hickhack, wer denn nun die Vorherrschaft hatte. Ganz zu schweigen von der Unzahl an Witzen, die in solchen Fällen unweigerlich entstanden. Steinmann lächelte, als er daran dachte, dass sich die alten Idar-Obersteiner wahrscheinlich aufregten, wenn Hochzeiten von Paaren aus verschiedenen Stadtteilen gefeiert wurden. Nicht auszudenken, wenn sich dabei auch noch unterschiedliche Konfessionen verbanden. Soweit er wusste, war diese Gegend hier ursprünglich evangelisch geprägt. Die Katholiken waren im Laufe der Jahre zugezogen.

Er verlangsamte seine Fahrt auf dem höchsten Punkt des Berges. Er schätzte, knapp hundert Meter Höhenunterschied seit dem Kreisel überwunden zu haben. Zahlreiche Reihenhäuser prägten das Bild der Stadt in diesem Gebiet.

Finn bog rechts ab und sah die Einsatzwagen schon von weitem. Einige Schaulustige hatten sich vor einem Mehrfamilienhaus versammelt, wurden jedoch von zwei Beamten der Schutzpolizei davon abgehalten, allzu weit vorzudringen. Die Polizisten brachten gerade Absperrbänder an.

„Aslan hat wohl Schlimmeres als dreckige Wäsche gefunden“, murmelte Finn und suchte einen freien Platz für sein Fahrzeug.

Der Wagen stotterte. Steinmann fluchte, als das Auto auf die Parkfläche ruckelte. Einige Schaulustige grinsten. Finn schwor sich, endlich eine Werkstatt aufzusuchen und den Fehler beheben zu lassen. Er selbst war dazu nicht in der Lage. Während andere Männer seines Alters an Motorrädern geschraubt hatten, war er von seiner Großmutter in anderen Dingen geschult worden.

Einer der Schutzpolizisten erkannte ihn und winkte ihn endgültig in die Parklücke. Die Menge der Gaffer wich auseinander. Mürrisch erkannte Steinmann das Zeichen eines Fernsehsenders, das sich auf einem Lieferwagen befand. Der Kleintransporter stand neben den Polizeifahrzeugen. Die Pressegeier waren also schon gelandet. Wie sie so schnell von dieser Sache Wind bekommen hatten, war ihm ein Rätsel. Er verspürte wenig Lust, sein müdes Antlitz in den Regionalnachrichten zu sehen.

Finn stieg aus und zog die Jacke hoch. Hier oben wehte ein stürmischer, nasskalter Wind, der unangenehm in die Kleidung fuhr. Der Winter ließ einfach nicht locker. Steinmann zwängte sich zwischen einigen gaffenden Passanten hindurch und wurde von dem Polizist weitergeleitet. Einige der älteren Anwohner sprachen ihn an, aber er verstand den Dialekt nicht.

Aslan erwartete ihn vor der Tür.

„Manche Leute haben wirklich gruselige Hobbys", sagte er.

Finn ließ sich zu Köhlers Appartement führen. Schon als er den Eingang der Wohnung des Opfers durchschritt, wusste er, dass der Tote ein Eigenbrötler gewesen war. Die Wände hatte er in dunklem Rot gestrichen, der Teppichboden bestand aus völlig schwarzem Stoff. Wo andere Menschen Türen hatten, trennten mattblaue Vorhänge die Räume voneinander. An den Wänden waren Kerzenhalter in edlem Design montiert, die bei voller Beleuchtung angenehmes Licht in der Wohnung verbreiten mussten.

„Man kommt sich vor wie in einem Puff", sagte Aslan.

Finn sah sich um. Sein Blick blieb an den teuren Bilderrahmen haften, die überall hingen.

„Ein Sexbesessener", sagte er und schüttelte den Kopf.

Steinmann wanderte langsam durch die Wohnung. Keines der Bilder hatte ein normales Motiv. Anscheinend war Köhler ein Fan pornographischer Darstellungen gewesen. Doch statt sich künstlerisch ansprechende Werke an die Wände zu hängen, hatte er harte Sexfilmszenen vergrößert und ausgedruckt. Die Polizisten waren umgeben von menschlichen Genitalien, die miteinander kopulierten. In keinem Rahmen konnte man Gesichter entdecken.

„Wenn ich so etwas Freunden erzählen würde", meinte Aslan, „wäre das Gelächter groß. Aber wenn du selbst davorstehst …"

„Ja. Ich weiß, was du sagen willst. Es ist unheimlich. Man fragt sich unweigerlich, was für ein Mensch Köhler war. Er schien kein Interesse am Wesen anderer Leute gehabt zu haben. Er reduzierte sie auf den Sex."

Finn versuchte sich die Gedankengänge des Opfers vorzustellen. Es gelang ihm nicht.

„Was habt ihr bisher gefunden?"

„Die Einrichtung ist unversehrt, falls du das meinst. Keine Schäden, keine Unordnung. Er ging entweder freiwillig mit, oder er wurde von dem oder den Tätern überrascht und schnell überrumpelt."

„Was macht dich so sicher, dass er aus seiner eigenen Wohnung geholt wurde?"

Aslan bedeutete ihm zu folgen und ging um eine Ecke in das Wohnzimmer. Finn konnte den Raum zuerst nicht überblicken, dann trat der Deutschtürke zur Seite. Steinmann steckte nachdenklich die Hände in die Jackentaschen und fixierte das Zentrum des Zimmers.

Auf dem Boden befand sich ein Kreis aus Stroh. In seiner Mitte lag ein Bild. Finn ging neben dem Kreis in die Hocke.

„Was ist das für eine Zeichnung?", fragte er.

„Könnte eine Strohpuppe sein", sagte Aslan.

Steinmann neigte den Kopf, um das Bild besser zu erkennen. Es war eine Kohlezeichnung mit einer bedrohlich aussehenden Gestalt, die entfernt an die Vogelscheuche aus „Alice im Wunderland" erinnerte. Das Gesicht der Gestalt war der einzige Körperteil, der nicht aus Stroh zu bestehen schien. Es glich mehr einer dunklen Maske und hatte etwas Raubtierartiges an sich.

„Das sieht mir beinahe wie ein Strohbär aus", murmelte Finn.

Vor seinem inneren Auge huschte ein Gedankenfetzen vorbei. Eine Abbildung aus einem Buch seiner Großmutter, ganz ähnlich jener Zeichnung, welche vor ihm im Zentrum des Kreises ruhte.

Steinmann hatte eine Idee. Er brauchte Gewissheit. „Ruf jemanden herbei, der hier aus der Gegend stammt. Nach Möglichkeit ein älteres Semester."

Aslan verschwand und kehrte kurz darauf mit dem Polizisten zurück, der Finn auf den Parkplatz gewunken hatte.

„Können Sie uns sagen, was die Gestalt auf dem Bild darstellen soll?"

Der Polizist, ein Hauptwachtmeister, sah stirnrunzelnd auf die

Zeichnung. „Ich würde sagen, dass es ein Strohbär ist, Herr Hauptkommissar.“

„Ja, das war auch mein Gedanke.“

„Was in aller Welt ist denn nun ein Strohbär?“, fragte Aslan.

„Eine Gestalt aus der Faschingszeit“, erklärte Finn. „Er sammelt Eier und Speck und wird von Treibern an Ketten geführt. Eine alte Tradition.“

Nakrüz nickte. Die Gebräuche im Südwesten Deutschlands waren ihm nach all den Jahren immer noch unverständlich. Er kam aus einem völlig anderen Kulturkreis, auch wenn er einen deutschen Pass trug.

„Danke“, sagte Steinmann zu dem Schutzpolizisten.

Dann wandte er sich an Aslan. „Ich möchte von dem Bild eine Großaufnahme.“

„Schon passiert.“

‚Die Kraft im Zentrum gestaltet den Kreis‘, dachte Finn. ‚Der Strohbär ist im Mittelpunkt. Ist das ein Synonym für Hans Köhler? Sollte jemand wie er auch besser in Ketten gelegt werden?‘

„Finn?“

‚Oder ist dies das Selbstverständnis des Täters? Hält er sich vielleicht für einen Strohbär? Will er uns einen Hinweis auf sein Wesen geben?‘

„Hauptkommissar Finn!“, rief Aslan.

Steinmann schreckte auf. „Sorry, ich war in Gedanken.“

„Was hältst du von dem Bild?“

Der Norddeutsche schüttelte den Kopf. „Ich weiß, um was es sich handelt, aber ich habe keine Ahnung, wie es in Verbindung mit dem Mord gebracht werden kann.“

„Es gibt den Kreisen auf jeden Fall mehr Bedeutung. Strohbär, Strohkreis; das sind deutliche Parallelen.“

Finn stimmte ihm zu.

„Hauptkommissar Steinmann?“

Er sah auf. Einer der Sicherungspolizisten stand im Eingangsbereich der Wohnung. Er wirkte nervös.

„Das Fernsehteam fängt an, die Schaulustigen zu interviewen."

„Das war wohl zu erwarten", sagte Finn. „Aber wonach sollten sie schon fragen? Der Name des Opfers ist nicht bekannt, und niemand vor der Tür weiß, in welcher Wohnung wir Spuren sichern. Und wenn sie es doch wissen, können sie nur Mutmaßungen anstellen."

„Sie fragen nicht nach Köhler."

„Sondern?"

Finn stand alarmiert auf.

„Sie zeigen ein Bild herum. Ein Bild wie dieses", sagte der Oberwachtmeister und deutete auf die Zeichnung des Strohbären.

8.

Finn stand zwei Sekunden stocksteif. „Bitte?"

Er tauschte mit Aslan einen verwirrten Blick und hastete mit dem Schutzpolizisten vor das Mehrfamilienhaus. Ein Kameramann stand vor einer adrett gekleideten Frau, die gestikulierend in ein übergroßes Mikrofon sprach. Um sie herum hatte sich eine Menschentraube gebildet. Steinmann verschaffte sich Platz. Einige allzu neugierige Passanten murrten, schwiegen aber, als sie die uniformierten Begleiter des Hauptkommissars sahen.

„Ich sehe, dass die ermittelnden Polizisten zu uns kommen", flötete die Journalistin gerade in ihr Mikrofon, das nur deswegen so groß war, damit das Logo ihres Senders genügend Platz darauf fand.

Finn schluckte eine wütende Bemerkung herunter und blickte wachsam auf die Kamera, in deren unterem Bereich ein Lämpchen leuchtete.

‚Sie zeichnen alles auf', dachte er. ‚Oder bin ich jetzt live in den Nachrichten? Wie spät ist es?'

Er ahnte, dass ihm ein Eiertanz bevorstand. Die Macht der Medien durfte man nicht unterschätzen. Schon viele leitende Ermittler hatten bitteres Lehrgeld bezahlt, wenn sie sich mit Fernsehsendern anlegten und auf stur schalteten. Die allgegenwärtige Gier nach schlechten Nachrichten kostete die Polizei mehr und mehr Zeit. Schon heute saßen einzelne Beamte häufiger in Pressekonferenzen als an ihren Schreibtischen.

„Darf ich fragen, wer Sie sind?", gurrte die Journalistin.

Finn betrachtete ihr dickes Make-up und fragte sich, wie das wirkliche Gesicht der Frau wohl aussah.

„Ich bin Hauptkommissar Steinmann."

„Ah, meine Damen und Herren, wir haben richtig gelegen mit unserer Vermutung“, jubelte sie und blickte in die Kamera. „Heute Morgen wurde von der Staatsanwaltschaft Bad Kreuznach der Fund einer Leiche in Idar-Oberstein bestätigt. Als Leitender Ermittler wurde Hauptkommissar Steinmann genannt, der nach unseren Recherchen als Spezialist für Mordfälle mit bizarrem Hintergrund gilt.“

Finn öffnete den Mund, aber sie kam ihm zuvor. Wie ein Revolvermann zückte sie ein Blatt Papier aus der Jackentasche, auf dem das gleiche Bild zu sehen war, welches Aslan in Köhlers Wohnung gefunden hatte. Sie hielt es Finn wie eine Grubenlampe vors Gesicht. Die Zeichnung des Strohbären wackelte vor seinem Kopf hin und her. Er erkannte sofort, dass es eine Kopie war.

„Können Sie uns sagen, was diese Gestalt mit dem Leichenfund zu tun hat?“

‚Eine Sensationsreporterin', dachte Finn. ‚Ich darf die Ermittlungen nicht gefährden.'

„Bevor ich darauf antworte, möchte ich von Ihnen gerne wissen, woher Sie das Bild haben. Sind wir auf Sendung oder zeichnen Sie auf?“

„Wir sammeln Stimmen und schneiden daraus sendefähiges Material. Das Gesicht eines Polizisten wird jedoch mit ziemlicher Sicherheit einen Platz in dem Bericht finden.“

„Schalten Sie die Kamera aus“, knurrte Finn.

„Warum sollten wir?“, fragte sie provozierend.

Steinmann stand einen Moment unschlüssig vor ihr. Sein Mienenspiel wurde finster, als er daran dachte, ihr einfach das Bild aus der Hand zu reißen. Die Journalistin wich einen halben Schritt zurück und neigte den Kopf zur Seite.

„Mach 'ne Pause“, sagte sie plötzlich zu dem Kameramann. „Ich habe keine Lust von Kapitän Ahab harpuniert zu werden.“

Der Fernsehtechniker nickte und senkte das wuchtige Aufnahmegerät. Das Glimmen der kleinen Lampen erlosch. Finn unterdrückte einen überraschten Seufzer.

„Es war einen Versuch wert“, lächelte sie entschuldigend. „Sie möchten wissen, woher wir dieses Bild haben?“

„In der Tat.“

„Es wurde dem Sender heute Morgen per Post zugestellt.“

„War noch mehr dabei? Ein Schriftstück oder Ähnliches? Ich sehe keinen Hinweis auf Idar-Oberstein in der Zeichnung.“

„Es lag eine Art Wegbeschreibung anbei.“

„Erläutern Sie das bitte“, sagte Finn und versuchte sich an einem freundlicheren Gesichtsausdruck. „Aber nicht hier draußen.“

Die Reporterin verstand und öffnete die Schiebetür des Kleintransporters, in dessen Inneren es wie in der Werkstatt eines Hobbyfunkers aussah. Eine ganze Menge technisches Gerät stapelte sich scheinbar ungeordnet in kleinen Regalsystemen. Winzige Sitzgelegenheiten waren ebenfalls vorhanden. Steinmann bedeutete dem Schutzpolizisten, seinen Posten wieder zu beziehen.

„Nicht gerade gemütlich“, meinte er, als sie die Tür hinter ihnen schloss.

Der Lärm der rätselnden Menschenmenge wurde etwas dumpfer.

„Wenigstens läuft die Heizung störungsfrei“, entgegnete sie. „Und die Kaffeemaschine funktioniert. Damit sind wir bestens ausgerüstet für jede Art von Einsatz.“

„Ich hatte mir eure Fahrzeuge aufwändiger vorgestellt.“

Die überschminkte Frau lachte falsch. „Das ist hier nicht die Fußball-WM, Hauptkommissar Steinmann, und auch nicht die Berichterstattung von der Bundestagswahl.“

„Die Wegbeschreibung“, sagte er und lenkte das Gespräch damit unmissverständlich auf den Punkt zurück.

Sie zog ein Schriftstück aus einem dunklen Koffer hervor. Finn legte es vorsichtig auf seine Fingerspitzen und hielt es wie ein Kellner in die Luft.

‚Fahren Sie nach Idar-Oberstein. Auf der Lay suchen sie einfach die Polizei. Die Gerechtigkeit nimmt ihren Lauf.‘

„Ist dies das Original?"
„Ja. Im Sender wurden Kopien davon einbehalten."
„Was ist mit dem Bild?"
„Ist das Original, welches wir erhalten haben. Aber das hier ist eine Kopie."
‚Natürlich', dachte Finn. ‚Ich könnte Ihnen sogar zeigen, von welcher Zeichnung die Kopie gemacht wurde. Sie ist wenige Meter von hier entfernt. Sie müssten nur die pornografischen Bilder ignorieren, die an den Wänden von Köhlers Wohnung hängen.'
„Wie viele Personen hatten diese beiden Blätter schon in der Hand?"
Sie überlegte. „Eine ganze Menge. Mindestens sieben oder acht."
Er legte das Blatt vorsichtig zur Seite und zog einen kleinen Notizblock aus der Jackentasche.
„Versuchen Sie es", sagte er zu ihr.
Sie kramte in ihrem Gedächtnis und nannte ihm die Namen all derer, die ihrer Ansicht nach das Bild angefasst haben könnten. Er schrieb die Liste in doppelter Ausfertigung.
„Da Sie hier vor Ort sind, hat es etwas mit der gefundenen Leiche zu tun, richtig?", fragte sie.
Er beschloss, ihr ein Stück weit entgegenzukommen.
„Die Wohnung, die wir durchsuchen, ist die des aufgefundenen Toten. Wir haben ihn identifiziert. Sein Name ist Hans Köhler. Mehr kann und darf ich Ihnen nicht sagen. Es ist für Details noch viel zu früh. Ich bin auch leider gezwungen, Bild und Wegbeschreibung an mich zu nehmen."
Es war unnötig, ihr zu erklären, warum er das tun musste. Da er es im Zuge der Ermittlungen konfiszierte, hatte es etwas mit der Leiche zu tun. Die Reporterin brauchte nur logisch zu denken, um den Zusammenhang zu erkennen.
„Sie glauben, der Täter hat uns das geschickt?"
„Möglich. Ich möchte, dass Sie jetzt Kontakt zu Ihrem Sender aufnehmen. Bitten Sie Ihre Kollegen, heute Abend zu Hause zu

bleiben. Ich werde die dortige Polizei informieren, von den betroffenen Personen Fingerabdrücke zu nehmen."

Die Journalistin leckte sich hastig die Lippen.

‚Schade', dachte er. ‚Gerade wurde sie mir etwas sympathischer. Anscheinend ist nun wieder der Goldgräber in ihr erwacht.'

„Ich rate Ihnen dringend, diese Informationen nicht für Ihren Bericht zu verwenden. Sie behindern damit eine polizeiliche Ermittlung, und ich glaube, Sie wissen ganz genau, was Ihnen dann blüht."

„Was ist mit dem Namen des Opfers?"

Er überlegte einige Sekunden. Sie könnte es auch durch Befragung der Anwohner recherchiert haben. Es war vertretbar.

„In Ordnung", nickte er. „Und rufen Sie die Namen auf der Liste an, okay?"

„Versprochen."

Steinmann lächelte ihr versöhnlich zu und zog die Tür des Transporters auf. Kalte Luft empfing ihn. Sie strömte in das Innere des Wagens und ließ ihn frösteln. Er sprang auf die Straße und rief sich den mit einem Computer geschriebenen Text auf der Wegbeschreibung ins Gedächtnis.

‚Fahren Sie nach Idar-Oberstein. Auf der Lay suchen Sie einfach die Polizei. Die Gerechtigkeit nimmt ihren Lauf.'

Finn stand inmitten neugierig gaffender Menschen, aber er nahm sie nicht wahr. Er fühlte, wie ihm übel wurde.

‚Die Gerechtigkeit nimmt ihren Lauf', dachte er.

Er wusste, was das möglicherweise bedeutete.

Idar-Oberstein stand vor einer Mordserie.

Köhler war erst der Anfang.

9.

Die Ermittlungen schleppten sich drei Tage dahin.

Es zeigte sich, dass der oder die Täter äußerst geschickt vorgegangen waren. Rund um die Sohni-Schmiede lebten nur alte Menschen. Die Befragung durch die Schutzpolizei ergab nichts. Die Befragung der Familien der von Köhler seinerzeit belästigten Mädchen brachte die in „Strohbär“ umbenannte SOKO auch nicht weiter. Steinmann hatte sich zwischenzeitig von dem etwas theatralischen „Vampir“ verabschiedet. Auch die Spurensuche an der Schmiede und in Köhlers Wohnung stockte, bis auf die Erkenntnis, dass der Tote neben harten Pornos auch harte Drogen konsumiert hatte. Die Bilder in Köhlers Wohnung waren ebenso wie der Wandanstrich genau eine Woche alt. Der Mann hatte die Bewährungszeit abgewartet und dann seine engste Umgebung nach seinen Vorstellungen hergerichtet. Zumindest auf einem der Bilder wurde Sex mit einer Minderjährigen praktiziert. Die beiden Beamten der Sitte reagierten auf diese Neuigkeit mit stoischem Schweigen.

Es gab zwar zahlreiche Symboliken und Hinweise, jedoch keine Details, die auf die Identität des Mörders hinwiesen.

Es fanden sich nirgends Fingerabdrücke, die sich nicht auf irgendeine Weise zuordnen ließen. Weder auf den Zeichnungen noch am Tatort gab es unerklärliche Spuren. Köhlers Mörder blieb unsichtbar. Er war nicht zu greifen. Dennoch konnte sein psychologisches Profil etwas konkretisiert werden. Die Tatsache, dass er die Medien informiert hatte, zeigte, dass es ihm um Aufmerksamkeit ging. Noch am Mittag des ersten Tages der SOKO „Strohbär“ rollten drei weitere Kamerawagen durch Idar-Oberstein. Sie alle führten eine Kopie der Kohlezeichnung mit sich. Steinmann hatte nicht verhindern können, das Bild aus den Zeitungen herauszuhalten. „Wer ist der Strohbär?“ stand in großen Lettern auf den Titelseiten.

Nach zwei hektischen Tagen wurde die SOKO um die Angehörigen der Schutzpolizei verkleinert. Man brauchte die Männer und Frauen im Wechselschichtdienst, denn die anderen Straftäter Idar-Obersteins legten keine ehrfurchtsvolle Pause ein. Auch einige Kriminalpolizisten konnten nach der ersten Befragungswelle wieder in den Regeldienst. Die notorische Unterbesetzung der Polizeiinspektion zeigte sich überdeutlich.

Es gab mehrere Einbrüche in der Stadt. Blitz-Eis legte den Verkehr für vier Stunden lahm. Ein alkoholbedingter Unfall mit Todesfolge beschäftigte die Schutzpolizei. Die Suche nach einem vermissten Mann ging in die dritte Woche. Eine ältere Frau starb in der Badewanne, weil sie sich mit einem elektrischen Lockenroller ins Wasser setzte. Auf dem Platz auf der Idar in der Fußgängerzone Obersteins prügelten sich zwei konkurrierende Bauunternehmer. Im Stadtteil Hohl zündeten ein paar durchgeknallte Obdachlose ein „Erinnerungsfeuer“ an; auf einer Wiese, auf der noch vor wenigen Jahren das in schöner Regelmäßigkeit brennende Haus mit der Nummer vierundvierzig gestanden hatte. Der Bau mit Sozialwohnungen war vor Jahren abgerissen worden. Anzeigen über Trickbetrüger gingen ein, und eine rumänische Bande klaute ein paar Autos in Kirschweiler.

Trotz oder gerade wegen der stockenden Ermittlungen zeigten sich in der SOKO „Strohbär“ die ersten Verbrüderungserscheinungen. Das förmliche Sie wich dem zwangloseren Du. Der Rund-um-die-Uhr-Dienst ließ sich somit etwas leichter ertragen. Nur Professor Kartina blieb formell, was auch niemand anders erwartet hatte. Glücklicherweise legte er inzwischen ein weniger arrogantes Verhalten an den Tag. Seine Assistentin war angeblich sogar schon mit offenen Haaren gesehen worden.

Am Morgen des vierten Tages, einem kalten Mittwoch im Februar, bestellte Professor Kartina Steinmann und einige andere Kripobeamte zu sich, um seinen abschließenden Bericht über Hans Köhler vorzustellen.

Die Ermittler standen im Klinikum Idar-Oberstein in der Nähe eines blanken Tisches, auf dem die Leiche lag. Es war unangenehm kühl hier unten, und die grünweißen Kacheln verbreiteten die Atmosphäre einer Schlachterei. Köhlers Leichnam war zugedeckt. Kein Fleck verfärbte das Laken, der ganze Raum wirkte penibel sauber. Jeder der anwesenden Polizisten hatte seine ganz persönliche Erinnerung an solche Räume. Sie standen leider viel zu oft hier.

„Wie ich schon einmal erwähnte", begann Kartina seinen Bericht, „hat sich der Täter sehr viel Mühe gegeben. Ich habe wahrhaftig kaum noch Blut in diesem Körper gefunden."

„Moment", unterbrach ihn Aslan. „Sagten Sie nicht, dass überhaupt keines mehr in ihm wäre?"

„Das ist unmöglich. Auch in einem ausgebluteten Körper finden sich noch Reste in Organen und Fleisch. Es reicht auf jeden Fall für Tests und Screenings aus. Außerdem ist dafür Blut nicht zwingend notwendig, wie Sie alle wissen."

„Stand er unter Drogen?", fragte Steinmann.

„Ich will es mal so ausdrücken: Bevor er starb, hatte er den Rausch seines Lebens. Wir fanden mehrere Substanzen in seinem Magen: LSD, Heroin, Marihuana und Amphetamine."

Kartina nahm eine kleine Edelstahlschale und zeigte sie den Ermittlern. Weißlichbraune Klumpen lagen darauf. Die Stoffe waren schon stark verdaut. In der Luft lag ein säuerlicher Geruch.

„Er hat sie aber nicht freiwillig geschluckt, sondern bekam sie eingetrichtert. Seine Nasenflügel zeigen große Hämatome, und sein Rachen sieht aus, als hätte er eine Flasche verschluckt. Dazu kommen frische Splitterbrüche an den oberen Schneidezähnen."

Finn sah die brutale Szene durch die Augen des Mediziners. Köhler war gezwungen worden, die Substanzen in den Mund zu nehmen. Dann hatte der Mörder seine Nase derart zusammengepresst, dass Blutgefäße geplatzt waren, und schließlich schluckte das Opfer den ganzen Kram auf einmal herunter, um wieder Luft atmen zu können.

„Der Täter hat gewartet, bis einiges von dem Zeug seine Wirkung entfaltete. Vielleicht hat er die Halluzinogene dazu benutzt, um die Panik seines Opfers noch zu steigern. Anschließend hat er ihn kopfüber ausbluten lassen. Ich fand verschiedene Indizien dafür, unter anderem Seifenspuren am oberen Hals, dem Kinn und Teilen der Mundpartie."

„Seife?", hakte Steinmann nach.

„Er hat ihn danach gewaschen", erklärte Kartina. „Das Blut lief aus der Schnittwunde nach unten und somit natürlich auch über Köhlers Gesicht. Das geronnene Blut an der Wunde hat sich ebenfalls der Schwerkraft unterwerfen müssen. Unter dem Mikroskop erinnert es an eine Tropfsteinhöhle. Es ist deutlich zu erkennen, in welcher Richtung sein Lebenssaft den Körper verließ."

Die Männer schüttelten sich. Der Professor nickte.

„Unser Täter muss entweder sehr abgebrüht oder aber völlig irre sein, wenn er derartige Handlungen durchführen kann, ohne eigene Spuren zu hinterlassen. Die Leiche hing auf jeden Fall schon länger als zwei Tage am Haken. Die Starre ist noch sehr ausgeprägt. Die aufgrund der Anämie spärlichen Flecken lassen sich nicht mehr wegdrücken. Die Magenschleimhaut ist noch rudimentär vorhanden, aber die Magensäfte haben schon das dahinter liegende Fleisch angegriffen. Leider halten die Fliegen noch Winterschlaf, sonst wüssten wir ganz genau, wie alt unsere Leiche ist. Auf keinen Fall aber mehr als sechzig Stunden."

Kartina unterbrach sich, als warte er auf Gelächter, aber niemand schien seinen Medizinerwitz für komisch zu halten.

„Wie bereits vermutet ist er vor seinem Tod rasiert worden. Er hat an mehreren Stellen frischen Rasurbrand und kleinere Pickel. Die Arme wurden ihm nach dem Ableben aus dem Schultergelenk herausgehebelt. Die Haut zeigt an diesen Stellen deutliche Dehnungsstreifen, aber aufgrund der Anämie kam es nicht zu Blutungen."

„Was ist mit den Drahteinschnitten an Hand- und Fußgelenken?“, fragte Steinmann.

„Die wurden ihm auch erst nach seinem Tode zugefügt. Es findet sich kaum geronnenes Blut an den Wunden, also war er schon … ausgelaufen.“

Steinmann erschauderte.

„Die Tatwaffe für den Kehlenschnitt ist ein sehr scharf geschliffenes Messer gewesen. Ich würde auf ein Küchenbeil tippen, wie es die Chinesen und Thais benutzen. Die Wundform deutet darauf hin.“

Finn überlegte einen Moment. „Der Täter könnte also ein Fleischer sein. Diese Jungs sind ziemlich kräftig, und Köhler ist offensichtlich sehr fachgerecht … bearbeitet … worden.“

Die anderen Beamten stimmten ihm zu. Kartina setzte seine Ausführungen fort, aber viel hatte er nicht mehr zu bieten. Nur ein Detail war noch interessant: Der Professor vermutete, dass Köhler betäubt worden war, als der Killer ihn überwältigt hatte. Es fanden sich keine Hinweise auf einen Kampf, wie sie bei gewaltsamen Auseinandersetzungen auftreten. Getötet hatte er ihn im Wachzustand.

Steinmann seufzte. Es war, wie er befürchtet hatte. Statt Antworten zu liefern, warf Kartinas Untersuchung mehr und mehr Rätsel auf. Die Überfrachtung von Symboliken und Zeichen war einer der wenigen Anhaltspunkte, die auf den Täter Rückschlüsse zuließen. Finn ahnte, worauf der Unbekannte hinauswollte. Je mehr Fragen aufgeworfen wurden, desto mehr wühlten sich die Ermittler in den Fall hinein. Entscheidende Hinweise fehlten noch, doch wenn sie gefunden waren …

Finn hatte in der Nacht seiner Ankunft zu Aslan gesagt, dass jeder Tatort eine Geschichte erzählen würde, eine Geschichte, die man erst lernen müsse zu verstehen. Von allen Mordfällen, an denen er bisher gearbeitet hatte, von allen Geschichten, die er bisher gelernt hatte zu verstehen, war diese hier die komplizierteste. Finn gelangte zu der Überzeugung, dass es der Mörder genau darauf anlegte. Er wollte eine Geschichte erzählen.

Köhler war bestraft worden, daran bestand gar kein Zweifel. Die Untersuchung bei den Familien der Mädchen, die er belästigt hatte, war jedoch im Sande verlaufen. Keiner der betroffenen Väter konnte als Täter in Frage kommen. Wer hatte sich also darangemacht, ihn derart brutal hinzurichten?

Für die Ermittlungen kam erschwerend hinzu, dass Köhler ein absoluter Einzelgänger gewesen war. Keine Bekannten, keine Freunde; nur die in den Staaten verschollene Schwester, nach der angestrengt gesucht wurde. Köhler war ein Schatten in der Gesellschaft gewesen, eine durchsichtige Gestalt mit dezent bizarrem Kunstverständnis.

„Was wissen wir eigentlich über das Opfer?", fragte Steinmann in die Runde. „Was hat er gemacht, wo kam er her? Was war seine Lebensmotivation? Wir haben nur ein paar Daten über seine Wohnorte, und dass er in einem großen Supermarkt gearbeitet hat. Sonst wissen wir nichts über ihn."

Horst Engel stimmte ihm zu. Er hatte versucht, die Biografie des Opfers zu erstellen, dabei aber sehr schnell feststellen müssen, dass ein Mann ohne Familie und Kontakte schwer greifbar war. Selbst an seinem Arbeitsplatz kannte man ihn nur als fleißigen, aber unnahbaren Kollegen, der sich jeder Art von Betriebsfeier fernhielt.

„Er hat insgesamt drei Wohnorte gehabt", fasste Engel noch einmal zusammen. „Er wuchs in Mohnweiler auf, verlor früh seine Eltern, zog mit Dreiundzwanzig nach Birkenfeld und kam mit fünfunddreißig Jahren nach Idar-Oberstein. Seine Nachbarn faseln alle den Standardtext: So ein freundlicher, zurückhaltender Mann, wie konnte das nur passieren."

„Das bedeutet, niemand kannte ihn", sagte Finn. „Die Gespräche beschränkten sich auf Höflichkeitsfloskeln. Und offensichtlich ist seine Verfehlung nicht bis dorthin vorgedrungen. Wir müssen unbedingt seine Schwester finden, vielleicht kann sie uns etwas über ihn sagen. Ich werde noch einmal mit Klaus Frankenstein darüber sprechen."

Finn nickte Kartina zu. „Ihr Teil der Arbeit ist damit abgeschlossen, Herr Professor. Aber ich muss Ihnen gestehen, dass ich Sie und Dr. Neisinger nur ungern ziehen lasse."

„Warum?"

Finn räusperte sich. „Ich befürchte, dass wir noch weitere Leichen finden werden. Auf dem Zettel, den die Fernsehsender erhalten haben, fand sich ein sehr deutlicher Hinweis darauf. Leider sind die Medien zu der gleichen Überzeugung gelangt. Die Boulevardpresse wittert schon ein Blutbad."

„Ja", nickte der Professor. „Es stand heute Morgen in der Zeitung. Seriöse Blätter ruinieren sich glücklicherweise nicht mit solcher Panikmache den Ruf."

„Da gebe ich Ihnen Recht", sagte Horst Engel. „Aber die Masse der Leute liest keine seriösen Blätter. Die findet man in der Regel nur im Wartezimmer einer Arztpraxis. Am Kiosk greifen die meisten lieber zu Gewalt und Titten, wenn ich mir die Bemerkung im Beisein eines Toten erlauben darf."

„Er wird es Ihnen verzeihen", sagte Kartina süffisant. „Wir können aber nicht bleiben. In Mainz warten andere Aufgaben auf uns. Ich gebe zu, dieser Fall ist sehr interessant, ich kann jedoch nicht versprechen, dass ich bei einer zweiten Leiche die Zeit finde, erneut nach Idar-Oberstein zu kommen. Die Staatsanwaltschaft wollte fundierte Ergebnisse, die habe ich Ihnen geliefert. Es ließe sich jedoch sicher einrichten, dass Dr. Neisinger wieder der SOKO angegliedert wird. Dann haben sie wenigstens ein bekanntes Gesicht hier."

„Damit kann ich gut leben, Professor."

„Davon bin ich überzeugt."

Finn grinste schief und schüttelte Kartina zum Abschied die Hand. „Wo steckt Ihre Assistentin eigentlich?"

„Dr. Neisinger ist im Klinikum unterwegs und erledigt den Papierkram."

„Grüßen Sie sie von uns."

Kartina nickte und zog sich zurück. Steinmann verließ mit seinen Begleitern die Katakomben des Krankenhauses. Er war froh, wieder ans Tageslicht zu gelangen.

„Was hat uns das nun gebracht?", fragte er leise.

Noch bevor jemand antworten konnte, klingelte Horst Engels Mobiltelefon. Er machte ein missmutiges Gesicht, das sich jedoch rasch aufhellte. Engel lächelte mit zufriedenem Gesichtsausdruck.

„Es gibt noch gute Nachrichten. Wir haben heute einen ‚Schnauze-voll-Tag'".

Finn zog die Augenbrauen hoch, als einige der Polizisten verhalten lachten.

„Was heißt das?"

„Das bedeutet, dass unser Orakel einen wirklich miesen Tag hatte und deswegen den Grill in seiner Hütte anwirft."

Finn verstand kein Wort.

„Herbert Lanzinger hat nicht ohne Grund so einen Bauch", erklärte Engel. „Wenn er Frust hat, was gar nicht so selten ist, lädt er die Kollegen in seine Grillhütte ein. Er meinte, er habe ein paar Schwenkbraten im Kühlschrank."

„Aha", sagte Finn.

Er machte sich nicht viel aus Fleisch. An der Küste war er mit würzigem Fisch aufgewachsen.

„Wir sollen in einer Stunde da sein", sagte Engel und erntete begeistertes Kopfnicken.

„Nun gut", sagte Finn. „Ich muss ja nichts essen. Aber eine kleine Unterbrechung wird uns guttun. Vielleicht bekommen wir dann einen klareren Kopf."

10.

Acht Polizisten waren der Einladung Lanzingers gefolgt. Aslan hatte ablehnen müssen, da er kein Schweinefleisch verzehrte.

Die erste Überraschung erlebte Finn, als er die „Grillhütte“ betrat. In jeder anderen Stadt hätte man den Bau als Ferienhäuschen bezeichnet. Sie stand auf einem kleinen Waldgrundstück, welches Herbert Lanzinger von seinen Eltern geerbt hatte. Es gab Etagenbetten, eine kleine Küche und sogar eine richtige Toilette. Das wirklich beeindruckende war jedoch ein gigantischer, einhundertvierzig Zentimeter durchmessender Edelstahlrost, auf dem eine ganze Armada großer Fleischstücke lag. Sie verbreiteten einen kräftigen und würzigen Geruch.

Finn schwieg eigentlich die meiste Zeit und lauschte den Gesprächen seiner Kollegen. Es zeigte sich, dass sie hier die „Amtssprache“ der SOKO völlig ignorierten und in den Idar-Obersteiner Dialekt fielen. Der Hauptkommissar saß inmitten lachender Menschen, die sich ganz bewusst nicht über den Dienst unterhielten. Lanzinger prüfte gelegentlich den Zustand des Bratgutes, was jedes Mal fachmännische Kommentare seiner Kollegen hervorrief.

Finn verstand die ersten Minuten so gut wie gar nichts, dann konzentrierte er sich auf einzelne Begriffe und verglich sie mit seinen Kenntnissen aus dem Trierer Raum. Nach einer Weile gelang es ihm, den einen oder anderen Satz vollständig zu verstehen, aber er hätte sich nie angemaßt, das hiesige Platt nachsprechen zu können.

Beobachte die Menschen, hatte seine Großmutter immer gesagt. *Hör ihnen genau zu. Sie alle verraten ihr Wesen über die*

Art, wie sie sprechen. Setz dich zwei Stunden in eine Wirtschaft, dann weißt du, wie eine Stadt funktioniert.

Finn stellte rasch fest, dass die Menschen in dieser Gegend einen sehr sympathischen Humor hatten. Fast alle erzählten Anekdoten über Missgeschicke, die ihnen selbst passiert waren. Er lehnte sich zurück und hörte abstruse Geschichten, die herzhaftes Gelächter hervorriefen. Er mochte die Eigenart, über sich selbst lachen zu können und ertappte sich, wie er bereitwillig in die Stimmung eintauchte. Steinmann war froh, dem Grauen des Mordfalls für einen kurzen Moment zu entrinnen. Und er begriff, dass er hier Zeuge eines wichtigen Rituals wurde.

All die Männer und Frauen um ihn herum tankten die Kraft der Gemeinschaft, genossen das Gefühl, es gäbe noch etwas anderes außer Verbrechern und Gewalttätern. Finn ahnte, dass diese Grillfeste einen wichtigen Beitrag für die Gemeinschaft der Polizei leisteten, und sehr wahrscheinlich galt das auch für das gesellschaftliche Leben der gesamten Region. Es war ein Ventil, ein Moment der Ruhe, bei dem sich jeder einzelne erholen konnte und dem Stress des Alltags entfloh. Das Prasseln des Feuers tat sein Übriges dazu. Es schuf eine unvergleichliche Atmosphäre.

Finn bemerkte, dass er mehrere Minuten lang ins Feuer blickte, ohne auch nur einen konkreten Gedanken zu fassen. Falls es so etwas wie einen Gehirnmuskel gab, der sich bei Stress verkrampfte, so hatte er ihn soeben wohl erfolgreich entspannt. Er nahm an, dass viele Hunsrücker süchtig nach diesem Anblick waren. Sie konnten sich auf diese Weise hängen lassen und lauschten dem Gesang des glühenden Holzes.

Finn starrte müde in die Flammen und stellte fest, dass es in der Hütte still geworden war. Es war wohlig warm und seine Lider wurden schwer. Herbert Lanzinger war aufgestanden und hielt einen Schwenkbraten mit der Fleischzange hoch. Er machte ein übertrieben konzentriertes Gesicht.

„Jetzt ist es gut", sagte er feierlich.

Teller und Besteck wurden rasch verteilt. Steinmann bemerkte zufrieden, dass nur diejenigen alkoholische Getränke konsumierten, die nicht mehr im Dienst waren. Sie tranken Bier aus gedrungenen Flaschen mit dem eigentümlichen Namen „Stubbi".

Als Finn einen Teller gereicht bekam, lehnte er dankend ab.

„Ich bin kein großer Fleischesser", sagte er. „Lasst es euch schmecken."

Plötzlich blickte er auf die Spitzen einer riesigen Fleischgabel. Lanzinger stand wie ein Ritter vor ihm und drohte ihm mit dem riesigen Grillwerkzeug, als hielte er ein Schwert in der Hand.

„Wer in diese Hütte eingeladen wird, verweigert kein Essen. Du nimmst jetzt Teller und Besteck und holst dir ein Stück Fleisch. Das sind richtig schöne Fatzen, wie wir hier sagen, und kein Nordmann lehnt einen von mir gegrillten Schwenkbraten ab."

Gelächter schallte durch die Hütte. Finn gab auf und ließ sich von Lanzinger ein Stück geben. Der korpulente Schutzpolizist wuchtete ihm den größten Braten auf den Teller, den er fand.

Steinmann ahnte, dass von ihm erwartet wurde, alles aufzuessen. Er konnte sich nicht erinnern, jemals so viel Fleisch auf dem Teller gehabt zu haben. Er befürchtete, einem harten Kampf entgegenzugehen. Die Braten rochen zwar ganz hervorragend, konnten geschmacklich jedoch sicher nicht mit eingelegten Fischfilets mithalten.

Vorsichtig schnitt er ein Stück ab. Das Fleisch machte einen sehr saftigen Eindruck. Erste Kommentare kamen auf.

„Schön durch, Herbert."

„Einwandfrei."

„Gutes Fleisch. Von welchem Metzger hast du das?"

Steinmann schob sich seufzend das Stück in den Mund.

‚Augen zu und durch', dachte er.

„Einwandfrei, oder?", sagte jemand neben ihm.

„Mmh."

„Herbert holt immer die Stücke, die gut durchwachsen sind, sonst ist es zu trocken."

„Mmh."

„So etwas gibt es an der Waterkant nicht, was?“, fragte Frank Müller.

„Mmh.“

„Obwohl, ich habe mal an der Nordsee Urlaub gemacht. Wir hatten Butterscholle mit Salzkartoffeln. Ich habe gegessen, bis mir der Bauch wehtat. Ich nehme an, das ist auch eines deiner Lieblingsgerichte?“

„Mmh.“

„Langsam Finn, iss nicht zu schnell. Lass dir Zeit. Es ist genug da. Nicht, dass dir noch schlecht wird.“

„Mmh.“

„Herbert, ist noch was gut auf dem Rost? Unser Leiter hat schon leer.“

„So ist es recht“, nickte Lanzinger anerkennend und brachte ein etwas kleineres Stück.

Er beobachtete erstaunt, wie Steinmann hastig mit Messer und Gabel herumhantierte. „Scheint gut zu schmecken, was?“

„Mmh.“

„Das Fleisch wird übrigens schon seit Jahrhunderten so in Idar-Oberstein gegessen. Das Rezept stammt aus Brasilien. Es wurde im Zuge des Edelsteinhandels von Ausgewanderten in unsere Stadt gebracht.“

„Mmh.“

Lanzinger hob die Augenbrauen. Er war sich nicht sicher, ob Steinmann ihm zuhörte. Der Norddeutsche stopfte sich die Stücke in rasender Geschwindigkeit in den Mund. Er schien kaum zu kauen. Vorsorglich griff Lanzinger nach einem weiteren Schwenker und hielt ihn bereit.

„Noch einen?“, fragte er den Hauptkommissar nach drei Minuten.

„Mmh“, kaute Finn glücklich und hob den Teller hoch.

Als er das dritte Stück zur Hälfte verschlungen hatte, überfiel ihn eine schlagartige Sättigung. Er keuchte erschöpft, als ihm bewusst wurde, wie viel Fleisch er gerade gegessen hatte. Er musste sich beherrschen, nicht auf der Stelle einzuschlafen. Einige andere Kollegen saßen noch an ihrem ersten Braten, und die meisten würden es auch dabei belassen.

Finn sackte auf seinem Stuhl zusammen. Er war solche Nahrungsmittelmengen überhaupt nicht gewohnt. Er fand keine Erklärung für seine Gier und sah auf den Teller. Ein halbes Stück lag noch dort.

Ehe er sich versah, schnitt er schon wieder an dem Braten herum. Es geschah automatisch, als wäre er ferngelenkt.

„Respekt", sagte Herbert Lanzinger.

„Mmh."

„Also mir reicht eins völlig aus."

„Mmh."

„Esst ihr im Norden immer so schnell?"

Finn stöhnte und krümmte sich auf seinem Stuhl zusammen. Er fühlte sich wie ein Elefant.

‚Großer Gott, ist das lecker', dachte er. ‚Aber ich muss aufhören, sonst wird mir schlecht.'

Er nickte sich selbst zu und schob sich ein weiteres Stück in den Mund. Spontane Panik überfiel ihn. Hoffentlich legte ihm Lanzinger nicht noch ein Stück auf den Teller. Irgendjemand stellte mitleidvoll einen klaren Schnaps vor Steinmann.

„Normalerweise trinken die, die noch arbeiten müssen, bei diesen Grillfesten keinen Alkohol", sagte Lanzinger. „Aber ich glaube, wir machen bei dir heute eine Ausnahme."

Finn schnappte nach Luft. Er kam sich vor wie ein Wal, der an den Strand gespült worden war. Kraftlos griff er nach dem Schnaps und ließ sich den Hochprozentigen die Kehle herablaufen.

Es war still geworden. Alle beobachteten Steinmann, der mit glasigen Augen auf seinem Stuhl saß.

„Nicht schlecht", sagte Frank Müller. „Wie viel Fleisch hat er gegessen?"

„Knapp eineinhalb Kilo, würde ich sagen", schätzte Horst Engel.

„Hat jemand die Zeit gestoppt?"

„Nein“, sagte Herbert Lanzinger. „Auf jeden Fall ging es viel zu schnell für so einen Hering. Der kann sich doch glatt hinter einer Fahrradspeiche verstecken. Das waren keine zehn Minuten.“

„Setz’ ihn besser an die Tür, bevor er dir die ganze Hütte voll kotzt.“

„Macht ihm die Hose auf, der bekommt ja kaum noch Luft!“

Finn spürte, wie der starke Schnaps das Fett in seinem Magen verband und etwas Platz schaffte. Er stieß fauchend Luft aus. Stechende Schmerzen zuckten unter seinem Zwerchfell. Er glaubte zu ersticken.

„Noch einen?“, fragte Lanzinger.

Steinmann nickte gepeinigt. Er wagte nicht zu sprechen. Er hätte genuschelt wie ein zahnloser Greis.

Der zweite Schnaps ließ den monströsen Fleischberg in seinem Magen etwas zusammensacken, gerade genug, dass er sich wieder aufrecht hinsetzen konnte. Er erinnerte sich vage daran, einige Stücke noch nicht einmal gekaut zu haben.

„Geht’s wieder?“, fragte Herbert Lnzinger.

Finn nickte langsam. Sein Gesicht war bleich. „So`n Shiet. Ich hätte mir beinahe über die Hose gereihert.“

Schallendes Gelächter hallte durch die Hütte. Steinmann lächelte wie ein angeschlagener Boxer.

„Das schmeckt hervorragend“, sagte er zu Herbert Lanzinger. „Das Rezept nehme ich mit nach Hause.“

Lanzinger grinste verlegen und streichelte seinen Bauch.

11.

Polizeikommissar Schneider hatte Dienst in der Zentrale der Inspektion. Es war ruhig heute Nacht. Sogar das Wetter war vergleichsweise mild. Mit Glätte war nicht zu rechnen.

Die Uhr zeigte eine Stunde nach Mitternacht, und das einzige wirklich besondere Vorkommnis war die gestrige, jetzt schon legendäre Schnellvertilgung dreier Schwenkbraten durch den Leiter der SOKO „Strohbär“. Lanzinger und Müller waren auf Streife, hatten es sich aber nicht nehmen lassen, jedem Kollegen von diesem ungeheuerlichen Anblick zu berichten.

Steinmann wälzte seitdem Berichte. Er saß im Besprechungsraum und holte sich gelegentlich einen frischen Kaffee. Schneider konnte ihn dabei beobachten, wie er über den Gang schlurfte und seine Tasse vorsichtig balancierte. Der Leiter hatte nach Schneiders Strichliste dreimal die Toilette aufgesucht. Seit dem dritten Gang lächelte er wieder.

Der Kommissar in der Zentrale blätterte in einem Polizeimagazin. Das Telefon klingelte.

„Polizeiinspektion Idar-Oberstein, Schneider.“

Stille.

„Hallo?“

Er hätte aufgelegt, wäre da nicht ein seltsames Rauschen im Hintergrund gewesen. Schneider wusste plötzlich mit absoluter Sicherheit, dass ihn jemand narrte.

„Kommt, Leute, hört auf, die Polizei zu nerven.“

„Ich habe ein Geschenk für euch“, krächzte eine verzerrte Stimme am anderen Ende der Leitung.

Schneider fuhr von seinem Stuhl hoch.

„Ja, okay, ich habe verstanden“, sagte er. „Möchten Sie mir nicht verraten, wer Sie sind und was Sie wollen?“

„Nein.“

„Von was für einem Geschenk sprechen Sie überhaupt?“

„Sei ruhig, Schneider“, dröhnte es im Hörer. „Fahrt zum Kammerwoog. Dort wartet ein Stück Gerechtigkeit.“

„Gerechtigkeit?“, fragte Schneider laut.

Steinmann schoss aus dem Besprechungsraum hervor und rannte zur Zentrale. Er winkte heftig mit den Armen und ließ sich den Hörer geben. Er musste es versuchen.

„Hallo?“, rief Finn in den Hörer. „Wer spricht denn da?“

„Nein“, sagte die Roboterstimme. „Ich bestimme die Regeln.“

Dann knackte es in der Leitung.

„Shiet“, fluchte Steinmann und gab Schneider den Hörer zurück. „Veranlassen Sie eine Rückverfolgung. Alarmieren Sie den Technikzug und den Erkennungsdienst. Rufen Sie Lanzinger und Müller. Sie sollen zur Wache kommen. Ich fahre mit.“

Finn rannte zu seinem provisorischen Zimmer. Hinter sich hörte er Schneider, der hastig ins Funkgerät sprach.

Steinmann bekam die Antwort nicht mehr mit. Er griff seine Dienstwaffe und zerrte die schusssichere Weste aus seinem Koffer hervor. Eine Taschenlampe hatte er nicht, wohl aber Handschuhe, die er vorsorglich einsteckte.

Vier Minuten später hielt der Streifenwagen vor der Inspektion. Müller hatte den Wagen schon geöffnet. Finn sprang aus der Eingangstür und warf sich in den Mercedes hinein. Niemand sagte etwas, als der Kombi anfuhr.

Ein Stück weiter rollte ein Kleintransporter an. Auf seiner Längsseite prangte das Symbol eines Fernsehsenders.

12.

Oberkommissar Lanzinger steuerte den Streifenwagen eine steile Straße hinab, die serpentinenartig ins Tal der Nahe führte. Der Fluss machte eine lange Rechtskurve an dieser Stelle. Es war stockdunkel im Tal. Eine dünne Nebeldecke lag über dem Boden. Die Scheinwerferstrahlen des Kombi verfingen sich in den weißlichen Schwaden. Der Frühling nahte, aber noch klammerten sich die Reste des Winters mit ihrer Frostklaue in die Landschaft. Die Hügel des Mittelgebirges ragten aus dem Nebel wie die Gipfel eines gewaltigen Bergmassivs hervor.

‚Er sucht sich ganz bewusst solch markante Orte aus', dachte Finn. ‚Und er ist allein.'

Sie hatten es mit einem Einzeltäter zu tun. Es war keine Bande.

‚Ich bestimme die Regeln.'

Das waren die Worte am Telefon gewesen. Finn wusste, dass der Strohbär diesen Satz spontan gesagt hatte. Es reichte ihm als Beweis dafür, dass der Täter ohne Unterstützung handelte.

„Wo fahren wir überhaupt hin?“, fragte er die beiden Schutzpolizisten, die aufmerksam in die Nacht starrten.

„Zum Kammerwoog“, antwortete Lanzinger. „Er muss das alte Freibad gemeint haben. Außer dieser stillgelegten Anlage findet sich hier nur noch die Jagdhütte eines Unternehmers und eine Wirtschaft.“

Finn prüfte den Sitz seiner Schutzweste. Er hatte seine Jacke vergessen. Hoffentlich holte er sich keine Erkältung. Der Streifenwagen hielt an. Das rasselnde Dieselgeräusch verstummte.

„60-10 an Porta60. 60-10 an Porta60. Kommen“, sagte Frank Müller in das Funkgerät.

„Hier Porta60. Kommen“, ertönte Schneiders Stimme.

„Hier 60-10. Wir sind am Kammerwoog und steigen aus. Ende.“

„Hier Porta60. Verstanden und Ende.“

Die drei Polizisten stiegen aus dem Wagen und machten sich bereit für den ersten Angriff. Lanzinger hatte eine zusätzliche Regenjacke im Auto, die Finn dankend annahm. Es war nur eine leichte Jacke, aber sie würde genügen. Die Gedanken der Männer richteten sich auf das, was vor ihnen lag.

Natürlich mussten sie damit rechnen, dem üblen Scherz eines Nachahmers auf den Leim zu gehen. Dagegen sprach aber die Art und Weise des Anrufes. Niemand wusste, dass sich der „Strohbär“ mit verzerrter Stimme meldete. Dieses Detail war nicht an die Öffentlichkeit gedrungen.

„Wenn der Anruf keine Finte war“, sagte Steinmann leise, „werden wir heute Nacht einen Toten finden.“

Herbert Lanzinger seufzte. „In was für einer Welt leben wir eigentlich? Idar-Oberstein hat fünfunddreißigtausend Einwohner, ein Großteil davon lebt in Dörfern. Wie kann es denn sein, dass in einer derart überschaubaren Menge so viel Zorn und Hass existiert? In ein Fußballstadion passt die doppelte Anzahl Menschen. Man könnte die ganze Stadt auf den Betzenberg pressen.“

Finn blickte den Mann, den die meisten Polizisten Orakel nannten, unauffällig an. Er fragte sich, warum Lanzinger diesen Beruf ergriffen hatte. Es war allgemein bekannt, dass der Oberkommissar keine Waffen mochte. Er schien regelrechte Abscheu davor zu empfinden. Steinmann lag die Frage auf der Zunge, wie oft Herbert seine Grillhütte aufsuchte, schluckte die Bemerkung aber herunter. Letztendlich war jeder Beamte mit dem Stress allein. Finn kannte eine lange Liste von Männern und Frauen, die für den Dienst als Freund und Helfer mit ihrer Gesundheit bezahlt hatten.

„Dann wollen wir mal“, sagte er und ließ sich von dem Streifenteam den Weg zeigen.

Der ehemalige Parkplatz des Kammerwoog-Freibades war eine sanft zum Fluss abfallende Wiese, durch die ein kurzes Stück geteerter Straße verlief. Eine flache, schwimmende Brücke bildete den Übergang zum Freibad. Die Polizisten überquerten sie. Der Nebel verschluckte das Tock-Tock der Fußtritte und ließ sie seltsam hohl klingen. Es erinnerte an eine Armee einbeiniger Piraten, die mit ihren Holzbeinen auf einem metallischen Schiff herumstolzierten.

Frank Müller hatte die Maschinenpistole an sich genommen und ließ den anderen den Vortritt. Die rostige Eingangstür zum Freibad war geschlossen, öffnete sich jedoch nach kurzem Druck ganz von alleine.

„Normalerweise ist die Tür abgesperrt", sagte Herbert Lanzinger leise.

Finn nickte und schob sich auf das Gelände des Schwimmbades. Der Nebel war hier etwas lichter. Die Polizisten hatten eine relativ gute Übersicht. Steinmann bemerkte überrascht, dass er auf ein terrassenartiges Freibad blickte.

„Schöne Anlage", meinte er. „Warum ist sie stillgelegt worden?"

Müller lachte heiser. „Das kannst du dir selbst beantworten, in dem du die Sitzungsprotokolle der Stadtpolitik durchliest. Die Posse über die Bäderfrage hat monatelang die Zeitungen gefüllt."

„Ja", warf Lanzinger sarkastisch ein. „Das war fast so lustig wie der Streit um den Platz Auf der Idar."

Die beiden Schutzpolizisten kicherten, als würden sie sich an Streiche aus ihrer Jugendzeit erinnern. Finn nahm an, dass nur jemand aus der Stadt die Anspielungen verstehen konnte.

Links lag ein Becken mit Sprungtürmen, rechter Hand erhob sich das Verwaltungs- und Umkleidegebäude. Der Bau war alt, aber in recht gutem Zustand.

„Unter dem Schwimmerbecken liegt ein weiteres, etwas kleiner gebautes Becken mit Rutsche", sagte Frank Müller. „Davor findet sich ein Tümpel für Kleinkinder. Am Ende des Gebäudes ist die Wiese, auf der die meisten Besucher seinerzeit gelegen haben."

„Wenn es etwas zu finden gibt", meinte Finn, „dann im Gebäude. Ich denke nicht, dass der Strohbär riskiert, seinen aufwändig gelegten Kreis durch einen Windstoß zu verlieren."

„Glaubst du, dass wir hier die gleiche Scheiße wie in der Sohni-Schmiede entdecken?", fragte Lanzinger.

„Ich weiß nicht, was wir zu erwarten haben", sagte Finn, „aber es wird auf jeden Fall schlimm sein."

Vorsichtig gingen sie an dem Gebäude entlang. Frank Müller hatte die Uzi schon längst auf Hüfthöhe gehoben und den Finger lang an den Abzug gelegt. Ein kleiner Teil von ihm war bereit, jeden Flüchtigen, der der Mörder sein konnte, mit einem gezielten Feuerstoß zu stoppen. Aber eigentlich wusste er, dass sie allein waren. Der unbekannte Killer, der allerorten nur noch „Strohbär" genannt wurde, war nicht so dumm, sich in unmittelbarer Nähe seiner Opfer herumzutreiben. Es hatte viel mehr den Anschein, dass es in seiner Absicht läge, die Nerven der Beamten zu belasten. Sie wussten, sie würden etwas finden, es war nur nicht klar, was …

„Er bestraft uns alle", dachte Müller laut. „Nicht nur jene, die er tötet."

Lanzinger und er suchten mit den großen Stablampen das Gebäude ab. Gelegentlich schwenkte einer der beiden das Licht über das obere Becken, aber niemand rechnete damit, dass sich dort etwas finden ließe.

Nachdem die drei Männer die Längsseite des Gebäudes hinter sich gebracht hatten, gingen sie wieder ein Stück zurück. Die Umkleidekabinen und die Toiletten ließen sich von hier erkunden.

„Ich habe kein Licht", flüsterte Finn. „Ich bleibe zwischen euch."

Frank Müller nickte und griff nach der Türklinke der Frauentoilette. Steinmann stellte sich versetzt von ihm auf und richtete seine P5 auf den Türrahmen. Herbert Lanzinger stand hinter ihnen und sicherte die Umgebung ab.

Müller zerrte an der Tür, aber sie war verschlossen.

„Wir heben uns die abgesperrten Bereiche für später auf“, sagte Finn. „Außerdem haben wir unsere Handschuhe vergessen. Jeder Fingerabdruck könnte wichtig sein.“

Lanzinger machte auf dem Absatz kehrt und lief zum Wagen zurück. Müller und Steinmann blieben stehen, bis ihr Kollege zurückkam. Der Hauptkommissar stellte fest, dass das Orakel trotz seines Bauches nicht außer Atem gekommen war.

„Wir haben Schwierigkeiten“, sagte Lanzinger. „Ich war gerade am Wagen, da bemerkte ich einen Kleintransporter. Er kam ohne Licht die Straße herunter.“

„Wir können hier niemand gebrauchen, der keinen Dienstausweis bei sich trägt“, sagte Finn.

Lanzinger verstand. „Ich kümmere mich darum. Hals- und Beinbruch euch beiden.“

Er händigte Finn seine Lampe aus und machte wieder kehrt.

„Erzähl ihnen einfach ein Märchen“, rief ihm Müller leise hinterher.

„Okay“, meinte Finn. „Diese Tür ließ sich nicht öffnen. Jetzt zur nächsten.“

Es waren nur ein paar Schritte. Steinmann übernahm die Führung, da Müller die Maschinenpistole im Anschlag hatte. Die Tür war nur angelehnt. Die Lichtkegel wanderten über bleiche Kacheln. Das Waschbecken wirkte nicht mehr sehr einladend. Erstaunlicherweise steckte noch etwas Papier im Handtuchspender. Der Spiegel war stumpf und wellig. Finn erkannte sich selbst nur als verzerrte Gestalt.

Er nickte Müller zu, der rasch in den Raum hineinschlüpfte und mit der Uzi den Raum abschwenkte. Die Toilettenkabinen waren leer.

„Fehlanzeige“, sagte der Oberkommissar.

„Jetzt die Umkleide“, erwiderte Finn.

Für seine Größe hatte das Kammerwoog-Freibad relativ wenig Kabinen und Rückzugsmöglichkeiten. Es war alles recht offen gestaltet. Steinmann und Müller suchten mit den Lampen die übersichtlichen Reihen ab. Nebelschwaden faserten wie dünne Spinnweben umher.

„Zur Not müssen die Hunde an jedem verschlossenen Schrank schnüffeln", meinte Finn.

Er zog eine Grimasse und verließ den Umkleidebereich wieder. Bis jetzt war ihnen außer der unverschlossenen Eingangstür noch nichts Verdächtiges aufgefallen. Das Tor konnte schon seit Tagen offen sein. Jugendliche hatten es möglicherweise aufgebrochen und eine wilde Party gefeiert. Irrten sie doch einer falschen Fährte hinterher? In der Inspektion liefen die Vorbereitungen für eine Tatortuntersuchung auf Hochtouren. Er würde sich lächerlich machen, wenn sich alles nur als Finte herausstellte. Filmaufnahmen von nächtlich im Freibad umherirrenden Polizisten würden ihr Übriges dazu tun, seine Position als Leitender Ermittler in Frage zu stellen.

Finn atmete tief durch und winkte Müller, der hinter ihm aufschloss. Sie bewegten sich an der Querseite auf die Rückwand des Gebäudes zu. Eine Treppe führte nach oben zu einer Art Aussichtsplattform, zu der ein Kiosk gehörte. Es ließ sich gut erkennen, dass es von dort aus noch eine Stufe höher ging. Das ganze Gebäude wirkte wie der Tower eines Kleinflughafens. Es fehlte nur die Glaskanzel auf seiner Spitze.

„Erst außen rum", raunte Oberkommissar Müller und richtete die Maschinenpistole kurz auf die Treppe.

Die Stufen sahen wie geschliffen aus. Unzählige nackte Füße hatten sie abgenutzt, waren auf und ab gelaufen, um sich am Kiosk ein Eis zu kaufen. Jetzt kroch nur noch der Nebel gleich einer weißen Schlange über die Treppe.

‚Ich hasse ihn', dachte Finn. ‚Diese Bestie lacht sich jetzt wahrscheinlich ins Fäustchen und stellt sich vor, wie wir hier zitternd nach seinem grässlichen Kunstwerk suchen.'

Du möchtest wissen, warum ich eine Kräuterfrau geworden bin, hatte Großmutter eines Tages überraschend zu ihm gesagt. *Ich verrate es dir: Ich bin nur wenigen guten Menschen begegnet. Einer davon war dein Großvater. Gott sei seiner Seele gnä-*

dig; ich weiß noch, wie er von falschen Freunden zum Trunk eingeladen wurde. Die Schutzmänner entdeckten ihn am nächsten Tag erschlagen in der Gosse. Die Kumpanen fand man nie, und auch die Gründe für die Tat kamen nie ans Licht des Tages. Ich musste deinen Vater alleine auf die Welt vorbereiten. Im Wald bin ich noch nie belogen worden. Keine Waldbeere hat mich je um Geld betrogen, kein Reh hat mir je einen Kuchen von der Fensterbank gestohlen. Die Wildschweine ließen mich immer in Ruhe, und glaub' mir, Finn, selbst die Bachen ignorieren mich, auch wenn sie Frischlinge haben.

Er hatte sie damals nicht verstanden. Ihm war klar, dass es viele Menschen gab, die Unlauteres im Schilde führten. Das Übervorteilen von Nachbarn und Bekannten wurde nach dem Krieg zu einem immer größeren Problem. Die moderne Gesellschaft, die sich von und durch den Konsum ernährte, unterdrückte mehr und mehr den Zusammenhalt in den Städten und Gemeinden. Die Gier nach materiellen Dingen tötete das letzte bisschen Anstand im Menschen.

Dennoch ... Finn hatte seine Großmutter respektiert und geliebt, aber ihre völlige Abkehr von den Mitmenschen nicht nachvollziehen können.

Jetzt, nach den vielen Jahren als Polizist, bröckelte sein Glaube an das Gute im Volk wie eine Düne bei stürmischer See. Die Suche nach dem „Strohbär" war nur ein weiterer Mosaikstein des Niedergangs. Es wurde immer schlimmer. Das Durchschnittsalter von Straftätern senkte sich stetig weiter nach unten, und im gleichen Maße stieg die Gewaltbereitschaft rapide an. Der Strohbär war ein trauriger Höhepunkt dieser Entwicklung. Anscheinend hatten seine Mordopfer für ihn ausschließlich Schauwert.

‚Wir verlieren unsere Grenzen', dachte Finn. ‚Wir verlieren unsere Moral.'

Müller leuchtete die Rückseite des Gebäudes ab und machte ein paar Schritte in den Nebel hinein. Er kam kopfschüttelnd zurück.

„Da gibt es keinen Zugang“, meinte er. „Bleibt nur noch die Treppe.“

Finn drehte sich wortlos um und ging das kurze Stück bis zur Treppe zurück. Er fühlte sich, als ginge er auf Watte. Langsam stieg er die Stufen hoch und schnüffelte wie ein Hund, aber es war zu kalt, um ungewöhnliche Gerüche wahrzunehmen.

Frank Müller ging schräg hinter ihm. Als sie die Plattform erreichten, schwenkte er Lichtstrahl und Waffenmündung einmal über die gesamte Fläche.

Der ehemalige Kiosk war geschlossen. Eine Klappe verbarg den Innenraum vor neugierigen Blicken. Früher war das wahrscheinlich auch notwendig gewesen. Die Jugendlichen hatten in den Nächten sicher versucht, an Süßwaren und Getränke heranzukommen, aber heute würde ein Einbrecher nur noch stickige Luft vorfinden.

Finn ging an dem Kiosk vorbei und leuchtete die Wände an. Dieses Stockwerk verfügte über eine Art Balustrade, auf der man sich bewegen konnte. Bei Tageslicht hatte man von hier aus sicher einen guten Blick auf die gesamte Anlage. Einige verschlossene Türen tauchten im Lampenlicht auf. Er zog an den Griffen, aber alle waren abgesperrt.

„Gehen wir aufs Dach“, raunte er Müller zu.

Sie stiegen eine weitere Treppe hinauf und erreichten das Dach des Bauwerks. Den beiden Polizisten stockte der Atem, denn von hier oben ließen sich die Becken nicht mehr erkennen. Der Nebel hatte alles verschluckt, und es war, als gäbe es in dieser Welt nur noch den flachen, kurzen Aufbau auf der Gebäudespitze. Eine grünliche Stahltür fiel den Männern ins Auge.

„Herbert könnte uns jetzt sagen, ob sich dahinter eine Leiche verbirgt“, sagte Müller. „Er hat den sechsten Sinn, weißt du?“

Steinmann blieb dem Schutzpolizist eine Antwort schuldig und ging mit entschlossenen Schritten auf die Tür zu. Er griff nach der Klinke und drückte sie herunter. Sie war unverschlossen.

Finn zog die schwere Tür ganz auf und hielt seine Pistole in den Raum. Müller kniete sich ab und leuchtete mit der Lampe.

Ein paar Schaltanlagen und Sicherungskästen hingen an der Wand, und eine weitere Tür führte in den letzten Teil des Aufbaus.

Finn senkte den Lichtstrahl und schluckte.

Grashalme lagen auf dem Boden.

Verteilt auf einen halben Meter Breite.

Sie führten auf die andere Tür zu.

„Scheiße“, sagte Müller und heulte fast. „Scheiße.“

Vorsichtig suchten die Beamten den Boden nach weiteren Spuren ab. Sie konnten jedoch nichts erkennen. Um Gewissheit zu bekommen, mussten sie einen Blick in den angrenzenden Raum werfen.

Finn stieg über die Strohstraße und langte nach dem Griff der Tür. Sie schloss offenbar nicht bündig mit dem Boden ab, sonst hätte sie das Stroh schon durcheinander gewirbelt. Der Kripohauptkommissar zog vorsichtig an dem Griff. Die Tür schwang ganz leicht auf. Finn begriff sofort, dass sie frisch geölt worden war.

Weder er noch Müller wagten es im ersten Moment, das Licht in den dahinter liegenden Raum zu richten. Sie sahen sich kurz an, nickten, und hoben dann gleichzeitig die Lampen hoch.

13.

Es war eine Kreuzigung.

Steinmann senkte die Waffe. Der Mann, der inmitten eines Strohkreises auf dem Boden der kleinen Kammer lag, konnte ihnen nicht gefährlich werden.

Er war nackt. Arme und Beine hatte er weit von sich gestreckt, ähnlich der Figur auf dem berühmten Gemälde von Leonardo da Vinci. Durch Hände und Füße waren Nägel getrieben worden, die den Leichnam unverrückbar festhielten. Den Schädel hatte der Mörder mit einem Stück Stacheldraht am Boden fixiert, der über die Stirn lief. Finn schauderte. Es sah aus wie ein Dornenkranz.

Der Stacheldraht, der sich in die Stirnhaut gebohrt hatte, war schon erschreckend genug, verblasste jedoch gegen die mit rostig aussehendem Blut verkrusteten Augenhöhlen.

Die Augäpfel waren entfernt worden, und Finn befürchtete, dass der Mann zu diesem Zeitpunkt bei Bewusstsein gewesen war.

Die Leiche lag mit offenem Mund am Boden. Man konnte den Schrei förmlich hören, den der Mann ausgestoßen hätte, wenn jetzt noch ein Funken Leben in ihm gewesen wäre.

Mitten auf dem Brustkorb prangte ein kleines, aber gut erkennbares Einschussloch. Die Wunde war verkrustet.

Finn blickte zurück und betrachtete den Weg, den er und Frank Müller gegangen waren. Auch an diesem Tatort gab es letztendlich nur eine einzige Möglichkeit, zur Leiche vorzudringen, was einige Spuren auf dem Boden mit großer Wahrscheinlichkeit vernichtet hatte.

Die beiden Beamten verließen erschüttert den Dachaufbau und

stiegen hinunter auf die Plattform vor dem Kiosk. Finn zückte sein Mobiltelefon und wählte die Nummer der Inspektion. Nachrichten wie diese sendeten Polizisten nicht über den Streifenfunk.

„Hauptkommissar Steinmann hier“, sagte er mit gepresster Stimme. „Schneider, schicken Sie uns die volle Besetzung. Es ist der befürchtete Fall eingetreten. Wir haben im Kammerwoog-Freibad eine Leiche gefunden. Finden Sie den Verwalter der Anlage, wir brauchen Strom und einige Türschlüssel. Er soll herkommen.“

„Geht in Ordnung“, sagte Schneider. „Die Telefonnummer des Verwalters ist bekannt. Ein Großteil Ihrer Mordkommission ist schon hier. Der Technikzug ist bereit zum Abmarsch und Hauptkommissar Nakrüz instruiert gerade seine Leute.“

Finn nickte stumm, obwohl Schneider ihn natürlich nicht sehen konnte. Er gab dem Kommissar noch einige Anweisungen und beendete die Verbindung.

Frank Müller blickte während des Gespräches stumm zu Boden. Steinmann wartete, bis der kantige Schutzpolizist den Kopf wieder anhob. Im ersten Moment wollte er fragen, ob alles in Ordnung sei, aber dann blickte er in Müllers Augen. Es war deutlich zu sehen, dass dem Mann etwas eingefallen war.

„Ich kenne den Toten“, sagte Müller.

Finn zuckte zusammen. „Tatsächlich? Wer ist es?“

„Sein Name ist Peter Lochner. Er wird seit drei Wochen vermisst.“

Steinmann erinnerte sich. Er hatte die Übersicht mit den Vermissten und Flüchtigen nur kurz betrachtet. Der Name Peter Lochner war der aktuellste auf der Liste.

„Bist du sicher? Sein Gesicht ist völlig entstellt. Man kann kaum etwas erkennen. Ist dir etwas Markantes aufgefallen?“

Müller neigte den Kopf. „Ja. Er hat ein sehr ausgeprägtes Grübchen am Kinn und ungewöhnlich hohe Wangenknochen. Ich mag mich natürlich irren, aber ich bin mir ziemlich sicher, dass er es ist.“

Finn griff noch einmal zum Telefon und wählte erneut die Inspektion.

„Ja, hier noch mal Steinmann. Schneider, sagen Sie Hauptkommissar Nakrüz, dass er die Fahndungs- und Vermisstenübersicht mitbringen soll."

„Verstanden."

Finn schaltete ab und wandte sich an Frank Müller. „Ich gehe zum Wagen und hole die Digitalkamera. Herbert wird wissen wollen, was wir gefunden haben. Außerdem möchte ich herausfinden, wer uns heimlich gefolgt ist. Sicher den Bereich ab."

Müller tippte sich an den Mützenschirm und ging die Treppe wieder hoch. Steinmann lief nach unten und eilte dem Ausgang entgegen. Als er die Brücke betrat, hörte er eine lautstarke Diskussion, die von dem Streifenwagen kam. Lanzingers Stimme war unverkennbar.

„Nein, ihr dürft nicht über die Brücke. Es ist mir völlig egal, dass noch keine Absperrung zu sehen ist. Wenn wir etwas in dem Freibad finden, werdet ihr es schon noch früh genug erfahren. Bis dahin könnt ihr mich als bewegliche Absperrung betrachten!"

Eine Frauenstimme antwortete, doch Finn konnte die Worte nicht verstehen. Er hastete über die Brücke und näherte sich dem Wagen.

‚Ich hätte es wissen müssen', dachte er.

Es war die Journalistin mit dem stark geschminkten Gesicht. Sie stand mit ihrem Kameramann vor Herbert Lanzinger und fuchtelte mit dem Mikrofon herum. Der Oberkommissar war sichtlich erleichtert, als Finn aus dem Nebel auftauchte.

„Ah, Herr Steinmann", säuselte die Frau. „Da ich Sie hier antreffe, nehme ich an, dass die Polizei auf etwas gestoßen ist, das in Zusammenhang mit dem Strohbär-Fall steht?"

„Kein Kommentar", sagte Finn und blickte Herbert Lanzinger an. „Was ist hier los?"

„Sie haben mich nicht zum Wagen zurücklaufen sehen, weil ich dir meine Lampe gab. Daher getrauten sie sich, die Straße herunterzukommen. Sie war etwas überrascht, als ich unvermittelt vor ihr auftauchte. Der Kameramensch hat ein paar Panoramaaufnahmen gemacht, mehr ist bisher nicht passiert. Die beiden wollen mir partout nicht glauben, dass es hier nichts zu sehen gibt."

Finn sah der Frau ernst in die Augen. „Sie werden sich jetzt mit Ihrem Transporter auf die Wiese zurückziehen. Hier wimmelt es gleich von Polizeifahrzeugen. Haben Sie mich verstanden?"

„Werden Sie mir später ein paar Informationen liefern?"

„Ich denke darüber nach."

Steinmann wandte sich von ihr ab und ignorierte ihre Anwesenheit. Er hatte jetzt Wichtigeres zu tun, als sich mit einer Reporterin herumzuärgern.

Lanzinger sah ihn aufmerksam an. In den Augen des Orakels stand eine unausgesprochene Frage. Finn nickte kaum merklich und sagte: „Ja."

Lanzinger schloss kurz die Augen und ging dann zur Heckklappe des Streifenwagens. Er nahm die Kameratasche aus dem Kombi und reichte sie Finn.

„Ich sperre hier dann mal ab, was?", sagte er leise.

„Ja", antwortete Steinmann. „Frank meint, dass es sich bei dem Opfer um Peter Lochner handelt."

Lanzinger brummte. „Es gibt nichts Schlimmeres, als vor einer Tür zu stehen und einer bangenden Frau vom Tod ihres Mannes zu berichten."

„Er ist verheiratet?", rief Finn überrascht. „Ich dachte eher ..., dass wir hier wieder einen heimlichen Junkie haben, jemand, der sich vielleicht pornografische Bilder übers Bett hängt.'

„Nein", meinte Lanzinger. „Nach allem, was wir bisher wissen, ist er ein völlig unbeschriebenes Blatt. Er verschwand vor drei Wochen auf seiner täglichen Joggingrunde."

Steinmann schüttelte den Kopf. „Warten wir es ab. Aslan bringt die Übersicht mit, damit können wir ihn vielleicht identifizieren."

„Wie schlimm ist es diesmal?"

„Eine Kreuzigung. Der Strohkreis ist auch wieder dabei."

„Gott verfluchter Bastard. Ab morgen früh wimmelt es in der Stadt sicher von Medienfahrzeugen. Wir werden keine ruhige Minute mehr haben."

„Das fürchte ich leider auch."

Finn ging wieder über die Brücke zum Freibad zurück. Der Nebel verwandelte sich in eine bläuliche Suppe, als Lanzinger das Warnlicht auf dem Dach des Streifenwagens aktivierte.

Frank Müller hatte sich zwischenzeitig damit beschäftigt, eine erste Skizze vom Fundort anzufertigen. Er beschrieb die Lage des Toten aus sicherer Entfernung. Steinmann stellte sich wortlos neben ihn und fotografierte die ganze Umgebung. Der Leiter der Mordkommission wandte sich dem Leichnam zu und schoss mehrere Bilder. Die beiden Beamten beschäftigten sich still und leise. Erst als Aslan Nakrüzs Ruf ertönte, fiel Steinmann auf, wie lange Müller und er schon in ihre Arbeit vertieft waren. Er sah auf die Uhr. Es waren vierzig Minuten vergangen, seitdem sie die Leiche gefunden hatten, und nun rückte die ganze Mannschaft an.

Er fühlte, dass die Zeit sein ärgster Feind zu werden drohte. Da noch keine heiße Spur aufgetaucht war, stand zu befürchten, dass der Gekreuzigte in dem Dachaufbau nur ein weiterer Mosaikstein im Gesamtwerk des Strohbären war. Vielleicht hatte er diesmal nicht so sorgfältig gearbeitet. Irgendwo hier war etwas zu finden, das er in grenzenloser Selbstüberschätzung übersehen hatte. Ein winziger Fehler, der genügen konnte, um die Mordkommission auf die richtige Spur zu bringen.

Aslan kam die Treppe hoch und gesellte sich schweigend zu Steinmann und Müller. Der Leiter deutete in die geöffnete Tür hinein.

Der Deutschtürke ging ein, zwei Schritte auf die Öffnung zu und starrte auf die Leiche. Dann strich er mit der flachen Hand über sein dunkles Gesicht und wandte sich an Finn.

„Ich kann nicht mehr richtig schlafen", sagte er aufrichtig.

Steinmann hob die Augenbraue. „Warum?"

„Wir fanden nichts am ersten Tatort, was uns dem Strohbär näher gebracht hätte. Einzelne Stellen werden noch untersucht, aber ich glaube nicht, dass sich etwas ändern wird. Wenn wir hier auch nichts Relevantes entdecken, fange ich wirklich an zu verzweifeln."

‚Nein', dachte Finn. ‚Das darfst du nicht. Wir müssen etwas finden, alter Freund. Wir haben keine andere Wahl.'

„Ich lasse die Beleuchtung zunächst hier auf den zwei Plattformen aufbauen", erklärte Aslan. „Die Räume sind noch enger als an der Schmiede. Wir werden fürs Erste Kopflampen tragen müssen."

„Ich lasse den Verwalter herkommen. Er wird uns alle verschlossenen Türen aufsperren und den Strom einschalten."

Aslan nickte und ging langsam wieder zur Beckenebene hinunter. Man sah ihm an, dass er am liebsten gerannt wäre, aber Hektik und Eile waren das Letzte, was die Mordkommission an diesem Tatort gebrauchen konnte.

Der Technikzug montierte routiniert die Beleuchtung und sorgte für ordnungsgemäße Absperrungen. Schließlich konnte der Erkennungsdienst seine Arbeit aufnehmen. Weitere Fotos wurden geschossen, die Räumlichkeiten vermessen und die Witterungsbedingungen notiert. Jeder Winkel der Umgebung wurde untersucht und aus verschiedenen Richtungen betrachtet. Irgendjemand lief sogar mit einer Quarzlampe herum, um mögliche Spermaspuren zu entdecken.

Steinmann wusste, dass bei einem derart bizarr und verquer denkenden Täter mit allem gerechnet werden musste, aber er glaubte nicht, dass sie es hier mit einem Triebtäter zu tun hatten. Finn spürte, dass etwas gänzlich anderes hinter den beiden Morden steckte.

Eine verborgene Wahrheit? Die Geschichte, die sie immer noch nicht gelernt hatten zu verstehen?

Er kam im Laufe der Nacht nicht dazu, diese Gedanken im Kopf hin und her zu drehen. Die Organisation der Tatortuntersuchung mit den einhergehenden Ermittlungen benötigte seine gesamte Aufmerksamkeit. Irgendwann erreichte ihn auch die Nachricht, dass der Anruf diesmal von der Telefonzelle am Bahnhof gekommen war. Die Polizisten bedauerten, dass die angekündigte Videoüberwachung noch nicht installiert war. Von den dort wartenden Taxifahrern hatte niemand etwas gesehen. Sie räumten aber ein, viel unterwegs gewesen zu sein. Selbst wenn zufällig jemand zur gleichen Zeit am Bahnhof vorbeigefahren war, schien es unwahrscheinlich, dass dieser Person aufgefallen war, ob und wer gerade die Zelle benutzt hatte. Die bisherige Vorgehensweise des Strohbären deutete darauf hin, dass er nur unter höchster Vorsicht agierte. Es war anzunehmen, dass er einen günstigen Moment abgepasst hatte, um seinen Anruf zu tätigen. Wie lange hatte er mit Schneider gesprochen? Nur wenige Sekunden. Selbst mit Steinmanns kurzem Dialog verlängerte sich die Zeit nicht entscheidend.

Auch wenn die Erfolgsaussichten denkbar gering waren, mussten sie natürlich zu gegebener Zeit an die Öffentlichkeit gehen.

Der Anruf beim Bereitschaftsstaatsanwalt brachte neue Probleme mit sich. Steinmann hatte einen mit dem Fall nicht vertrauten Mann an der Strippe, der sich mit dem Ablauf von Mordermittlungen nicht ausreichend auskannte.

Finn rang ihm die Zustimmung ab, eine Pressekonferenz in Idar-Oberstein abhalten zu dürfen. Ohne vernünftiges Futter würden die Mediengeier beginnen, die Stadt gleich einer römischen Armee zu belagern.

In den frühen Morgenstunden stieg Steinmann wieder die Stufen hinauf, dorthin, wo erneut ein Mensch auf barbarische Weise dem Blick des Betrachters präsentiert wurde. Aslans Team wirkte müde, ließ aber nicht in seinen Bemühungen locker. Der Erkennungsdienst fühlte sich durch den relativen Misserfolg an der Schmiede herausgefordert.

Überrascht erkannte Finn den roten Haarzopf von Dr. Neisinger, die vorsichtig bei der Leiche kniete und mit einer Bleistiftlampe einzelne Körperteile näher in Augenschein nahm. Er räusperte sich kurz, um sie nicht zu erschrecken. Die Ärztin sah kurz auf und lächelte ihn bitter an.

„Da sind wir wieder", sagte sie zur Begrüßung.

„Ich habe dich gar nicht kommen sehen. Hat dich Kartina schon so früh in Marsch gesetzt?"

„Nein", sagte sie und beugte sich zum rechten Ohr der Leiche hinunter. „Ich war noch gar nicht weg. Der Professor bat mich, noch zwei Tage hier zu bleiben, für den Fall, dass etwas geschehen würde. Er kann solche Dinge durchaus anordnen. Es hat nicht immer den Anschein, aber ihm ist sehr viel gelegen an der Aufklärung dieses Falles."

„Wo hast du dich einquartiert?"

„Die Pensionen hier sind klein und gemütlich. Leider verpasse ich meist das Frühstück. Ist ganz hervorragend. Aber unser Mörder hat sich anscheinend auf Nachtschichten festgelegt."

„Ja, sieht ganz so aus. Kannst du schon etwas sagen?"

„Nur so viel, dass es diesmal völlig anders ist."

„Inwiefern?"

„Wir haben zum Beispiel bei dieser Leiche keine ausgeprägte Anämie. Natürlich ist er durch die Schusswunde und den Blutverlust gestorben, aber einen Großteil seines Blutes hat er noch im Körper."

Steinmann nickte.

„Dazu kommt die Tötung selbst. Kein Schnitt mit einem Küchenbeil, sondern ein aufgesetzter Schuss. Die Stanzmarke ist deutlich zu erkennen."

Finn rückte ein Stück näher und betrachtete die Eintrittsöffnung. Der Abdruck einer Selbstladepistole war auf der Haut gut zu sehen. Der Schlitten war beim Schuss zurückgeworfen worden und wieder nach vorne geschnellt. Die daraus entstandene Stanzmarke grenzte den Tatwaffenkreis erheblich ein, denn bei Revolvern bildete sich solch ein Abdruck nicht. In der Wunde waren schwarze Punkte zu erkennen, die vom verbrannten Pulver stammten. Auf kurze Distanzen wurde das Fleisch unter der

Haut der Opfer durch die Hitze verschmort. Eine Schmauchhöhle entstand.

„Ist das Projektil noch in seinem Körper?"

„Das kann ich dir nicht sagen. Ich konnte ihn noch nicht herumdrehen. Aslan war dagegen."

„Ich verstehe. Was ist mit seinen Augen?"

„Die wurden ihm nicht sehr fachmännisch entnommen, was vielleicht auch Absicht war. Die Augenhöhlen sind aber nicht vereitert oder entzündet. Er wurde also gepflegt und versorgt während des Heilungsprozesses. Dem Wundheilgrad nach schätze ich die Entnahme auf etwa zwei Wochen."

„Das passt zusammen. Dieser Mann wurde vor drei Wochen als vermisst gemeldet. Er ist übrigens fast genau so alt wie Hans Köhler."

„Wissen wir schon, wer es ist? Das hat mir noch niemand gesagt. Haben ihn Angehörige identifiziert?"

„Das holen wir nach, wenn er …"

„Ja", erwiderte sie. „Natürlich. In diesem Zustand sollte ihn niemand von seiner Familie sehen."

Steinmanns Mobiltelefon klingelte. Horst Engel war am Apparat. Er hatte die undankbare Aufgabe übernommen, die Ehefrau des Ermordeten zu informieren. Sie war versucht gewesen, sofort mit ihm zur Wache zu kommen, er hatte sie jedoch davon überzeugen können, dass dies weder für sie noch für die Polizei von Nutzen war. Ihr Sohn und die Tochter waren ebenfalls im Haus. Gemeinsam würden sie die Nacht abwarten und dann am Morgen zur Wache fahren.

„Sie war erstaunlich gefasst", meinte Engel, der schon wieder auf dem Rückweg war. „Aber das kann auch nur eine andere Form von Schock gewesen sein."

„Ich werde mit ihr sprechen, sobald sie in der Inspektion eintrifft. Ich möchte sofort informiert werden, wenn sie kommt."

„Wird gemacht. Kommt ihr da draußen klar?"

„Verrat's niemandem, Horst. Die Techniker haben den Kaffee vergessen."

Engel verstand. „Haltet schon mal die Becher bereit. Ich bin gleich da."

Finn steckte das Mobiltelefon in die Tasche und gähnte. Die Vorfreude auf eine heiße Tasse Kaffee war die erste positive Nachricht an diesem Tag.

„Hast du noch andere Informationen für mich?", wandte er sich wieder an Dr. Neisinger. „Irgendwelche Hinweise auf Drogen?"

„Du meinst wie bei Köhler?"

„Ja."

„Das werden wir erst herausfinden, wenn ich ihn geöffnet habe. Aber ich glaube es ehrlich gesagt nicht. Dieser Mann ist auf völlig andere Weise ums Leben gekommen. Die Leichenflecken lassen auch nicht auf eine Vergiftung schließen. Sie sind nicht sehr stark ausgeprägt, wie es typisch für Verblutungen durch Schusswunden ist."

„Mmh. Vielleicht lässt sich in dieser Andersartigkeit sogar ein Muster erkennen."

Steinmann störte die Ärztin nicht weiter und sah ihr noch einen Moment bei ihrer schauerlichen Arbeit zu. Von allen Jobs, über die er je nachgedacht hatte, war der des Gerichtsmediziners mit Sicherheit der Letzte gewesen. Das Stochern in totem Fleisch gehörte definitiv nicht zu seiner Vorstellung von beruflicher Erfüllung.

‚Ja', wisperte ein zynischer Gedanke in seinem Kopf. ‚Stattdessen bist du ständig auf der Jagd nach gefährlichen Geistesgestörten, die ihre Opfer zerhacken, auflösen, verspeisen, bemalen oder ausstopfen. Katja Neisinger hat es da viel einfacher. Vor den Personen, mit denen sie zu tun hat, muss sie sich nicht mehr in Acht nehmen.'

„Ist noch etwas?", riss ihn die Stimme der Ärztin aus seinen Gedanken.

„Nein, alles in Ordnung", lächelte er verlegen. „Ich habe nur nachgedacht."

Kommissar Peters tauchte auf dem Dach des Gebäudes auf. „Hauptkommissar Steinmann? Der Verwalter ist jetzt da."

Finn folgte ihm auf den Parkplatz. Der Verwalter war ein kleiner, ältlich wirkender Mann mit nervösem Blick. Es war nicht zu erkennen, ob das ein wesentlicher Zug seines Charakters war oder nur von der beklemmenden Situation herrührte. Immerhin war auf dem Stück Land unter seiner Obhut eine Leiche gefunden worden.

„Guten Morgen", begrüßte Finn den Verwalter. „Ich bin Hauptkommissar Steinmann."

„Guten Morgen. Mein Name ist Hubert Frantz. Ich habe keine Erklärung für die Vorgänge hier. Sie müssen wissen, ich bin seit vielen Jahren verantwortlich für ..."

„Langsam", beschwichtigte Finn den aufgeregten Mann.

Frantz sprach schnell und hastig. Es fiel ihm schwer, auf Finns Hochdeutsch klar zu antworten.

„Niemand will Ihnen Böses. Ich habe nur ein paar Fragen an Sie, und wenn die gestellt und beantwortet sind, schließen Sie uns bitte das ganze Freibadgebäude auf. Außerdem wollen wir an den Sicherungskasten ran, damit wir heute Abend nicht wieder im Dunkeln arbeiten müssen."

„Die Polizei bleibt bis heute Abend hier?"

Steinmann ärgerte sich. Der Tonfall des Mannes war ablehnend. Er fühlte sich anscheinend durch die Polizei belästigt.

„Wenn es sein muss, Herr Frantz", sagte Finn langsam, „sind wir eine ganze Woche hier."

„Wärt ihr mal früher so energisch gewesen", keifte Frantz plötzlich. „Ich weiß gar nicht mehr, wie oft ich wegen tobender Jugendlicher und Einbrüchen auf der Wache anrufen musste. Da hat es manchmal Stunden gedauert, bis sich jemand blicken ließ."

Finn sah kurz zu Herbert Lanzinger hinüber, der missmutig die Stirn runzelte.

„Herr Frantz", sagte der Oberkommissar sichtlich verärgert, „wir haben nicht das geringste Interesse daran, diese alte Leier schon wieder zu hören. Ich habe Ihnen schon früher erklärt, warum und wieso es gelegentlich länger gedauert hat. Wir haben nicht genügend Personal. Leichen unter der Naheüberbauung und Einbrüche in Idar haben Vorrang vor einem Freibad, dass ein paar Freaks mit Fäkalien verunreinigt haben."

Steinmann unterdrückte ein amüsiertes Husten.

„Wir reden später", sagte er zu dem alten Mann. „Jetzt folgen Sie bitte Kommissar Peters und schließen die Türen auf."

Frantz entfernte sich brummelnd. Finn wartete einen Moment. „Fäkalien im Freibad?", fragte er dann.

„Ein Foto davon hängt noch heute im Pausenraum. Die Spinner hatten damals eine ganze Menge Hundekot ins Wasser geworfen. In jeder ... Wurst ... steckte ein Schirmchen, wie man sie sonst nur in Cocktails bekommt. Es sah aus wie eine Regatta."

„Ist er deswegen so sauer?"

„Ich kann ihn verstehen. Das Kammerwoog lädt durch seine Lage immer wieder Leute dazu ein, unberechtigt einzusteigen. Die Statistik der Inspektion wird durch diese Anzeigen ziemlich nach oben getrieben. Die Jagdhütte des Unternehmers taucht ebenso oft in den Einbruchslisten auf."

Finn nickte. Das ruhige Tal ganz in der Nähe der Stadt war geradezu prädestiniert für derartige Übergriffe. Er klopfte Lanzinger auf die Schulter und folgte Kommissar Peters mit seiner grantigen Begleitung. Sein Zorn über den Mann war schon verraucht. Es gab Schlimmeres.

‚Zum Beispiel eine gekreuzigte Leiche mit einem Loch im Brustkorb.'

Finn holte die beiden ein und stellte dem Mann ein paar Fragen, die keine interessanten Details ans Licht brachten. Er entließ ihn und ging noch einmal zu Aslans Team. Die Dämmerung setzte ein. Bald würden sich die Sichtverhältnisse verbessern, was die Arbeit des Erkennungsdienstes erheblich erleichtern würde. Der Nebel machte keine Anstalten sich endlich aufzulösen.

„Fortschritte?", fragte er Aslan.

„Nein. Es ist zum Verrücktwerden. Wir haben es mit einem absoluten Profi zu tun."

Finn stimmte ihm insgeheim zu. Er fand keine Worte, um die Laune des Deutschtürken zu heben.

„Horst Engel bringt gleich Kaffee“, meinte er schließlich.

„Den haben wir auch bitter nötig“, nickte Nakrüz. „Den Jungs steckt die Feuchtigkeit schon in den Klamotten. Sie kriecht unter die Schutzanzüge. Die Kälte in der Schmiede war trockener.“

„Ja, da hast du Recht. Kannst du mir um zehn Uhr eine kurze Auflistung geben, was ihr bis dahin gefunden habt? Ich habe für elf Uhr eine Pressekonferenz anberaumt.“

Aslan sah auf seine Uhr. Die Anzeige war unter dem Schutzoverall kaum zu erkennen. Es war jetzt sieben Uhr dreiunddreißig.

„Kein Problem. Ich werde eine kurze Übersicht vorbereiten. Hoffentlich ist nach der Pressekonferenz eine Weile Ruhe. Die Tante auf dem Parkplatz macht nämlich fleißig Aufnahmen. Die Jungs an der Absperrung sind ziemlich genervt.“

„Ja“, knurrte Steinmann. „Ich kann ihr leider nicht verbieten, mit dem Transporter auf der Wiese zu stehen. Ich rechne eigentlich jeden Moment mit weiteren Sendefahrzeugen. Wenn wir sie jetzt vertreiben und den kompletten Parkplatz dicht machen, werden sie das als Maßnahme gegen sich werten. Dann wiegeln wir die Berichterstattung gegen uns auf. Am besten ignorieren wir sie einfach.“

Steinmann konnte zu diesem Zeitpunkt nicht wissen, dass er von eben jenen Reportern eine erste wichtige Spur erhalten würde.

14.

Der Mann erreichte sein Fahrzeug und öffnete es lautlos. Er hatte seinen Beobachtungsposten im Tal aufgegeben und war zum Wagen zurückgegangen. Die Polizisten hatten ihn nicht bemerkt.

Er schwang sich hinter das Steuer und befreite seine Schuhe rasch von Matsch und fauligen Blättern. Als er die Fahrzeugtür schloss, gestattete er sich drei Sekunden Ruhe und atmete tief durch.

Seine Winterjacke war zu dick, um bequem hinter dem Lenkrad sitzen zu können, daher zwängte er sich aus dem Kleidungsstück heraus. Er hatte keine Lust, noch einmal auszusteigen.

Erstaunt stellte er fest, dass er das Marmeladenglas mit den Pillenvorräten noch in der Jackentasche hatte. Es sollte eigentlich im Medizinschrank stehen.

‚Ich habe es eingesteckt und dann vergessen', dachte er.

Missmutig zog er das Glas aus der Tasche. Seine Augen weiteten sich vor Schreck, als er den Deckel spürte, der sich unbemerkt gelöst hatte. Einige Präparate fand er im Stoff der Tasche, aber nicht alle. Er wusste genau, wie viele er noch besaß. Panik wallte in ihm auf. Hastig schob er sich einen Wutblocker in den Mund und schluckte ihn herunter.

Verdammt.

Der Fehler, vor dem er sich die ganze Zeit gefürchtet hatte, war eingetreten. Es war zu spät, den Weg zurückzugehen und die verloren gegangenen Medikamente aufzuspüren. Es wimmelte inzwischen von Polizisten auf dem Freibadgelände, und er wusste sehr genau, wie aufmerksam sie einen Tatort begutachteten.

Sie hatten auch schneller als beim ersten Mal die Anrufquelle lokalisiert. Er hatte aus der Ferne einen Streifenwagen mit Erkennungsdiensttechnikern gesehen, die sich bereits an der Telefonzelle zu schaffen machten.

‚Gute Organisation, Steinmann', dachte er und grunzte, als der Wutblocker endlich Wirkung zeigte.

Es fiel ihm immer schwerer, Zorn und Hass unter Kontrolle zu halten. Seine Tagesrationen wurden konstant höher. Die Vorräte wurden knapp.

Einerlei.

Die Hälfte des Weges hatte er geschafft. Zwei waren tot. Es gab kein Zurück.

‚Gerechtigkeit', dachte er und fühlte, wie der Zorn gleich verdeckter Glut unter dem Medikament schwelte. ‚Gerechtigkeit'.

Zwischenspiel

„Warum habt ihr dunkel gemacht?", fragt Tim nervös. „Davon hat mir meine Mama nichts erzählt."

„Deine Mama hat dir eine ganze Menge nicht erzählt, Tim", grollt der Strohbär.

„Was passiert denn jetzt? Ich habe euch doch Eier und Speck gegeben. Wollt ihr nicht weiterziehen?"

„Euer Haus ist das letzte in der Straße", sagt die riesige Gestalt. „Wir sind fertig, junger Mann. Jetzt haben wir uns ein wenig Amüsement verdient."

Die drei Treiber huschen wie aufgeschreckte Spinnen in der Wohnung umher. Tim erhascht einen Blick in ihre Augen, die seltsam schimmern. Es kommt ihm unheimlich vor, wie sie sämtliche Vorhänge zugezogen haben.

‚Ich habe Angst', stellt er fest. ‚Aber ich werde meinen Freund nicht verraten. Er macht sich sonst in die Hose.'

Der Junge wendet sich dem Strohbär zu und sieht ihm ins starre Gesicht. Die Maske scheint jetzt höhnisch zu blicken, und hinter den Sichtschlitzen bewegen sich gierig funkelnde Augen.

Tim fröstelt und macht einen Schritt zurück. Er stößt gegen ein Hindernis. Der Junge fährt herum und sieht einen der Treiber hinter sich. Der Mann riecht stark nach Alkohol und lächelt wie eine irre Comicfigur. Tim beginnt zu zittern.

„Halt ihn fest, Hans", sagt der Strohbär schnell. „Peter, stell dich an die Tür. Achte darauf, dass niemand kommt."

„Was ist, wenn er schreit?", fragt einer der Treiber.

„Dann stopf ihm das Maul", sagt der Strohbär knurrend.

15.

Der kleine Konferenzraum der Polizeiinspektion Idar-Oberstein war bis auf den letzten Platz gefüllt. Auf dem vordersten Tisch hatten eifrige Techniker so viele Mikrofone montiert, dass man Steinmann und den Leiter der Inspektion kaum noch erkennen konnte. Ganz am Ende des Raumes drängelten sich die Kameraleute und justierten ihre Geräte. Zahllose Kabel bedeckten den Boden wie ein riesiger Haufen schlafender Schlangen.

Steinmann und der Erste Kommissar wirkten etwas verloren auf ihren Stühlen. In der Idar-Obersteiner Wache kam es nicht oft zu solch einem Medienaufgebot. Zuletzt war es bei dem Entführungsfall eines ortsansässigen Unternehmers und der berühmt gewordenen SOKO „Panzerfaust" zu solch einem Andrang gekommen.

Pünktlich um elf Uhr kehrte Ruhe ein. Steinmann erhob sich und begrüßte die anwesenden Medienvertreter förmlich. Er sprach in neutralem Tonfall und übergab das Wort dann an den Ersten Kommissar der Dienststelle, Kriminalhauptkommissar Bohn, der ein erfahrener und umsichtiger Mann war. Bohn hatte sich aus den Ermittlungen rund um den Strohbärfall herausgehalten und dem Leiter der Mordkommission freie Hand gelassen. Steinmann hielt ihn allerdings mit stetigen Memos immer auf dem neuesten Stand. Die Arbeitsbelastung der Dienststelle Idar-Oberstein mit ihren knapp einhundert Polizisten war zu hoch, um sich als Erster Kommissar nur auf die Mordkommission konzentrieren zu können. Die Hierarchie der Polizei verlangte aber, dass er als ranghöchster Beamter und Inspektionsleiter die Konferenz eröffnete.

„Guten Morgen, meine sehr verehrten Damen und Herren", begann Bohn. „Bevor ich wieder an den Leiter der SOKO ‚Strohbär' übergebe, möchte ich Sie über die allgemeine Lage in der Stadt informieren. Es sind fälschlicherweise Gerüchte unter der Bevölkerung aufgekommen, dass die Ereignisse rund um den Strohbärfall die Polizei Idar-Obersteins so sehr binden, dass andere Aufgaben vernachlässigt werden."

Bohn wartete einige Sekunden und führte dann seine Erläuterungen fort. „Es ist richtig, dass in den ersten beiden Ermittlungstagen eine große Kommission gebildet wurde, um die anfallenden Befragungen und Untersuchungen schnell und umfassend durchzuführen. Da diese Arbeiten zwischenzeitig abgeschlossen sind, wurde der Regeldienst in vollem Umfang wieder aufgenommen. Ich möchte betonen, dass keine Streifenfahrt ausgefallen ist. Die Schutzpolizei hat mit ihren fünf Dienstgruppen enorme Mehrarbeit auf sich genommen, um die Verbrechensprävention und Präsenz auf den Straßen in gewohnter Weise darstellen zu können. Wir verzeichnen keinen Anstieg der Kriminalität in dieser Zeit, also kann keine Rede sein von einer lückenhaften Polizeiarbeit. Leider haben sich heute Nacht neue Entwicklungen ergeben, die erneut unser Personal aufs Schärfste fordern. Ich darf den Bürgern von Idar-Oberstein allerdings versichern, dass wir auch diesmal keinen Mangel an Präsenz aufkommen lassen. Die Kripo der Dienststelle wurde wieder mit zahlreichen Kräften von außerhalb verstärkt, damit unser Ermittlungsdienst, der sich beispielsweise auch bis nach Morbach erstreckt, nicht darunter leiden muss."

Bohn nickte Finn zu, der keine Pause entstehen ließ und sich sofort an die Zuhörer wandte. Er sah in der Menge auch die Reporterin wieder, die sich in der Nacht erfolgreich an seine Fersen geheftet hatte. Sie hieß Monika von der Beuen, wie er inzwischen in Erfahrung gebracht hatte.

„In der Nacht von Mittwoch auf Donnerstag erhielt die Inspektion Idar-Oberstein einen anonymen Hinweis, aufgrund dessen wir mit einer Streife zum ehemaligen Freibad Kammerwoog fuhren. Wir fanden dort eine männliche Leiche. Es handelt es sich um Peter Lochner, der seit drei Wochen vermisst wird. Die Familie des Toten hat darum gebeten, seinen Namen mit Respekt zu behandeln. Das ist auch nicht Gegenstand dieser Konferenz. Die Begleitumstände seines Todes lassen vermuten, dass der als ‚Strohbär' bekannt gewordene Straftäter in ihm sein zweites Opfer gefunden hat. In Absprache mit der Gerichtsmedizin kann als Todesursache eine Schussverletzung bestätigt werden. Sie werden sich alle daran erinnern, dass Hans Köhler, das erste Opfer des Strohbären, durch eine Schnittverletzung sein Leben verlor. Wir haben also keine Tatwaffenübereinstimmung, wohl aber verschiedene andere Indizien, die eindeutig auf das Werk des Strohbären zurückzuführen sind."

Finn hörte die Kameras surren. Diktiergeräte liefen, Bleistifte huschten über Notizzettel. Laptops wurden von schnellen Fingern bearbeitet. Er bemerkte, dass einige Radiosender die Konferenz aufzeichneten. Gelegentlich zuckte das Blitzlicht eines Fotoapparates durch den Raum. Alle anwesenden Polizisten trugen ernste Mienen zur Schau. Die Öffentlichkeit erwartete Disziplin von ihren Ordnungshütern.

„Aus ermittlungstaktischen Gründen kann ich Ihnen über etwaige Hinweise oder Verdachtsmomente keine Auskünfte geben. Sie dürfen aber sicher sein, dass der Erkennungsdienst mehrere Spuren sichergestellt hat, denen die Mordkommission derzeit nachgeht."

Finn hoffte, dass sein Gesichtsausdruck bei dieser Lüge unverändert blieb. Er beobachtete den Vertreter der örtlichen Tageszeitung, der konzentriert auf den Bildschirm seines Laptops starrte.

„Fragen, bitte", sagte Bohn.

Ein junger Mann hob die Hand. Er kam von der Lokalredaktion. Bohn nickte ihm zu. Zahlreiche Objektive richteten sich auf den Reporter. „Die Vermisstenmeldung von Peter Lochner ist zweieinhalb Wochen alt. Geht die Polizei davon aus, dass er in dieser Zeit von seinem Mörder festgehalten wurde? Oder ist er schon seit Längerem tot?"

„Nein", sagte Finn. „Wir können annehmen, dass er in Gefangenschaft war. Wie lange, muss die Gerichtsmedizin festlegen."

„Weitere Fragen, bitte."

Eine winzige Pause entstand, die der junge Mann erneut nutzte. Er bewies, dass er hervorragend recherchiert hatte, stellte aber eine im ersten Moment befremdliche Frage.

„Nach meinen Unterlagen ist Peter Lochner der Sohn eines Pfarrers. Muss die Kirchengemeinde der Region einen Mörder fürchten?"

Finn traf diese Information völlig unvorbereitet. Sie waren noch nicht dazu gekommen, der Biografie von Lochner im Detail nachgehen zu können. Es war wie ein Peitschenhieb.

Der Sohn eines Pfarrers.

Lochner war gekreuzigt worden.

„Nein", antwortete Finn und riss sich zusammen. „Wir gehen derzeit nicht davon aus, einem Täter mit religiöser Motivation nachzustellen."

Er winkte Horst Engel heran und flüsterte ihm einige Anweisungen ins Ohr. Engel nickte und verließ den Konferenzraum. Die Szene wurde mehrfach fotografiert.

„Weitere Fragen, bitte."

„Hat man auch bei Lochner Drogen festgestellt?", fragte eine Mitarbeiterin einer großen Tageszeitung.

„Nein", sagte Finn. „Peter Lochner war passionierter Langläufer. Er hat weder geraucht noch getrunken. Nach unseren Kenntnissen hat er auch nicht gegen das Betäubungsmittelgesetz verstoßen."

„Wie kann dann von Gerechtigkeit die Rede sein?", rief jemand dazwischen. „Der Strohbär macht doch Jagd auf Verbrecher und Triebtäter."

‚Gute Frage', dachte Finn. ‚Das bleibt noch herauszufinden.'

„Über etwaige Verfehlungen von Peter Lochner ist nichts bekannt. Wir dürfen davon ausgehen, dass er ein unbescholtener Bürger gewesen ist."

‚Hat der Strohbär schon diesen Ruf?', überlegte Finn. ‚Gilt er als Rächer von Verbrechensopfern? Dann wird es nicht mehr lange dauern, bis ihm offene Sympathie entgegengebracht wird. Die Stammtische werden ihn hochleben lassen. Er wird zu einer Ikone von Faschisten und Radikalen.'

Steinmann hätte beinahe gelacht, denn die Konferenz zeigte sich als ungewohnte Informationsquelle. Er hatte hier mehr erfahren als die Journalisten von ihm.

Die nächsten Fragen konnten nicht beantwortet werden, da sie direkt die Ermittlungen betrafen. Um elf Uhr fünfundzwanzig beendete der Erste Kommissar die Konferenz und entließ die Medienleute. Finn zog sich in Horst Engels Büro zurück und nahm dankbar eine Tasse Kaffee entgegen.

„Das war ein Hammer", sagte er. „Hast du schon etwas?"

„Ja", sagte Engel. „Der junge Mann hatte Recht. Lochners Vater war seinerzeit tatsächlich in Birkenfeld Pfarrer."

Finns Gedanken rasten. Peter Lochner war gekreuzigt worden. Mit etwas Fantasie konnte man dies mit seiner Herkunft in Verbindung bringen. Der Sohn eines Pfarrers. Er war bestraft worden für etwas, das er getan hatte, wenn man die bisherige Vorgehensweise des Strohbären betrachtete. Der Killer hatte Lochner getötet und sein bisheriges Leben als Symbol ...

Steinmann stand völlig still. Engel kannte diesen Blick bei Polizisten nur zu gut. Finn fügte bekannte Fakten zu einem ersten Bild zusammen.

‚Hans Köhler hat Drogen konsumiert. Er wurde vor seinem Tod damit vollgepumpt und dann ...'

Dann hatte der Mörder fast das gesamte Blut seines Opfers abfließen lassen, und zwar so, dass es nicht mehr aufzufinden war. Auch dies konnte man als Symbol für eine „Reinigung" betrachten. Köhler war im Tode befreit worden.

‚Der Sohn eines Pfarrers wird gekreuzigt. Ein Drogenkonsument verliert sein verseuchtes Blut.'

„Köhler hat sich Kindern auf unsittliche Weise genähert", murmelte Finn. „Aber was hat Peter Lochner verbrochen? Wofür musste er sterben?“

„Stellt sich die Frage“, warf Engel ein, „ob Köhler wirklich wegen seiner Aktion auf dem Spielplatz bestraft wurde.“

„Es war sonst nichts über ihn bekannt?“

„Nein.“

„Wir müssen unbedingt seine Schwester auftreiben. Vielleicht kann sie uns etwas sagen.“

Finn stützte die Hände auf den Kopf und überlegte einige Sekunden.

„Horst, ruf bitte bei Lochners Frau an. Sag ihr, dass ich sie noch einmal sprechen muss. Das erste Gespräch heute Morgen war zu kurz.“

„Wird gemacht.“

Steinmann drehte sich um und wollte Engels Büro verlassen. Er blieb abrupt stehen, denn im Türrahmen tauchte Monika von der Beuen mit ihrem Kameramann auf. Ein Schutzpolizist ereiferte sich um die beiden nach draußen zu begleiten. Steinmann wiegelte ab.

„Schon in Ordnung, Kommissar. Ich kenne diese Dame. Ich bringe sie höchstpersönlich zum Ausgang.“

„Sehr aufmerksam von Ihnen“, sagte sie.

„Folgen Sie mir. Die Konferenz ist beendet. Wir mögen es nicht besonders, wenn Leute mit Kameras in unseren Gängen herumschleichen und dabei möglicherweise Verschlussdokumente filmen.“

„Ich weiß, dass Sie mich nicht leiden können, Hauptkommissar. Es ist Ihrem Gesicht deutlich anzusehen. Aber ich bin nicht geblieben, um mich von Ihnen abwimmeln zu lassen.“

„Sie hätten Fragen während der Konferenz stellen können. Ich war erstaunt, dass Sie eigentlich nur zugehört haben. Ich gebe Ihnen aber kein Privatinterview, falls Sie darauf spekulieren sollten.“

„Nein, Herr Steinmann“, seufzte sie. „Ich will kein Interview. Noch nicht.“

Finn stutzte. Horst Engel baute sich hinter ihm auf und verschränkte die Arme.

„Wie soll ich das verstehen, Frau von der Beuen?“, fragte Steinmann.

„Es ist möglich, dass ich etwas habe, das Ihnen bei Ihrer Ermittlung hilfreich sein könnte. Aber eine Hand wäscht die andere, wissen Sie?“

„Was verlangen Sie?“, meinte er misstrauisch.

„Ich will ein ausführliches Interview. Einen großen Bericht über die dunklen Facetten des Polizeialltags.“

Finn überlegte. Jetzt musste er pokern.

„Sie bekommen Ihr Interview – wenn sich das, was Sie angeblich haben, als wertvoll erweist.“

Sie schürzte die Lippen und sah zur Seite. Erst jetzt bemerkten die beiden Beamten, dass sie nervös und aufgekratzt wirkte. Auch ihr Techniker schien verlegen.

„Wie Sie wissen, haben wir heute Nacht Filmaufnahmen gemacht“, begann sie. „Heute Morgen haben wir das Material gesichtet, um die besten Szenen für einen Bericht zu schneiden. Mein Kollege“, deutete sie auf den Kameramann, „wollte unbedingt einen Panoramaschwenk über das Tal einfügen, also haben wir uns die Bilder eingehender betrachtet. Dabei fiel uns eine Lichtreflexion auf, die bei normaler Filmgeschwindigkeit kaum sichtbar ist.“

„Ich bearbeitete das Material mit einem Computerprogramm“, sagte der Techniker.

Es war das erste Mal, dass er überhaupt sprach.

„Man kann damit Rückkopplungen und Schatten retuschieren. Diese Programme kommen zumeist bei Filmproduktionen zum Einsatz, wenn Spiegelungen zu sehen sind oder ein Hubschrauber bei einem Mittelalterszenario im Hintergrund auftaucht.“

„Ich verstehe“, sagte Finn. „Was war die Ursache für die Reflexion?“

„Wir können nur raten“, sagte die Reporterin. „Das Programm ist auf einem Laptop und demzufolge leistungsmäßig begrenzt.

Es kann nur grob arbeiten. Aber es ist vielleicht wichtig, deswegen haben wir das Filmmaterial mitgebracht. Ihr habt schnellere Rechner hier."

Finn rief einen der jüngeren Kollegen zu sich, der sich mit den Tricks und Kniffen der Datenverarbeitung am besten auskannte. Der Kommissar hörte sich die Problematik an und nickte dann.

„Folgen Sie mir", sagte er zu der Reporterin und ihrem Kameramann.

„Wann können wir das Material sichten?", fragte Steinmann.

„Das dauert eine Weile", erklärte der junge Mann. „Ich muss zuerst einen Rechner isolieren, damit wir ungefährdet das Bearbeitungsprogramm bei uns installieren können."

„Von welchem Zeitraum sprechen wir?"

„Etwa zwei Stunden."

Finn war damit zufrieden. Da Horst Engel ihn für den späten Nachmittag bei Peter Lochners Familie angekündigt hatte, konnte er in diesen zwei Stunden etwas ruhen. Er war jetzt seit knapp fünfzehn Stunden im Dienst und fühlte, dass seine Konzentration nachließ.

Steinmann ahnte, dass der Nachmittag seine gesamte Aufmerksamkeit fordern würde.

16.

„Gut geschlafen?", fragte Horst Engel.

„Kaum. Es ist immer dasselbe Schauspiel. Ich komme völlig aus dem Rhythmus während einer Ermittlung. Aber was soll ich meckern? Es geht jedem so."

Engel lachte trocken. „Allerdings. Meine Frau freut sich schon darauf, wenn ich in zwei Jahren in den Ruhestand gehe."

„Teilst du ihre Freude?"

Engel wackelte mit dem Kopf hin und her. „Es ist ein Scheißjob. Aber ich mache ihn gern."

Finn lächelte und nippte an seinem Kaffee. Die wievielte Tasse war das heute? Er hatte aufgehört zu zählen.

„Herr Hauptkommissar?"

Steinmann sah auf. Es war der EDV-Fachmann.

„Wir sind jetzt soweit. Tut mir leid, dass es etwas länger gedauert hat."

Finn winkte ab und begab sich mit den Ermittlern an den Rechner, der für die Verarbeitung des Filmprogramms vorbereitet worden war. Da der Techniker des Fernsehsenders mit dem Programm vertraut war, hatten ihn die Beamten kurzerhand rekrutiert. Monika von der Beuen stand neben ihm. Der Kameramann war sichtlich stolz, an Ermittlungen der Polizei beteiligt zu sein.

„Das Tool kann eine ganze Menge, wenn es einen guten Rechner hinter sich hat. Auf meinem Laptop reicht es nur zur einfachen Bild- und Tonbearbeitung, aber jetzt stehen uns alle Möglichkeiten offen. Das Programm ist in der Lage, Lichtquellen zu segmentieren und Stück für Stück abzubauen."

Finn verstand kein Wort. Es war seinem Gesicht deutlich anzusehen. Der Kameramann räusperte sich.

„Man kann damit Lichtquellen auf ihren Ursprung reduzieren. Wir nutzen diese Technik beispielsweise bei Aufnahmen von Sonnenuntergängen. Strahlen die Bilder zu stark, frisieren wir sie ein wenig. Der Computer ergänzt die fehlenden Bildpunkte, wenn wir das darüberliegende Objekt löschen."

„Woher weiß der Rechner, was sich dahinter befindet? Sollte dann nicht einfach eine blanke Fläche entstehen?"

„Nein", erklärte Mann vom Fernsehen. „Er füllt die freiwerdende Stelle so aus, dass sie zu dem umliegenden Rest passt. Um bei dem Beispiel des Sonnenstrahls zu bleiben: Der Computer sieht, dass die große Masse des Bildes aus blauem Himmel besteht, also füllt er die Stellen mit blauer Farbe und gleicht sie an. Bei dem Filmmaterial, das ich heute Nacht aufgenommen habe, muss er etwas mehr leisten, da viele Grau- und Grünschattierungen vorliegen. Da ich mit hochauflösenden Kameras arbeite, ist die Bildqualität auf jeden Fall ausreichend."

„Lassen sich die Hollywoodstars auf diese Weise die Falten glätten?", fragte Horst Engel.

„Vielleicht nicht mit diesem Programm, aber auf jeden Fall mit ähnlichen. Die Titelseiten von TV-Zeitschriften werden auch derart bearbeitet. Ist Ihnen noch nie aufgefallen, wie makellos glatt die Models auf den Bildern aussehen?"

„Ich bin seit fast dreißig Jahren verheiratet", antwortete Engel. „Meine Frau tötet mich, wenn ich allzu lange auf glatte Models starre."

Der Techniker sah ihn einen Moment mit offenem Mund an und drehte sich dann zu dem Bildschirm um. Finn grinste.

„Jetzt lassen Sie mal sehen", sagte er zu der Reporterin.

„Fang an, Erik", meinte sie zu ihrem Kollegen.

Er nickte und startete das Programm. Mehrere Infofenster taten sich auf und verzweigten die Bearbeitungsmöglichkeiten ins Uferlose. Finn gab nach wenigen Sekunden auf, die Symbole und Abkürzungen verstehen zu wollen. Ein rascher Blick in die Runde verriet ihm, dass er nicht alleine damit war. Nur der EDV-

Spezialist schien noch etwas von dem zu verstehen, was der Kameramann auf dem Bildschirm tat.

Ein kleines, fünfzehn mal fünfzehn Zentimeter großes Fenster öffnete sich und zeigte plötzlich die schwimmende Brücke, die zum Freibad führte. Das Bild war gestochen scharf, fast plastisch. Man sah Herbert Lanzinger am unteren Rand, wie er mit Monika von der Beuen diskutierte.

„Gute Kamera", sagte jemand, aber niemand reagierte darauf.

Mit einem Touchpad bewegte der Fernsehtechniker die Aufnahme vor und zurück. Er stoppte, als die Szene wechselte und die bewaldeten Hügel zeigte, die das Nahetal prägten.

„Hier beginnt der lange Schwenk. Ich wollte einmal rund filmen und die Stimmung der Landschaft einfangen."

Er ließ die Aufnahme in Normalgeschwindigkeit laufen. Bäume, Geröll, der Fluss, ein Teil der hohen Brücke und sogar die große Kaserne, die diesseits der Nahe auf der Spitze des Berges lag. Der Schwenk dauerte fast dreizehn Sekunden, wie eine mitlaufende Uhr am unteren Bildrand anzeigte.

„Ist Ihnen etwas aufgefallen?", fragte der Aufnahmespezialist die Polizisten.

Alle verneinten.

„Mir auch nicht beim ersten Durchgang. Ich arbeite gelegentlich für Serienproduktionen, da ist gute Arbeit gefragt. Als Kameramann entwickelt man dann seinen Ehrgeiz und prüft die Bilder auf Fehler, also schaue ich sie mir mehrmals an. Daher ließ ich es stark verlangsamt laufen."

Der Techniker wiederholte das Band. Der Schwenk dauerte jetzt viermal so lang. Die Aufnahme lief gemächlich vor den Zuschauern ab. Und dann …

„Stopp", sagte Finn. „Lassen Sie es noch einmal laufen."

„Ja", meinte der Kameramann anerkennend. „Genau diese Stelle ist es. Gutes Auge."

Die Polizisten beugten sich neugierig vor. Horst Engel machte das Licht aus und ließ die Jalousien herunter. Finn legte seinen

Finger auf den Bildschirm und wartete mit zusammengekniffenen Augen.

Ein winziger Lichtblitz.

„Da! Zurück! Können Sie es vergrößern?"

Monika von der Beuens Kollege nickte. Er veränderte einige Parameter in einem Eingabefeld rechts am Bildrand. Der Ausschnitt ruckte plötzlich vor und wurde grob, als blicke man zu dicht auf ein Bild in einer Tageszeitung. Einzelne Pixel ließen sich erkennen.

„Treten Sie einen Schritt zurück", sagte der Kameramann. „Das Bild wird dann wieder klarer."

Die Männer und Frauen stellten sich in zwei Metern Entfernung auf. Der Mann startete die Aufnahme wieder. Die Kamera bewegte sich von rechts nach links und wanderte über die schwimmende Fußgängerbrücke. Eine Reflexion blitzte plötzlich auf, versteckt hinter einigen Bäumen. Sie war beinahe kugelförmig und hatte einen leichten Grünstich.

„Ich schalte jetzt auf Einzelbilder", murmelte der Techniker und gab den Befehl an das Programm weiter.

Finn starrte fasziniert auf den Bildschirm. Die Aufnahme ruckte Stück für Stück vorwärts. Jedes Bild wirkte zunächst verpixelt und unscharf, aber dann glättete der Rechner das Bild und machte es deutlicher.

„Da ist es", sagte der Mann am Rechner und fror das Bild endgültig ein. „Soweit ich es beurteilen kann, ist dies der deutlichste Moment der Reflexion."

Finn trat noch einen Schritt zurück und stützte seine Hände auf die Knie. Er neigte seinen Kopf hin und her und wirkte fast wie ein Hund, der misstrauisch ein fremdartiges Objekt bestaunt.

„Hellen Sie das Bild bitte auf", sagte er.

Der Kameramann schob auf den Bildschirm einen Regler nach oben. „Ich darf es nicht zu grell machen, sonst werden Details verschluckt."

Ein ovaler Umriss wurde sichtbar, an dessen oberem Ende das

grünliche Licht auftauchte. Es war ein kleines Wunder, dass der Techniker dies aufgenommen hatte.

„Bis hierhin kam ich mit meinem Laptop auch", sagte er. „Man entwickelt als Kameramann ein ... Gespür ... für wichtige Details. Ich wurde sofort misstrauisch, als ich diesen Fleck vor mir hatte. Nur deshalb sind wir hier. Jetzt wollen wir mal sehen, um was es sich handelt."

Er bewegte den Cursor über die Lichtpunkte und klickte sie einzeln an. Es dauerte eine Weile, aber niemand verließ den Raum. Jeder einzelne blickte gebannt auf den Bildschirm. Nach zehn Minuten hatte der Mann große Teile der Reflexion gelöscht.

„Es dauert einen Moment, bis das Programm die fehlenden Bildpunkte ersetzt. Manche werden mit Sicherheit falsch sein, aber es sollte genügen, um uns zu verraten, was dort nachts grün geleuchtet hat. Vielleicht war es auch nur eine Weinflasche."

Unvermittelt füllte der Rechner das Bild des nächtlichen Waldes wieder auf. Zwei dünne Säulen wurden sichtbar, auf denen ein tonnenförmiger Aufsatz saß. Am oberen Rand zweigten links und rechts wieder Säulen ab, darüber befand sich die Lichtquelle. Es war perspektivisch nicht ganz korrekt. Der Computer hatte „raten" müssen, aber es reichte aus. Überraschte Rufe schallten durch den Raum. Finn kratzte sich am Kinn. Er spürte Bartstoppeln unter seinen Fingerkuppen.

„Das ist keine Weinflasche", sagte er. „Das ist ein Mensch. Scheint so, als trüge er eine Lampe auf dem Kopf."

Monika von der Beuen hatte die Hand vor den Mund gelegt. Dass sich eine in ihrer Verantwortung gemachte Aufnahme als ermittlungstechnisch wertvoll erwies, war nachgerade ungeheuerlich. Horst Engel stieß zischend Luft aus. Auch er hatte nicht damit gerechnet.

Eigentlich hatte niemand damit gerechnet.

„Ich verwette meinen Arsch darauf", sagte Engel leise, „dass es ein Nachtsichtgerät ist, das diese Person auf dem Kopf hat. Sie steht einfach nur da und beobachtet uns damit."

Steinmann richtete sich langsam auf. „Okay ... gehen wir davon aus, dass zwischen den Bäumen jemand stand, der zumindest eine Art Leuchtmittel am Kopf hatte. Was hat diese Person zu solch früher Stunde im Wald gemacht?“

„Vielleicht nur ein Gaffer“, sagte der Mann vom Fernsehen.

„Nein“, antwortete Finn. „Das glaube ich nicht. Zu diesem Zeitpunkt hatte Herbert Lanzinger noch nicht das Signallicht des Streifenwagens angeschaltet und ihr seid in völliger Dunkelheit den Berg hinabgerollt.“

„Ein Spaziergänger kann es auch nicht sein“, fügte Horst Engel hinzu. „Ich mag mich irren, aber an dieser Stelle ist ein recht steiler Hang. Die Nahe macht dort eine große Kurve nach rechts. Die Gestalt steht am Scheitelpunkt der Kurve. Dort gibt es keine Wanderwege, sondern nur einen geteerten Fußweg.“

Finn holte tief Luft. „Belassen wir es dabei, dass eine Person X unseren nächtlichen Aufmarsch beobachtet hat. Ob es sich dabei um den Täter oder einen Zeugen handelt, ist völlig unerheblich. Wir müssen auf jeden Fall Aslans Leute darauf ansetzen. Ist es der Täter gewesen, finden wir vielleicht eine Spur. War es ein Zeuge, müssen wir ihn auftreiben. So oder so, diese Stelle ist wichtig. Frau von der Beuen, dieses Mal wird es keine weiteren Sender geben, die eine solche Aufnahme besitzen. Wenn dieser Fall ausgestanden ist, können Sie gerne darüber berichten. Ich werde sehen, was ich für Sie tun kann. Im Moment jedoch müssen Sie verstehen ...“

„Dass ich hier ganz brisantes Material habe“, fiel sie ihm ins Wort. „Und Sie es unter Verschluss halten müssen. Schon klar, Herr Steinmann. Das wussten wir schon vorher. Aber ich werde Sie zu gegebener Zeit an Ihr Versprechen erinnern.“

Finn lächelte schwach und reichte ihr die Hand. Er hatte das Pokerspiel verloren – aber gleichzeitig auch etwas gewonnen.

„Im Allgemeinen halte ich mein Wort, Frau von der Beuen. Sie können sich auf mich verlassen. Jetzt müssen Sie uns allerdings entschuldigen. Wir haben einer interessanten Spur nachzugehen.“

17.

Finn telefonierte während der Fahrt mit Aslan. Horst Engel saß am Steuer und lenkte den Wagen ruhig durch den Verkehr des frühen Nachmittages.

„Komm mit zwei Leuten an den Ausgang des Freibades. Haltet eure Ausrüstung bereit. Es hat sich eine interessante Entwicklung ergeben. Wir sind gleich da."

Noch bevor der Deutschtürke antworten konnte, hatte Finn bereits aufgelegt. Der Leiter der Mordkommission lehnte sich im Beifahrersitz zurück und nutzte die Zeit für eigene Gedanken.

Köhler und Lochner waren hingerichtet worden. Verschiedene Details in den zeitlichen Abläufen deuteten darauf hin, dass sie tatsächlich für etwas bestraft worden waren. Köhler starb eine Woche nach Ablauf seiner Bewährungsstrafe. Die Biografie des Mannes wies Lücken auf, sein Lebensstil war, gelinde gesagt, seltsam.

Wer wusste davon, dass seine Strafe abgelaufen war? Er hatte doch kaum Kontakte nach außen gepflegt. Befragungen waren im Sande verlaufen. Niemand hatte je Besucher bei ihm gesehen. Warum war er dann erst nach Ablauf der zwei Jahre ermordet worden? Es war zu auffallend, um zufällig passiert zu sein.

‚Der Täter hat abgewartet, ob sich Köhler noch etwas erlauben würde. Als das nicht geschah, schnappte er sich ihn.'

Lochner hingegen passte auf den ersten Blick überhaupt nicht in dieses Schema. Aber die Tatsache, dass er als Sohn eines Pfarrers gekreuzigt worden war, deutete auf eine verborgene Wahrheit hin. Lochner hatte schon längst keinen Funken Leben mehr in sich gehabt, als der Täter seine Leiche auf derartige Weise schändete.

‚Der Strohbär wollte uns damit etwas mitteilen. Seine Symbolik lässt keine andere Deutung zu.'

Steimann spürte, dass er begann, einen winzigen Teil der Geschichte zu erfassen, die der unbekannte Mörder erzählen wollte. Das machte ihn aber nicht unbedingt sympathischer.

‚Warum schreibt er nicht einfach einen Brief und legt ihn neben seine Opfer? Es macht wenig Sinn, auf etwas hinweisen zu wollen, aber das Risiko einzugehen, dass es übersehen wird. Hoffentlich bringt die Befragung von Lochners Frau etwas Licht in die Dunkelheit.'

Nach bisherigem Wissensstand war Peter Lochner ein nicht rauchender und nicht trinkender, im volkstümlichen Sinn fast schon spießig zu nennender Mensch gewesen. Er absolvierte täglich Lauftraining und verfügte anscheinend über ein intaktes Familienleben.

‚Lochner ist das krasse Gegenteil von Köhler. Es gibt keine Ähnlichkeit zwischen den beiden.'

„Hast du schon die komplette Biografie von Lochner recherchieren können?", fragte Finn den Fahrer. „Vielleicht gibt es dort eine Übereinstimmung. Sie waren immerhin fast gleichaltrig."

„Nein, ich kam noch nicht dazu", antwortete Engel. „Wenn du zu Lochners Frau fährst, gehe ich die Sache an."

„Nein. Fahr mit. Wir können direkt vor Ort nach den Details fragen."

Finn fiel wieder in sein Grübeln zurück. Seine Gedanken kreisten um die unbekannte Person, die das Freibad heimlich beobachtet hatte.

„Wieso glaubst du, dass es ein Nachtsichtgerät war?"

„Das grüne Licht deutet darauf hin", erklärte Engel. „Ich habe darüber mal gelesen. Es gibt verschiedene Modelle mit unterschiedlicher Bauweise. Es ist wirklich erstaunlich, dass eine Reflexion stattfand. Man könnte meinen, Kommissar Zufall habe sich wieder einmal an den Untersuchungen beteiligt."

Finn nickte zustimmend. Dieser viel zitierte Ermittler war häufiger im Einsatz, als so mancher Dienststellenleiter wahrhaben wollte.

„Wollen wir hoffen, dass er nicht so bald in Pension geht", sagte Finn.

Der Wagen erreichte die Abfahrt zum Nahetal. Engel steuerte das Fahrzeug vorsichtig über eine Kuppe und ließ ihn dann einfach rollen. Nach hundert Metern öffnete sich der Baumbewuchs etwas. Die Einsatzfahrzeuge der Spurensicherung waren in der Senke zu erkennen. Aslan wartete bereits an der Fußgängerbrücke. Engel hielt zwei Minuten später direkt vor ihm an.

Finn stieg aus und grüßte die Männer. Dann zückte er wortlos den Computerausdruck aus der Jackentasche und zeigte ihn dem Erkennungsdienst.

„Toll", sagte Aslan. „Ich bin begeistert. Ich unterbreche meine Arbeit am Tatort, um mir ein Schwarzweißbild von Bäumen anzusehen."

Finn lächelte, beugte sich in den Wagen und tauchte mit zwei Funkgeräten wieder auf. Eines drückte er Horst Engel zusammen mit dem Ausdruck in die Hand. Der erfahrene Beamte hob das Bild hoch und suchte den Fluss nach Übereinstimmungen ab.

„Komm, Aslan. Wir gehen wandern", sagte Finn.

Der Deutschtürke und seine Männer folgten ihm.

„Ich singe jetzt aber kein Lied, Nordmann. Klär mich auf, was wir hier machen."

„Wir haben unerwartet Filmmaterial bekommen, auf dem ein heimlicher Beobachter unseres Einsatzes von gestern Nacht zu sehen ist. Ihm ist es höchstwahrscheinlich nicht bewusst, dass er aufgenommen wurde."

„Das ist die beste Nachricht seit Tagen. Und du glaubst, er stand an der Stelle, die der Ausdruck zeigt?"

„Korrekt. Wenn er sich nicht gefährdet sah, sollten sich Spuren finden lassen. Hier, sieh selbst hin. Achte auf den helleren Punkt in der Bildmitte."

Aslan studierte den Ausdruck mit gerunzelter Stirn.

„Verstehe. Horst geleitet uns jetzt per Funk zu der besagten

Stelle, weil wir den Wald vor lauter Bäumen nicht mehr sehen würden. Wir finden das Adressbuch des Täters mit seinem Geständnis und fahren nach Hause.“

Aslan ging schneller. Finn hatte Mühe, dem bulligen Deutschtürken zu folgen. Er konnte hören, wie der untersetzte Hauptkommissar „Ich krieg’ dich, Bastard“ murmelte.

Das Funkgerät knackte.

„Hier Engel. Ihr rennt ja wie die Teufel. Wenn ihr an dem Baum mit der abgerissenen Krone seid, haltet bitte an. Ich melde mich dann wieder. Fallt nicht ins Wasser. Kommen.“

„Verstanden“, sagte Finn in die Sprechmuschel.

Die kleine Gruppe bewegte sich am Ufer der Nahe entlang. Tauwetter hatte den Fluss leicht anschwellen lassen. Dennoch hatte die Nahe hier eine eher gemütliche Fließgeschwindigkeit. Ein paar Vögel zwitscherten in den kahlen Ästen. Die Polizisten mussten zeitweise in Schlangenlinien gehen, weil dichter Uferbewuchs das Vorwärtskommen erschwerte. Es war kalt, aber in der Luft lag ein unbestimmbarer Hauch von Frühling.

‚Nicht mehr lange, bis die ersten Knospen sprießen’, dachte Finn. ‚Hoffentlich haben wir bis dahin den Täter erwischt.’

Sie näherten sich dem skalpierten Baum. Offenbar hatte ihm ein Blitz die Krone abgerissen. Steinmann und der Erkennungsdienst blieben stehen.

„Hier Engel“, rauschte das Funkgerät. „Geht jetzt zwanzig Meter den Hang hinauf. Richtet euch nach dem flachen Buschwerk zu eurer Rechten. Diese Linie bitte nicht überschreiten! Dahinter liegt die Zone, in der sich Spuren befinden könnten. Kommen.“

„Hier Steinmann. Buschwerklinie nicht überschreiten. Verstanden.“

Finn deutete den Hang hinauf und machte sich als Erster an den Aufstieg. Der Boden war matschig und mit bräunlich verfaultem Laub bedeckt.

„Ideal für Fußabdrücke“, sagte Aslan hinter ihm. „Was habt ihr auf dem Bild im Original alles erkennen können?“

„Einen menschlichen Umriss mit einer grünlich leuchtenden Lampe am oder auf dem Kopf."

„Grün? Etwa ein Nachtsichtgerät?"

Finn seufzte. „Lass mich raten. Du hast darüber gelesen."

„Nein", gab Aslan zu. „Aber mein ältester Sohn hat eine Videospielkonsole. Er zeigte mir neulich ein Spiel mit einem Geheimagenten. Die Figur trug ein Sichtgerät. Es leuchtete grün."

„Allmählich glaube ich selber daran."

Finn drückte ein paar niedrige Büsche zur Seite. Engel meldete sich.

„Ihr seid jetzt noch etwa zwanzig Meter entfernt. Vor euch steht eine Dreiergruppe Bäume. Der mittlere sieht auf dem Bild aus, als hätte er Wildschaden. Sein Stamm ist im unteren Bereich heller."

Finn und Aslan suchten den Wald nach der beschriebenen Dreiergruppe ab. Sie sahen zwar einen Baum mit fehlender Rinde, aber er stand allein.

Steinmann sprach ins Funkgerät. „Bist du sicher, dass es drei Bäume sind? Du hast schließlich eine andere Perspektive als wir."

„Sorry, Leute. Auf dem Ausdruck scheint es eine eng stehende Baumgruppe zu sein."

Finn biss sich auf die Lippen. Sie waren so nahe dran. Einer der Männer vom Erkennungsdienst hatte eine Idee.

„Ich gehe mal zurück ans Ufer und schaue mir den Wald von unten an."

Der Mann stieg wieder hinunter und stapfte durch den morastigen Ufergrund. Seine Schuhe schmatzten im Schlamm wie ein knutschendes Teenagerpaar.

„Das muss die Stelle sein", rief er. „Von hier unten sieht es wie eine Dreiergruppe aus. Die Bäume stehen hintereinander."

„Komm wieder hoch", rief Aslan. „Wir arbeiten uns kreisförmig auf das Zentrum zu."

„Okay", sagte Finn. „Denn man tau."

Aslan warf ihm einen unergründlichen Blick zu und drang in die Zone vor, in der Spuren sein konnten. Eigentlich war es ganz einfach. Sie suchten nach Schuhabdrücken, die sich in diesem Boden sicher leicht finden ließen. Daher gingen die Beamten in weitem Kreis um den Mittelpunkt herum, da sie nicht wussten, in welcher Richtung sich der Unbekannte entfernt hatte.

‚Schon wieder ein Kreis', dachte Finn. ‚Auch hier gestaltet ihn die vermutete Kraft im Zentrum.'

Er stockte kurz und riss sich zusammen.

‚Konzentrier dich auf die Suche', schalt er sich. ‚Später kannst du über Kreise nachdenken.'

Aslan war es, der nach zwanzig Minuten den Abdruck einer Ferse fand. Er jubelte unterdrückt und sank sofort auf die Knie, um die Stelle zu vermessen. Seine Kollegen ballten die Fäuste, suchten aber weiter auf ihrer Route. Es durfte nichts übersehen werden. Wo eine Spur war, fanden sich meist auch weitere.

Aslan legte sein Maßband beiseite und öffnete seine Jackentasche. Er hatte vorsorglich eine Kamera mitgenommen und schoss ein paar Bilder von dem Abdruck. Es war leider nur der Absatz, aber daraus ließ sich schon eine ganze Menge schließen. Er winkte Finn zu sich.

„Es muss ein Mann sein. Der Abdruck ist zu groß für einen Frauenschuh", sagte Nakrüz. „Sieh dir diese Ferse an."

Aslan verlangte das Funkgerät. Finn gab es ihm und starrte auf die Spur.

‚Endlich.'

„Hier Aslan. Horst, geh bitte ins Freibad und hol einen der Techniker. Er soll dir Material und Zubehör für einen Gipsabguss geben. Dann komm zu dem Buschgürtel."

„Hier Engel. Verstanden."

In fast einhundertfünfzig Metern Entfernung lief der altgediente Polizist über die Brücke und verschwand aus Aslans Blickfeld.

Im gleichen Moment ertönte der Ruf eines Polizisten, der sich fünf Meter über Finn und Aslan befand.

„Eine Fußspur! Sie ist vollständig!"

Aslan markierte den Fersenabdruck und ging mit Finn vorsichtig zu der zweiten Fundstelle. Auch hier wurden sofort Vermessungen vorgenommen und Bilder geschossen. Die Männer machten Gesichter wie Kinder vor einem Weihnachtsbaum.

„Die Fährte kommt eindeutig von unten und läuft den geraden Weg den Hang hinauf“, sagte Aslan. „Und sie ist sehr frisch. Die Ränder sind noch nicht eingefallen oder trocken geworden. Sie könnte also von der gestrigen Nacht stammen.“

„Wie lang ist der Abdruck?“, fragte Finn.

Einer der Spurensucher legte ein Maßband an. „Fast 36 Zentimeter.“

Finn rechnete. Das Eineinhalbfache der Fußlänge war die Schuhgröße.

„Großer Bursche“, meinte Aslan. „Er hat Größe 54.“

Er markierte auch diese Spur. Die Männer konzentrierten sich jetzt darauf, die erkannte Fährte abzulaufen. Neben deutlich verwischtem Laub fanden sie noch zwei weitere Abdrücke. Zwischenzeitig brachte Horst Engel das Material für einen Gipsabdruck.

Die Spezialisten präparierten die Spur. Einige in den Abdruck gerutschte Blätter wurden mit Pinzetten entfernt. Aslan brachte Zollstöcke an der Spur an und fotografierte sie nochmals, um die Maße zu sichern. Dann erst wurde der Gips angerührt und die Vertiefung ausgegossen. Um ein Abfließen aufgrund der Hangneigung zu verhindern, brachte Aslan am Ende der Ferse ein Stück Blech an.

„Das dauert jetzt eine halbe Stunde“, meinte er und wies seine Leute an, auch die restlichen Abdrücke auszugießen.

Rund um den mittleren der drei Bäume fand sich nichts, da dort vermehrt Laub lag. Es war flachgedrückt, jedoch nicht als Spur verwertbar. Zumindest wussten die Polizisten nun, wo der heimliche Beobachter gestanden hatte.

„Die Stelle ist auf jeden Fall zu Fuß vom Bahnhof aus erreichbar“, sagte Engel, der über die nötige Ortskenntnis verfügte. „Von hier aus ist es nicht mehr weit bis zum Umschaltwerk, und dort ist eine Fußgängerbrücke über die Naheüberbauung. Man ist locker in zehn Minuten hier.“

„Es könnte also passen“, erwiderte Finn. „Zuerst ruft er von der Telefonzelle auf der Wache an und geht dann gemütlich bis hierhin, weil er weiß, dass wir bald auftauchen werden.“

„Stellt sich die Frage, ob wir auch schon an der Schmiede von ihm beobachtet wurden.“

„Interessante Vorstellung“, meinte Finn. „Anscheinend gefällt es ihm, uns bei der Arbeit zuzusehen. Er legt es aber offenbar nicht mehr auf Öffentlichkeit an, sonst hätte er die Medien direkt benachrichtigt.“

„Vielleicht weiß er um die Gefahr der Spurenbeseitigung, wenn sich zu viele Leute an einem Tatort tummeln. Wir sollen nichts übersehen.“

Steinmann brummte und dachte an Frank Müllers Äußerung.

‚Er bestraft uns alle. Nicht nur jene, die er tötet.‘

Während Aslans Leute die Spuren sicherten und ausgossen, stöberte der Deutschtürke durch das Laub wie ein Trüffelschwein. Teilweise kroch er auf allen vieren über den Boden und nahm einzelne Blätter in die Hand. Der Wald wurde weiter oben wieder dichter und der Boden demzufolge trockener. Nakrüz war fast fünfzig Meter von den Fußabdrücken entfernt. Er wollte seine Suche gerade einstellen, als er einige Meter voraus helle Punkte auf dem Laub erkannte.

„Finn! Komm her!“, rief er.

Steinmann und Engel keuchten in weitem Bogen den Hang hinauf. Sie sahen Aslan Nakrüz bäuchlings auf dem Boden liegen. Er hatte eine Lupe in der Hand und schien etwas sehr Kleines in Augenschein zu nehmen.

„Was hast du da?“, fragte Finn und näherte sich vorsichtig.

Er sah an Aslan vorbei und erkannte eine blaue längliche und eine hellrote erbsengroße Form am Boden.

„Das ist eine Tablette und dort liegen zwei bunte Kapseln. Ungewöhnlicher Ort für eine Apotheke, findest du nicht auch?“

Aslan selbst hatte die Lupe auf eine weiße, gewöhnlich aussehende Tablette gerichtet, die vor ihm lag.

„Die Tablette hat keinerlei Auflösungserscheinungen, obwohl

es seit Wochen sehr feucht ist. Sie kann noch nicht lange hier liegen. Gut möglich, dass der große Mann sie verloren hat. Es könnten Träger von Fingerabdrücken sein. Ich lasse sie und die Kapseln mit umliegender Erde in Kartons packen."

Finns Ohren rauschten. Zuerst war die SOKO „Strohbär" tagelang ohne den geringsten Hinweis geblieben, und nun fanden sich gleich mehrere Spuren auf einmal.

„Okay, Aslan, du hast die Sache hier im Griff. Ich habe bald einen Termin in Göttschied mit Lochners Frau. Halt mich auf dem Laufenden. Ich fahre mit Horst Engel zurück zur Wache und dann zur Befragung."

Aslan nickte beschäftigt und winkte ab. „Hau ab. Mach deinen Job. Ich will nach Hause."

Finn grinste und zog sich mit Engel zurück. In dem Waldstück herrschte geschäftiges Treiben. Er fragte sich, ob die SOKO diese Spuren auch ohne die Hilfe des Reporterteams entdeckt hätte. Es war zu bezweifeln.

„Was meinst du?", fragte Engel, als die beiden am Ufer der Nahe gingen. „Haben wir den Strohbären schon bei den Eiern?"

„Ich weiß nicht", erwiderte Steinmann. „Aber wenn er tatsächlich hier war, sind wir ein großes Stück vorwärts gekommen."

„Ich zweifele eigentlich nicht daran", meinte Engel. „Er war es, Finn. Er war es."

‚Ja', dachte Steinmann. ‚Das glaube ich auch.'

Die Dinge bewegten sich.

18.

„Frau Lochner, ich möchte Ihnen zunächst noch einmal mein Bedauern über den Tod Ihres Mannes ausdrücken. Haben Sie nach unserem kurzen Gespräch heute Morgen etwas schlafen können?“

Die Frau neigte langsam den Kopf. Sie hatte blondiertes Haar und besuchte offenbar regelmäßig ein Solarium. Sie war sehr attraktiv, zeigte aber die typischen Alterserscheinungen langjähriger Sonnenanbeter.

„Ja, ich fand vier Stunden Ruhe.“

‚Feste Stimme’, notierte Steinmann in Gedanken. ‚Kein Stocken der Worte.’

„Das ist gut“, sagte er. „In solchen Momenten ist Schlaf meist ein seltenes Gut. Ich darf als Erstes ganz kurz mit Ihnen Ihre Personalien durchsprechen?“

„Schon wieder? Ich habe doch schon vor drei Wochen bei der Vermisstenanzeige meine Daten angegeben.“

„Das weiß ich, Frau Lochner, aber ich finde, das gibt uns einen etwas ... sanfteren ... Einstieg ins Gespräch, finden Sie nicht auch?“

„Ja“, antwortete sie nach einigen Sekunden.

Horst Engel saß einen Meter entfernt. Sie befragten Lochners Frau in der modernen Küche des Hauses, die anscheinend keine zwei Jahre alt war. Neben der rassigen Mittvierzigerin saß ihr Sohn, der etwa zwanzig Jahre alt sein mochte. Er hatte die gleichen Wangenknochen wie sein Vater.

Engel würde nicht in die Befragung eingreifen. Finn wollte ihn als stillen Beobachter dabei haben. Der Leiter sah auf seinen Zettel.

„Sie heißen Doris Lochner und sind 44 Jahre alt. Was sind Sie von Beruf?"

„Ich bin Reisebegleiterin bei einem Busunternehmen."

„Oh, das ist sicher ein interessanter Job. Wohin gehen Ihre Touren?"

„Nach Italien und Spanien."

Finn schrieb die Informationen auf den Zettel. „Wie lange waren Sie und Ihr Mann verheiratet?"

„Vierundzwanzig Jahre."

„Sie haben zwei Kinder?"

„Ja, unseren Sohn Stefan, der zwanzig Jahre alt ist, und unsere Tochter Ilona, die in Kürze fünfundzwanzig wird."

Finn überflog seine Notizen.

„Frau Lochner, haben Sie einen Verdacht, wer Ihren Mann umgebracht haben könnte?"

Sie schüttelte den Kopf.

„Gab es Familienfehden oder Streit mit Nachbarn? Hat er alte Feinde, die er vielleicht mal erwähnt hat?"

Sie verneinte erneut.

„Hat er Drogen konsumiert?"

Auch nichts. Doris Lochner wirkte überzeugend und glaubwürdig. Sie log nicht.

„Wie ist er gestorben?", fragte sie plötzlich. „Das hat man uns noch gar nicht gesagt."

„Er wurde erschossen."

Sie schwieg.

„Können Sie mir die Namen seiner besten Freunde nennen? Oftmals vertrauen sich Männer eher untereinander Geheimnisse an, wissen Sie? Irgendjemand muss schließlich einen Grund gehabt haben, ihn drei Wochen lang gefangenzuhalten. Nach derzeitigem Stand ist der als Strohbär bekannt gewordene Mörder der Täter. Wir glauben an eine Art Racheakt."

Doris Lochner zögerte einen Moment. „Ich weiß ehrlich gesagt nicht, mit wem er sich in den letzten zwei Jahren herumgetrieben hat."

In Finns Kopf schrillten Alarmglocken. Ihre Stimme klang abweisend. Er hatte einen Verdacht.

„Oh. Glauben Sie, dass er ein Verhältnis mit einer anderen Frau hatte?"

„Er hat sie mir sogar vorgestellt, Hauptkommissar Steinmann. Eine junge Russin, die eher zu meinem Sohn als zu einem Bilanzbuchhalter in der Midlifecrisis passen würde. Wir sind hier seit ein paar Jahren nur noch eine bessere Wohngemeinschaft gewesen, müssen Sie wissen. Mein Mann", sie spie das Wort förmlich aus, „joggte nicht, um gesund zu bleiben, sondern weil er genug Ausdauer für seine kleine Nymphomanin haben wollte."

‚So viel zum Thema intakte Familie', dachte Finn.

Die beiden Polizisten hatten in ein Wespennest gestochen. Horst Engels Antennen arbeiteten auf Hochtouren. Der erfahrene Ermittler registrierte jede Regung der Lochners. Er hatte bemerkt, dass Stefan Lochner bei den Bemerkungen seiner Mutter zusammengezuckt war. Es schien ihm nicht zu passen, dass seine Mutter die Freundin des Vaters als Nymphomanin bezeichnete. Engel betrachtete die Schuhe des jungen Mannes eingehend.

„Sind je aus dem Umkreis der jungen Frau Drohungen gegen Ihren Mann ausgesprochen worden? Ich denke da an einen geschassten Liebhaber oder vielleicht sogar jemand aus dem Schleußermilieu. Die Osteuropäer neigen manchmal zu solchen Racheakten."

„Nicht, dass ich wüsste", sagte Doris Lochner bestimmt. „Aber ich erwähnte es schon: Ich weiß nicht genau, mit wem sich mein Mann in der letzten Zeit herumtrieb. Er könnte auch in allen Bordellen des Landes Dauergast gewesen sein."

„Mutter!", rief ihr Sohn aus. „Ihr habt euch auseinander gelebt und er hat sich dann eben eine junge Frau angelacht."

Doris Lochner verzog das Gesicht; die erste konkrete Regung von ihr. Finn starrte auf seine Finger.

„Frau Lochner, um ganz ehrlich zu sein: Die Beziehungen innerhalb Ihrer Familie sind für uns nicht von Bedeutung. Es ist nur dann relevant, wenn sich herausstellt, dass der Betrogene selbst die Tötung vollzogen hat oder zumindest daran beteiligt war."

Sie lachte rau auf. „Wollen Sie mir unterstellen, dass ich meinen Mann ermordet habe?"

„Nein", sagte er sanft. „Aber Sie müssen verstehen, dass wir auch diese Möglichkeit in Betracht ziehen müssen. Die Zeitungen sind voll von Beziehungstaten, auch wenn in den meisten Fällen die Frauen die Opfer sind, nicht die Männer. Wir sammeln zunächst nur Informationen."

Er wandte sich an Doris Lochners Sohn. „Sie heißen Stefan, ist das richtig? Schreibt man Sie mit f oder ph?"

Der junge Mann nickte. „Mit f."

„Ich gehe davon aus, dass auch Sie nicht wissen, wer Ihren Vater umgebracht haben könnte?"

„Nein."

„Sie scheinen die Freundin Ihres Vaters etwas besser zu kennen. Wie schätzen Sie sie ein? Spricht sie mit starkem Akzent?"

„Nein, ganz im Gegenteil. Alexandra ..."

Finn notierte.

„ ... spricht völlig akzentfrei. Sie ist schon seit ihrem sechsten Lebensjahr in Deutschland. Sie arbeitet bei einer großen Automobilzulieferfirma."

‚Er kennt sie gut', überlegte Finn. ‚Eine Dreiecksbeziehung?'

„Haben Sie eine Mobilnummer oder vielleicht sogar die Adresse von ihr?"

„Ich nahm zuerst an, dass er bei diesem Mädchen untergekommen ist", sagte Doris Lochner leise. „Ich dachte, jetzt folgt der letzte Akt meiner Ehe. Eigentlich machte ich die Anzeige, um ihn bloßzustellen."

Stefan Lochner zögerte einen Moment und griff dann in seine Hosentasche. Er zog seinen Geldbeutel hervor und reichte Steinmann einen kleinen Abrisszettel. Die handgeschriebene Adresse wirkte äußerst feminin. Finn stellte sich ein langhaariges, bildhübsches Mädchen vor. Wahrscheinlich hatte sie unglaublich lange Beine.

Doris Lochners Gesicht verzerrte sich zu einer Fratze. „Du schleppst die Adresse von dieser Schlampe mit dir herum?"

Finn schluckte. Er hasste es, in Familienstreitigkeiten hineingezogen zu werden. Nirgendwo sonst gab es mehr Schmutz, Habgier und verletzte Eitelkeiten zu finden.

„Vielen Dank", sagte Finn betont freundlich. „Hat sich die Freundin Ihres Vaters während der letzten drei Wochen bei Ihnen gemeldet?"

„Regelmäßig", sagte der junge Mann. „Sie wollte natürlich auf dem aktuellen Stand der Suchaktionen bleiben, aber die wurden nach kurzer Zeit reduziert."

„Ja", antwortete Finn. „Wir gliedern im Regelfall nach Prioritäten. Ich habe mich etwas eingelesen in den Bericht der Kollegen. Ihr Vater war einfach verschwunden, aber es lag kein Hinweis auf Fremdeinwirkung vor. Um die Wahrheit zu sagen: Die Kripo Idar-Oberstein konnte bereits in Erfahrung bringen, dass Ihr Vater wahrscheinlich eine Freundin hat. Leider fanden wir ihn fast zeitgleich im Kammerwoog, noch bevor die Kollegen diesem Hinweis nachgehen konnten."

„Muss ich meinen Mann eigentlich noch identifizieren?", fragte Doris Lochner unvermittelt. „Oder möchten Sie das lieber von seinem Flittchen erledigen lassen?"

Finn dachte an den augenlosen Blick der Leiche.

„Nein, das ist nicht notwendig. Wir konnten ihn einwandfrei anhand der von Ihnen überlassenen Bilder erkennen. Es dürfte für alle Beteiligten besser sein."

Die Frau starrte ihn mit bebender Unterlippe an. Finn ahnte, dass ihre mühsam aufrecht erhaltene Fassade in Kürze endgültig bröckeln würde. Er gab ihr einen Moment Ruhe und notierte derweil geschäftig. Nach zwei Minuten hob Finn den Kopf und sah Doris Lochner an. Sie war wieder vernehmungsfähig.

„Ich möchte Sie jetzt nicht mehr allzu lange belästigen. Es ist jedoch vonnöten, dass Sie uns noch rasch ein paar Angaben über das Leben Ihres Mannes machen. Wir benötigen diese Daten zur Überprüfung und Abgleichung mit den Ämtern."

„In Ordnung."

„Sie sagten, sie seien seit vierundzwanzig Jahren verheiratet. Waren Sie vorher schon liiert?"

„Drei Jahre. Dann wurde ich mit Ilona schwanger. Sie ist heute Morgen nach Wiesbaden gefahren und holt ihre Kinder hierher. Sie lebt dort mit ihrem Mann, einem Amerikaner."

„Können Sie mir die Wohnorte nennen, in denen Sie und Ihr Mann bisher gelebt haben?"

„Das Haus hier haben wir vor sechzehn Jahren gebaut. Davor haben wir fünf Jahre in einem der Hochhäuser in der Blumenstraße gewohnt; aber als ich mit Stefan schwanger wurde, erwies sich die Wohnung als zu klein."

Finn schrieb die Daten auf.

„Ich lernte meinen Mann auf dem Markt in Birkenfeld kennen. Er war gerade damit beschäftigt, den Alkohol aufzugeben und wohnte noch bei seinen Eltern in Mohnweiler. Wir zogen gleich im ersten Jahr in eine kleine Wohnung nach Brücken, aber seine Arbeit ließ uns dann nach Göttschied gehen."

Horst Engel hustete leise. Finn hakte nach.

„Leben seine Eltern noch?"

„Nein. Karl und Dorothea starben vor vier Jahren kurz nacheinander. Sie hatten Peter erst sehr spät bekommen. Das Verhältnis zu ihrem Sohn war aber immer sehr zwiespältig. Mein Mann hat mir nie verraten, woran das lag."

„Sie sagten eben, er habe versucht, sich das Trinken abzugewöhnen. Sehr ungewöhnlich für einen Mann, der gerade mal so alt war wie Ihr Sohn jetzt."

„Sein Vater war Pfarrer, und leider auch Alkoholiker. Vielleicht rührte es daher. Ich habe Peter nie betrunken gesehen, Herr Hauptkommissar. Er lehnte Alkohol völlig ab."

Stefan Lochner nickte beifällig. Er fixierte einen Punkt auf dem Küchentisch. Finn erkannte, dass sich Lochners Sohn gerade an etwas erinnerte.

„Das stimmt. Man kann viel sagen über meinen Vater, aber besoffen und ausfällig war er nie. Als ich sechzehn wurde, nahm er mich beiseite und redete mit mir über die Gefahren des Alkohols. Er sagte, die Sauferei fördere nur die Dämonen zutage, die in jedem von uns stecken. Ich habe seinen Rat beherzigt. Ich bin zwar nicht abstinent, hatte aber noch nie einen Filmriss oder Ähnliches."

Finn ließ den Bleistift auf seinem Zettel ruhen und überlegte. Im Augenblick hatte er genug gehört.

„Okay, Frau Lochner. Wir wollen es jetzt mal dabei belassen. Sie werden aber auf jeden Fall noch von uns hören. Ich muss Sie bitten, die nächsten Tage erreichbar zu bleiben. Sollten Sie ungewöhnliche Anrufe erhalten, informieren Sie umgehend die Wache."

„Ungewöhnliche Anrufe?"

„Ich möchte es nicht beschwören, aber es wäre möglich, dass sich der Täter vor Ihnen brüsten wird."

Doris Lochner erschrak. Finn hob beschwichtigend die Hände. „Wie gesagt, das ist bloß eine vage Idee von mir. Bisher deutet nichts auf so ein Verhalten hin. Aber wenn es doch so kommt, melden Sie sich bitte bei uns."

Sie nickte und presste die Lippen zusammen.

Steinmann und Engel standen auf und reichten ihr und ihrem Sohn die Hand.

„Sie hören von uns", sagte Finn.

Horst Engel ließ den Motor an.

„Was hältst du von dieser Sache?", fragte Steinmann.

„Wir haben eine ganze Menge neuer Fakten erfahren. Wir müssen das Umfeld dieses Mädchens überprüfen, ob nicht doch die Russenmafia hinter all dem steckt. Er ist Bilanzbuchhalter gewesen. Vielleicht wurde diese Alexandra dazu benutzt, ihn gefügig zu machen. Es wäre denkbar, dass er Bilanzen frisiert hat, und aus noch unbekannten Gründen aus dem Weg geräumt werden musste."

Finn brummte. Daran hatte er noch gar nicht gedacht.

„Was ist mit seinem Sohn? Er wirkte eifersüchtig. Ich glaube, diese Russin war auch mit ihm im Bett. Hast du seine Schuhe sehen können? Ich saß ungünstig."

„Er hat Größe drei- oder vierundvierzig. Er ist nicht der Mann, der hinter Bäumen Polizisten beobachtet."

Steinmann hatte nichts anderes erwartet. Stefan Lochner hatte einen sympathischen Eindruck gemacht. Außerdem durften sie nicht davon ausgehen, dass nächtlicher Zuschauer und Täter ein und dieselbe Person waren.

„Du hast Recht. Wir werden uns der Sache mit Alexandra annehmen müssen. Mir fiel allerdings etwas ganz anderes auf. Hast du Köhlers Biografie noch im Kopf?"

„Nein."

„Ich auch nicht. Aber ich glaube, es gibt eine Übereinstimmung zwischen den beiden. Der Zettel mit Köhlers Daten liegt auf dem Tisch im Besprechungsraum."

Die Fahrt zur Wache dauerte nur wenige Minuten. Finn ging eiligen Schrittes in das Gebäude und begab sich sofort in den Besprechungsraum, wo er alle Berichte und Unterlagen sammelte. Die Übersicht von Hans Köhler lag griffbereit auf dem Tisch. Steinmann überflog die bekannten Fakten und nickte.

„Und?", fragte Engel, der etwas langsamer als Finn in die Inspektion gekommen war. „Hattest du Recht?"

„Ja. Sieh es dir an. Hans Köhler wuchs in Mohnweiler auf und zog mit Dreiundzwanzig nach Birkenfeld. Doris Lochner sagte vorhin, dass sie ihren Mann in Birkenfeld kennenlernte, zu einer Zeit, in der er noch bei seinen Eltern in Mohnweiler lebte. Ist das ein großer Ort? Wie viele Menschen leben in diesem Dorf?"

„In der Kante sind zahlreiche kleine Ortschaften. Können nicht viel mehr als zweihundert Leute sein, wenn überhaupt."

„Dann dürfen wir mit großer Wahrscheinlichkeit davon ausgehen, dass sich Hans Köhler und Peter Lochner gekannt haben."

Engel verschränkte die Arme vor der Brust und machte ein nachdenkliches Gesicht. Finns Mobiltelefon klingelte. Es war Aslan Nakrüz.

„Und? Habt ihr ein Geständnis? War es seine Frau?"

„Nerv nicht, Aslan. Was gibt es?"

„Wir haben im Wald nichts weiter gefunden. Auch der Spürhund konnte nichts mehr entdecken. Auf der Tablette und den Kapseln sind keine Spuren. Dr. Neisinger hat sie an sich genommen. Sie will eine Analyse durchführen, damit wir wissen, wonach wir suchen müssen."

„Was ist mit den Fußabdrücken?"

„Sind alle ausgegossen. Es ist deutlich zu sehen, dass es immer die gleichen Schuhe sind."

„Das ist doch schon eine ganze Menge. Wie sieht es im Freibad aus?"

„Nichts Neues. Es ist wie beim letzten Mal. Das Opfer selbst könnte man stundenlang beschreiben, in der Umgebung findet sich aber nichts mehr. Der Mistkerl sucht sich Orte mit festen und rauen Oberflächen aus. Es ist fast unmöglich, hier etwas zu finden."

„Ja, er ist gerissen. Er weiß, wo er relativ sicher vor unbeabsichtigten Spuren ist."

„Hoffentlich ist es der große Mann mit den Medikamenten. Gehen wir damit an die Öffentlichkeit?"

„Nein", sagte Finn. „Wir haben kein Gesicht, nach dem wir fahnden könnten, und Menschen mit großen Füßen gibt es viele. Wir sind ihm im wahrsten Sinne des Wortes auf den Fersen, aber ich möchte mich ihm heimlich nähern. Die Staatsanwaltschaft wird nur bekannt geben, dass wir einer Spur nachgehen."

„Verstehe. Wir räumen jetzt hier auf und kommen in die Wache. Ich lasse zwei Mann für weitere Untersuchungen auf dem Freibadgelände. Der Hundeführer will später auch noch mal hier durch."

„Okay, bis dann", sagte Finn.

Er wandte sich wieder an Horst Engel, aber sein Telefon klingelte erneut. Finns Gesicht hellte sich auf, als er Katja Neisingers Stimme hörte. Im Hintergrund hörte er das typische Rauschen einer Autobahn.

„Ich bin schon kurz vor Mainz. Morgen früh komme ich wieder zurück."

„Was machst du in Mainz?"

„Ich bringe die Tablette und die Kapseln ins Institut."

„Kannst du sie nicht im Klinikum untersuchen?"

„Nein. Es ist leider eine Kostenfrage geworden. Ich habe überhaupt keine Ahnung, was sich in diesen Dingern versteckt. Wir müssen eine komplette chemische Analyse vornehmen, und genau die würde in einem privat geführten Krankenhaus eine ganze Menge kosten. Im Institut sind alle Gerätschaften vorhanden, zwei Chemiker werden mich unterstützen. Die Zeit drängt, deswegen mache ich es selbst."

„Was ist mit Lochner?"

„Der liegt auf Eis. Eine erste grobe Untersuchung ergab keine inneren Schäden oder Vergiftungen. Morgen früh mache ich ihn auf."

Finn war zufrieden.

„Alles klar", sagte er. „Ruf mich an, wenn du Ergebnisse hast."

„Mach ich", sagte sie. „Bis dann."

Horst Engel machte ein fragendes Gesicht. Finn klärte ihn über den Stand der Dinge auf.

„Kehren wir zu der Annahme zurück", wechselte Steinmann das Thema, „dass sich die Opfer gekannt haben. Was können wir daraus schließen? Gehört der Täter ebenfalls zu dem Bekanntenkreis dieser beiden Männer?"

Engel setzte sich in einen Stuhl und legte die Arme hinter den Kopf. Finn beschloss, auf Aslan und seine Männer zu warten. Dann würde er alle Ermittler der SOKO zusammentrommeln und eine spontane Besprechung abhalten.

Sechzehn Polizisten hatten sich versammelt. Auch Herbert Lanzinger und Frank Müller waren dabei. Die beiden hatten gerade ihren Dienst angetreten.

„Es hat sich eine ganze Menge getan", sagte Finn zur Eröffnung. „Zunächst einmal die wichtigste Neuigkeit: Wir erhielten Hinweise darauf, in der Nacht am Freibad beobachtet worden zu sein."

Er schilderte die Analyse der Filmaufnahmen mit ihrem überraschenden Ergebnis.

„Tatsächlich fanden sich Fußspuren einer unbekannten Person, wahrscheinlich einem Mann, worauf die enorme Abdruckgröße hindeutet. Bisher ist diese Sache nur wenigen bekannt, und ich möchte, dass niemand außerhalb der SOKO davon erfährt. Ein falsches Wort, das an die Öffentlichkeit dringt, und der Kerl ist gewarnt. Außerdem entdeckten wir eine Tablette und zwei Kapseln mit unklaren Wirkstoffen. Es könnten Vitaminpräparate sein, genauso gut aber auch Herzmedikamente oder Viagra-Varianten. Dr. Neisinger wird noch heute Nacht in Mainz Analysen durchführen. Morgen früh wissen wir mehr."

Irgendjemand hatte ihm eine Tasse Kaffee auf den Tisch gestellt. Finn nahm einen Schluck und dachte kurz nach. „Bis vor einer halben Stunde waren Horst und ich bei den Lochners in Göttschied. Die Ehe war wohl seit Jahren nur noch auf dem Papier existent. Weiterhin brachten wir in Kenntnis, dass sowohl Köhler als auch Lochner aus Mohnweiler stammten. Da die beiden fast gleichaltrig waren, gehe ich davon aus, dass sie sich kannten. Es ist das bisher einzige verbindende Element."

Finn verstummte und nippte wieder an seinem Kaffee. Er fühlte sich müde und hungrig und dachte seltsamerweise an saftige Schwenkbraten.

Aslan Nakrüz meldete sich zu Wort. „Wir sollten in alle Richtungen gleichzeitig ermitteln. Noch ist unsere Mordkommission personell gut besetzt, aber schon morgen früh zieht man uns vielleicht wieder Leute ab."

Finn nickte. „Ja, das dachte ich auch. Wir befragen Lochners russische Freundin und prüfen das Profil der Fußabdrücke. Es wäre ja möglich, dass sich Verbindungen zu früheren Straftaten ergeben. Katjas Ergebnisse bekommen wir sowieso erst morgen.

Horst, ich möchte, dass du dich mit Mohnweiler beschäftigst. Gib mir einen Überblick von dem Ort. Diese Parallele macht mich neugierig."

Finn blickte sein Team an. „Vergesst nicht: Die Sache mit dem Unbekannten bleibt geheim."

Steinmann fuhr nach Rhaunen, dem Ort, in dem Alexandra Perepelkin lebte. Er hatte sich telefonisch angekündigt und wieder einmal gestaunt, wie schnell und präzise die russischen Frauen mit anderen Sprachen zurechtkamen. Im Fall von Lochners Freundin, die ja bereits in frühester Kindheit nach Deutschland gekommen war, ließ sich überhaupt kein Akzent mehr erkennen. Gleichaltrige Männer mit ähnlichem Lebenslauf kämpften weit deutlicher mit Grammatik und Aussprache.

Finn hatte Stefanie Gorges zur Befragung mitgenommen. Die Ermittlerin hatte bei Befragungen bisher großes Geschick bewiesen. Er vertraute auf ihre weibliche Intuition.

Alexandra Perepelkin öffnete die Tür, als die Kripobeamten vor ihrer Wohnung hielten. Stefanie Gorges zeigte keine Regung, aber Finns Augen weiteten sich.

Lochners Freundin war eine bildhübsche, schwarzhaarige junge Frau, wenig älter als der Sohn des Toten. Finn begriff sofort, dass Peter Lochners Hormone völlig verrückt gespielt haben mussten, als Alexandra seinen Avancen nachgegeben hatte. Und er erkannte, dass Stefan Lochner mit großer Wahrscheinlichkeit ebenfalls für sie schwärmte. Eine solche Frau war mit ziemlicher Sicherheit Hauptdarstellerin vieler Männerträume.

Ihre Augen, die sonst neckisch blitzen mochten, sahen stumpf unter der dunklen Mähne hervor. Man konnte sehen, dass sie geweint hatte. Sie schien auf unbestimmte Weise rastlos zu sein.

‚Die Welt ist ein seltsamer Ort', dachte Finn, als er die kleine Treppe zur ihrer Haustür hinaufstieg. ‚Ein Bilanzbuchhalter verlässt seine schöne, reife Frau, um bei einer schönen, jungen Frau neu anzufangen. Was für eine Gier ...'

Finn zögerte und blieb irritiert stehen. Ein Moment der Verwirrung entstand, denn Stefanie Gorges konnte seine Reaktion nicht deuten. Steinmann riss sich wieder zusammen und stieg die letzte Stufe hoch.

„Guten Tag, Frau Perepelkin“, sagte er und zeigte ihr seinen Dienstausweis. „Dürfen wir hereinkommen?“

Sie nickte stumm und ging in ihre Wohnung. Selbst jetzt, in ganz offensichtlichem Trauerzustand, strahlte ihr Körper mit jedem Schritt Sexappeal aus. Ihre Hüfte schwang wie ein Pendel von links nach rechts.

‚Gier‘, dachte Finn. ‚Lochner ging laufen, um sich besser austoben zu können. Er bekam wahrscheinlich den Hals nicht voll.‘

In Gedanken ging Steinmann erneut durch Hans Köhlers Wohnung, sah Bilder mit verrenkten Körpern an den Wänden, stumme Zeugen der Überbewertung fleischlicher Lust.

Pure Gier …

„Frau Perepelkin, es tut mir leid, dass wir Sie in dieser Sache befragen müssen. Aber da Sie uns bestätigt haben, Peter Lochners Freundin gewesen zu sein, sind Sie eine wichtige Informationsquelle für die Polizei.“

„Ich verstehe“, sagte sie mit rauchiger Stimme.

„Ich möchte mir schnell ihre Personalien notieren.“

Alexandra Perepelkin war vierundzwanzig Jahre alt. Sie war in Kasachstan geboren und kam schon 1989 auf Umwegen nach Deutschland.

„Frau Perepelkin, wann hat sich Peter Lochner zum letzten Mal bei Ihnen gemeldet?“, begann Finn.

„Vor etwas mehr als drei Wochen. Er blieb über Nacht. Danach hörte ich nichts mehr von ihm. Stefan rief ein paar Tage später bei mir an, um mir mitzuteilen, dass sein Vater vermisst wird. Er fragte mich, ob Peter bei mir wäre. Ich musste verneinen.“

„Hat sich Peter Lochner in irgendeiner Weise komisch verhalten? Hatte er vielleicht Angst oder war er von Sorgen geplagt?“

„Nein. Er war gut gelaunt, wie immer, wenn er bei mir ist … war.“

„Frau Perepelkin“, sagte Stefanie Gorges plötzlich, „darf ich fragen, was für eine Beziehung Sie zu Peter Lochner hatten?“

Die junge Frau zögerte, rang sich aber doch zu einer Antwort durch. „Wir schliefen miteinander.“

Sie strich sich hastig durch die Haare. Ihre Finger zitterten. Sie fummelte ein Päckchen Zigaretten aus einer kleinen Kiste auf dem Tisch. Mühsam zerrte sie einen Glimmstängel aus der Box und steckte ihn an. Einen kurzen Moment fing sich ihr Blick in Finns Augen. Der Hauptkommissar hatte den spontanen Eindruck, dass sie an ihm Interesse zeigte, was keinerlei Sinn ergab.

Er erspähte ein offenes Notizbuch neben ihrem Haustelefon. Eine Liste mit Namen stand darauf, aber er konnte sie aus der Entfernung nicht lesen. Er fragte sich, ob auch Stefan Lochner auf der Liste stand. Hinter jedem Namen standen Zahlen. Handelte es sich hierbei um Uhrzeiten? War sie eine Edelprostituierte?

Alexandra Perepelkin sah Finns Blick und wirkte plötzlich bekümmert.

„Ich möchte nicht indiskret sein“, sagte Finn. „Stefan Lochner sagte, Sie würden bei einer Zulieferfirma für Automobilhersteller arbeiten. Haben Sie noch weitere ... Beschäftigungen?“

„Nein“, antwortete sie harsch und schloss das Notizbuch mit einem raschen Handgriff. „Ich bin keine Nutte, falls Sie das wissen möchten. Ich verdiene mein Geld auf ehrliche Weise. Ich halte dafür nicht meinen Arsch hin.“

„Verzeihung“, sagte Finn, beschloss aber dennoch, Alexandra Perepelkins Namen zu überprüfen.

Er fühlte, die Befragung in eine Sackgasse manövriert zu haben. Stefanie Gorges sprang ein.

„Frau Perepelkin, wir möchten Sie bitten, noch einmal über die Gespräche mit Peter Lochner nachzudenken. Haben Sie wirklich keinerlei ungewöhnliches Verhalten bei ihm bemerkt? Hat er Feinde erwähnt?“

Sie schüttelte stumm den Kopf. Ihr Telefon klingelte.

„Hallo? ... Jetzt nicht ... Nein, heute läuft nichts mehr ... Ich melde mich ... Tschau."

Finn speicherte jedes Wort in seinem Kopf. Aber er wusste, hier gab es nichts mehr zu erfahren. Lochner und Alexandra hatten Sex miteinander gehabt. Er war gelegentlich bei ihr aufgetaucht und wieder verschwunden. Vielleicht hatte sie Geld dafür erhalten, vielleicht auch nicht.

„Okay, ich denke, das war alles für heute. Falls Ihnen etwas einfällt, was wichtig für uns sein könnte, melden Sie sich bitte auf der Wache in Idar-Oberstein. Wir kommen wahrscheinlich noch einmal auf Sie zu."

„Seltsames Mädchen", sagte Finn, als sie zurück nach Idar-Oberstein fuhren. „Ich würde wetten, dass Sie doch eine Prostituierte ist."

„Nein", erwiderte Stefanie Gorges bestimmt. „Ist sie nicht. Hast du nicht bemerkt, wie fahrig und unkonzentriert sie war? Sie wischte sich ständig über die Stirn und rutschte auf dem Stuhl herum."

Steinmann musste gestehen, dass sie ihm etwas ruhelos vorgekommen war. Er nahm jedoch an, dass es von der Todesnachricht herrührte. Oder sie hatte Angst, mit ihrem „Nebengewerbe" aufzufliegen.

„Typisch Mann. In solchen Sachen seid ihr blind."

„Was ist mit dem Anruf? Sie sagte: ‚Heute läuft nichts mehr.' Ich finde das sehr bezeichnend. Und sie hatte ein Notizbuch, in dem..."

„Sie ist krank, Finn. Alexandra Pe[illegible]lkin ist eine ganz armselige Person. Ist dir nicht aufgefallen, wie direkt der Anrufer gesprochen haben muss? Sie wird ausgenutzt, und sie weiß es. Wir hätten Sara oder Klaus Frankenstein mitnehmen sollen."

Finn verstand kein Wort.

„Ich bin davon überzeugt, dass sie eine Nymphomanin ist. Sie ist ein Sklave ihres eigenen Körpers, der ständig nach sexueller Befriedigung schreit. Frag mal bei der Sitte nach, die hatten so einen Fall in Idar-Oberstein. Sie war erregt während des Gespräches mit uns. Sie starrte dich mit unverhohlener Gier an. Es ist krankhaft. Sie kann es nicht unterdrücken. Armes Ding. Sie müsste eigentlich in Behandlung.“

„Aber was ist mit der Liste?“

„Wahrscheinlich hat sie eine eigentümliche Art gefunden, ihre Probleme zu behandeln. Sie lädt sich regelmäßig Männer ein. Sie schläft mit ihnen und findet kurzzeitig Ruhe. Statistisch gesehen werden solche Frauen nicht alt. Sie verzweifeln irgendwann und gehen daran zugrunde, verlieren Job und Freunde. Nicht wenige begehen Selbstmord.“

Finn schwieg. Innerlich klopfte er sich auf die Schulter, dass er Stefanie Gorges mitgenommen hatte. Er allein hätte die Situation völlig anders eingeschätzt. Mit einem männlichen Partner hätte er sich jetzt darüber unterhalten, warum sich eine so hübsche Frau für Geld verkaufte.

„Bist du dir sicher?“, hakte er nach.

„Ganz sicher.“

Finn überlegte. Bei Männern zeigte sich das Phänomen der Sexsucht weitaus häufiger. Die unendlich scheinenden Berichte über sexuelle Belästigungen und Vergewaltigungen füllten ganze Archive.

„Ist so etwas heilbar?“, fragte er.

„Kaum. Du musst dir erst einmal bewusst werden, dass du krank bist. Und wenn du es erkannt hast, kommt die Hürde des Arztbesuches auf dich zu. Ich weiß, Männer träumen von Frauen wie diesem jungen Mädchen. Aber ich verrate dir was: Keine Frau träumt davon, so zu sein wie Alexandra Perepelkin. Keine.“

„Ich vertraue auf dein Urteil, Stefanie, aber ich werde trotzdem prüfen lassen, ob sie nicht doch im käuflichen Gewerbe tätig ist.“

„Klar. Das müssen wir. Ich könnte mich schließlich auch irren. Aber du wirst nichts finden, glaub mir.“

19.

Finn schreckte auf.

Er hatte von Mädchen geträumt, die in dunklen Gewölben von einem Strohbär gejagt wurden. Die grauen Wände waren mit blutigen Kreisen bemalt. Sie funkelten wie bösartige Augen den Flüchtenden hinterher.

Der Hauptkommissar fuhr sich mit der Hand durchs Gesicht und dachte erneut daran, dass er sich rasieren musste. Ein rascher Blick auf die Uhr sagte ihm, dass es kurz nach drei in der Frühe war. Er wohnte jetzt schon fast eine Woche in dem provisorischen Zimmer. Die Entwicklung des Falles war zu rasant, um täglich nach Hause zu fahren.

Finn stand auf, schaltete das Licht an und stellte sich vor den kleinen Spiegel, unter dem ein winziges, weißes Handwaschbecken hing. Er hatte einen faden Geschmack im Mund und griff träge zur Zahnbürste. Danach rasierte er sich und fühlte sich etwas besser.

Katja Neisinger hatte sich nicht gemeldet. Sicher nahmen die Versuchsreihen sehr viel Zeit in Anspruch. Er hatte zwar keine Ahnung davon, vertraute aber der Kompetenz der Ärztin.

Horst Engel war nicht mehr dazu gekommen, Material über Mohnweiler zu sammeln. Seine Frau war auf der Kellertreppe ausgerutscht und hatte sich ein Bein gebrochen. Glücklicherweise trug sie ein Mobiltelefon am Gürtel, sodass sie ihn auf der Wache hatte anrufen können. Engel war verständlicherweise sofort nach Hause gefahren.

Die Überprüfung des Schuhprofils brachte die SOKO „Strohbär“ nicht weiter. Genau wie Fingerabdrücke wurden aufgefallene Fußspuren von der Polizei registriert, aber die vom Freibad waren bisher bei keinem anderen Verbrechen entdeckt worden.

Finn hatte sich am späten Nachmittag zu den Kollegen der Sitte begeben. Die Überprüfung von Alexandra Perepelkin verlief ergebnislos. Sie war polizeilich nicht bekannt, was aber noch nichts heißen musste. Auf Steinmanns Frage hin berichtete Sara Schmidt von dem Fall einer sexbesessenen Frau, die letztendlich in der psychischen Station des Klinikums gelandet war. Damals büchste die Frau drei Mal aus dem Krankenzimmer aus und fiel über Männer in benachbarten Räumen her, die hilflos in ihren Betten gelegen hatten. Der Fall wurde polizeilich bekannt, da sie in ihrer Raserei zwei der Männer verletzt hatte.

Finns Ermittlungen drohten wie ein Fisch an Land zu ersticken. Es gab anscheinend keine dunklen Gestalten hinter der jungen Russin, bis auf die Kerle, die ihr Problem missverstanden und höchst egoistisch ausnutzten.

Zu allem Überdruss begann ein Grippevirus sein Unwesen zu treiben. Sara Schmidt schnupfte bereits verdächtig oft in Taschentücher hinein, und Kommissar Frankenstein verschwand mehrere Male auf die Toilette. Er klagte über Durchfall. Der hünenhafte Mann war blass und hatte rote Augen. Finn nahm an, dass in zwei Tagen das Büro der K2 leer stehen würde. Andere Abteilungen verzeichneten ebenfalls krankheitsbedingte Ausfälle.

Nach den vielen Gesprächen war Steinmann so müde gewesen, dass er sich hingelegt hatte. Der mangelnde Schlaf der letzten Tage forderte seinen Preis. Doch statt erholsame Ruhe zu finden, produzierte sein Unterbewusstsein schreckliche Bilder, die in rasender Folge abliefen. Er kannte dieses Phänomen. Die Albträume würden erst aufhören, wenn er den Mörder dingfest gemacht hatte.

Finn setzte sich auf die Kante der kleinen Pritsche, die seit Beginn der Ermittlungen Wohnzimmer und Bett für ihn war. Vor gerade mal vierundzwanzig Stunden hatten sie die Leiche von Peter Lochner gefunden.

Finn nahm einen Schluck Wasser aus einer PET-Flasche und blätterte in einem Magazin über Jagdwaffen. Sein Gesicht brannte von der Rasur, aber wenigstens sah er wieder manierlich aus.

Ein logistisches Problem plagte ihn. Seine Wäsche wurde knapp. Vielleicht konnte ihm einer der Kollegen aushelfen. Er wagte es nicht, nach Trier zu fahren.

Leise klopfte jemand an die Tür. „Hauptkommissar Steinmann?"

Finn sah auf. „Ich bin wach. Kommen Sie rein."

Die Tür öffnete sich. Der Schutzpolizist von der Zentrale stand im Rahmen. Der Mann leckte sich hastig die Lippen.

„Die Birkenfelder Wache hat angerufen. Sie melden einen anonymen Hinweis."

Finn erstarrte.

„Die Gerechtigkeit schreitet voran", soll der Anrufer gesagt haben."

‚Mein Gott', dachte Finn.

„Kam der Hinweis von einer verzerrten Stimme?"

„Ja. Es gäbe etwas an der Alten Burg zu entdecken. Soll ich Alarm geben?"

Finn nickte niedergeschlagen.

‚Wie sollen wir Ermittlungen führen, wenn wir nur noch an den Tatorten mit Spurensicherungen beschäftigt sind? Wir stolpern von Leiche zu Leiche …'

Steinmann zog sich rasch an. Auf seinem Rücken hatte sich eine Gänsehaut gebildet. Die Kälte kam von innen. Der Strohbär beschleunigte sein Tempo.

Drei Streifenwagen fuhren in Kolonne an der Schmißberger Höhe vorbei. Das Birkenfelder Tal wurde rechter Hand kurz sichtbar, verschwand aber wieder hinter dichtem Baumbewuchs. Dann rollten die bulligen Fahrzeuge eine lange Gerade hinab, und die Kreisstadt tauchte endgültig in den Frontscheiben der Polizeikombis auf.

Obwohl die Stadt Birkenfeld um vieles kleiner ist als Idar-Oberstein, wirkt sie durch das weitläufige Tal dennoch recht kompakt und groß.

„Wenn hier im Winter noch dicker Schnee liegt", erklärte Herbert Lanzinger, „haben wir in Idar-Oberstein nur Matsch."

„Ist Birkenfeld so viel höher?", wollte Finn wissen.

„Ein Stück. Es reicht auf jeden Fall für die Schneegrenze."

Lanzinger wechselte die Hand am Steuer und deutete auf einen dunklen Bergschatten auf der linken Seite der B 41.

„Dort oben sind Mohn- und Dienstweiler sowie die Alte Burg. Die beiden Orte liegen über vierhundert Meter über Null. Von der Burg hat man eine tolle Sicht über das Tal."

‚Dafür werden wir keine Zeit haben', dachte Finn. ‚Von Idar-Oberstein habe ich außer Leichen auch noch nichts sehen können.'

Manchmal bedauerte er es, den Blick für die Sehenswürdigkeiten seiner Einsatzorte verloren zu haben. Er nahm sich jedes Mal vor, nach Abschluss von Ermittlungen einen Tag Urlaub zu nehmen, um die Gegend kennenzulernen. Aber wenn er seine Unterschrift unter einen Abschlussbericht setzte, klingelte die Direktion aus Trier bereits mit einem neuen Fall sein Telefon heiß. Seine Wohnung in der Trierer Altstadt war ein karg möbliertes Domizil, und von dreißig Tagen im Monat schlief er höchstens fünfzehn in seinem eigenen Bett. Vielleicht war das auch der Grund dafür, warum er allein lebte.

Herbert Lanzinger bog rechts nach Birkenfeld ab und zeigte Finn die kleine Birkenfelder Wache, die glücklicherweise einer Schließung entgangen war. Die Kolonne hielt jedoch nicht an, sondern fuhr an dem Bau vorbei. Es war verabredet worden, dass die hiesige Schupo das Gelände um die Alte Burg abriegeln sollte. Die Wache hatte zwei Fahrzeuge im Einsatz.

Steinmann lehnte sich auf dem Rücksitz zurück und schloss deprimiert die Augen. Er hoffte, dass sich der Anruf als Finte herausstellte. Leider sprachen die Fakten dagegen, da eine verzerrte Stimme am anderen Ende der Leitung gesprochen hatte.

Sollte jetzt eine dritte Leiche auftauchen, konnte er die Schlagzeilen der Tageszeitungen schon vor seinem Auge sehen. Die Sonderkommission „Strohbär“ würde der Lächerlichkeit preisgegeben. Die Unfähigkeit der Beamten, den Täter zu fassen oder zumindest zu stoppen, rief wahrscheinlich Kritiker und Nörgler auf den Plan, die in Fernsehtalkshows die mangelnde Motivation der Polizei vehement anprangerten. Finn hoffte inständig, dass dieser nächtliche Einsatz ohne Leichenfund zu Ende ging.

Insgesamt fünf Streifenwagen stoppten auf dem Gelände vor der Alten Burg, welche eigentlich nur noch aus einem Turm bestand. Die wartenden Birkenfelder Polizisten hatten sich mit ihren Fahrzeugen an die Kolonne gehängt. Die fünf Wagen bildeten eine Formation, die an einen Stern erinnerte. Die Motorhauben wiesen in alle Richtungen.

In den Streifenwagen saßen die Polizisten, hielten ihre Stablampen fest in den Händen und starrten nervös auf die Uhr. Steinmann hatte angeordnet, dass sie zunächst fünf Minuten in den Autos bleiben sollten. Falls sich der Killer in der Nähe befand, wollte er ihn neugierig machen.

‚Bleib, wo du bist’, dachte Finn. ‚Ergötz dich nur an unserem Aufmarsch. Vielleicht erwischen wir dich, wenn es hier gleich taghell wird.’

Die insgesamt dreizehn Beamten sollten aus den Wagen springen und sofort mit starkem Licht die nähere Umgebung absuchen. Auch die Scheinwerfer der Fahrzeuge würden eingeschaltet werden, deswegen die Sternform. Steinmann wollte einen möglichst großen Radius mit Licht abdecken.

‚Wieder ein Kreis’, dachte Finn. ‚Der Wille, ein Monstrum zu fangen, ist sein Zentrum.’

Es war unkonventionell, aber einen Versuch wert. Ungewöhnliche Täter erforderten ungewöhnliche Maßnahmen. Wenn er noch nicht ahnte, dass er am Freibad entdeckt worden war, konnte hier ein überraschender Zugriff auf ihn erfolgen. Der Wagen mit Steinmann sollte die blitzartige Suche eröffnen.

„Okay, Freunde“, sagte Finn heiser. „Noch dreißig Sekunden.“

20.

Stumm und reglos kauerte die riesige Gestalt neben dem Baum und beobachtete die seltsame Fahrzeugformation. Die Autos standen jetzt schon fast vier Minuten auf der Wiese vor der Burg, ohne dass sich etwas tat.

Er konnte die Insassen nicht erkennen, aber anscheinend saßen sie völlig bewegungslos in ihren Wagen.

‚Worauf wartet ihr?', dachte er. ‚Steigt aus und macht endlich euren Job!'

Zorn schwappte in seinem Körper wie Wasser in einer Badewanne umher. Er schlug an die Innenwände seiner Haut, wurde zurückgeworfen, brach sich an scharfen Kanten aus Hass und einem winzigen Rest von Angst.

Er stand auf und schaltete seinen Restlichtverstärker ein. Sofort verwandelte sich die Umgebung in ein grünes Paradies. Er konnte die Streifenwagen nun besser erkennen. Es waren fünf, er hatte sich nicht verzählt. Dann waren es mindestens zehn Polizisten.

‚Sehr gut. Ihr nehmt meine Arbeit ernst. Ihr müsst euch aber beeilen, sonst versteht ihr die Geschichte nicht. Nur noch einer ist übrig. Der Schlimmste von allen. Er wird brennen, und alle werden es sehen können.'

Die Gestalt erschauerte bei diesen Gedanken und krümmte sich. Muskeln spannten sich unkontrolliert und drohten, die Jacke zu sprengen. Einige Waldmäuse, die sich vorsichtig genähert hatten, verschwanden fiepend im Unterholz. Sie waren menschlichen Geruch in der Nähe der Ruine gewohnt, doch das, was dieses Ungetüm verströmte, war weit entfernt davon. Raubtiere hatten diesen Gestank an sich, Jäger, die im Gebüsch lauerten und kurz davor waren, ihre Fangzähne in ahnungslose Beute zu schlagen.

Nach fast fünf Minuten ballte der Riese die gewaltigen Fäuste. Ungezügelte Wut ließ Schlieren vor seinen Augen entstehen, die das Bild in den kleinen Optiken des Restlichtverstärkers stark verzerrten.

Er war versucht, auf die Fahrzeuge loszustürmen und die Polizisten an die kalte Luft der Nacht zu zerren.

Und dann kam das Licht.

21.

„Los!“

Finn stieß die Tür des Kombi auf und schaltete sofort die Taschenlampe an, die er aus der Inspektion mitgebracht hatte.

Hinter ihm flogen andere Türen aus ihren Verriegelungen, Licht gleißte auf. Innerhalb von acht Sekunden schwärmten die Polizisten mit gezogenen Waffen in alle Richtungen davon. Jeder trug seine Kevlarweste. Da der Strohbär Peter Lochner mit einer Pistole erschossen hatte, musste mit einem Feuergefecht gerechnet werden.

Und dann ging alles viel zu schnell.

„Halt!“, brüllte plötzlich jemand. „Bleiben Sie stehen!“

Finn fuhr überrascht herum. Ein Beamter der Schutzpolizei ging mit vorgehaltener Waffe in den Wald hinein. Fahrzeuglicht traf auf den Rücken des Mannes und vergrößerte seinen Schatten ins Riesenhafte. Der Lauf der P5 zielte auf eine große Gestalt, die im Licht stand und beide Hände zum Kopf gehoben hatte.

Später bestätigten alle Polizisten, dass sie selten jemanden gesehen hatten, der sich derart schnell bewegen konnte.

Als Steinmann hinter dem vor ihm gehenden Kommissar wieder auftauchte, sah er eine große Silhouette, die ruckartig nach rechts auswich und in unglaublicher Geschwindigkeit durch den Wald rannte. Der über zwei Meter große Koloss zerstampfte morsches Holz mit weiten Sprüngen und machte Geräusche wie eine Dampflok. Seine Kontur verwischte in dem wechselhaften Licht zu einem geisterhaften Schemen. Er wurde beinahe unsichtbar.

‚Gott, ist der schnell’, dachte Finn und rannte hinter dem Flüchtenden her.

„Halt! Halt! Bleiben Sie stehen, oder ich schieße!“, brüllte jemand.

„Nein!“, fluchte Steinmann.

Es gab keine rechtliche Grundlage für den Einsatz von Waffen. Sie wussten ja noch nicht einmal, ob sich hier tatsächlich eine Leiche verbarg. Die vage Vermutung eines Verbrechens reichte in diesem Fall nicht aus.

„Haltet ihn auf!“, rief Finn und stürmte weiter.

Zwei Polizisten waren aufgrund einer günstigeren Position schneller als er. Der vorderste schaffte es unter Aufbietung aller Reserven, die Laufbahn des Riesen zu schneiden und ihn bei der Jacke zu packen.

Er schrie entsetzt auf, als sein Lauf mit brutaler Gewalt gestoppt wurde. Der Schlag einer großen Faust traf das Zentrum seines Gesichtes und löschte sein Bewusstsein sofort aus. Das Knirschen brechender Knochen war weithin hörbar.

Finn musste sich auf den Waldgrund konzentrieren und sah nur, wie sein Kollege von dem Gigant abprallte und zurückgeworfen wurde.

‚Als ob er vor ein Auto gelaufen wäre‘, dachte Finn und sprang beherzt über ein paar dicke Wurzelstränge, die wie Walbuckel aus dem Erdboden ragten.

Hinter ihm dröhnte das unverkennbare Gebrüll eines Dieselmotors auf. Einer der Polizisten war geistesgegenwärtig genug gewesen, um wieder in einen Streifenwagen zu hechten und damit die Verfolgung aufzunehmen. Schlammige Erde spritzte in die Höhe, als der Kombi aus dem Stand herumgerissen wurde. Das Fahrzeug machte einen Satz nach vorne, die Scheinwerfer tanzten auf und ab. Die Sichtverhältnisse waren verstörend. Wirre Schatten zuckten durch den Wald, als seien die Bäume durch okkulte Magie lebendig geworden. In einem Moment leuchteten dicke Stämme wie Elefantenbeine auf, im nächsten Augenblick huschten dunkle Zonen kreuz und quer durch den Wald. Die Polizisten waren nicht in der Lage, ihre Lampen bei der Verfolgung ruhig zu halten.

Der Streifenwagen raste an Finn vorbei. Der Hauptkommissar erkannte Herbert Lanzinger hinter dem Steuer. Das Orakel musste alle Kraft aufbieten, um die Hände auf dem Lenkrad zu behalten, da der Kombi wie ein bockendes Pferd über die Wurzeln ratterte. Metall ächzte.

„Ausschwärmen! Bildet eine Zange!“, rief Steinmann und hoffte, die Männer würden seine Anweisung verstehen.

Neben ihm tauchte ein junger Kommissar auf. Der Mann war schneller als Finn und zog langsam an ihm vorbei.

„Ich sehe ihn nicht mehr!“, rief der Polizist.

Eine Blutwolke stand plötzlich im Licht der Scheinwerfer, und der Mann wurde abrupt von den Beinen gerissen. Gleichzeitig ertönte der Donner einer abgefeuerten Waffe. Der Mündungsblitz erhellte den Wald für den Bruchteil einer Sekunde. Finn blieb ruckartig stehen und wäre fast über den Angeschossenen gestolpert.

„Mein Bein! Mein Bein!“, heulte der Getroffene und presste die rechte Hand auf den Oberschenkel.

Dunkle Flüssigkeit quoll zwischen seinen Fingern hervor.

Finn bückte sich zu dem Kommissar hinunter. Zeitgleich mit einem weiteren Knall spritzte direkt vor ihm Dreck in die Höhe. Das Projektil blieb in einer Wurzel stecken. Finn starrte mit großen Augen auf das summende Metallgehäuse.

Weitere Schüsse hallten durch den Wald. Glas klirrte, Reifen zischten, dann prallte der Streifenwagen gegen eine mächtige Eiche. Finn hörte es am infernalischen Kreischen der Karosserie, die sich unter dem Andruck zu einem kümmerlichen Haufen verformte. Er fragte sich, ob Lanzinger in der Hektik Zeit gefunden hatte, den Gurt anzulegen.

Wasserdampf zischte unter der verbogenen Motorhaube des Streifenwagens hervor und verbarg den flüchtenden Mann vor den Blicken seiner Verfolger.

‚Wir hatten den Strohbär vor der Flinte‘, dachte Finn bekümmert und leistete Erste Hilfe bei dem Verletzten. Ein Polizeikommissar half ihm dabei.

‚Scheiße, wir hätten ihn beinahe gehabt.'

Einem plötzlichem Impuls folgend erhob sich Steinmann nach einigen Minuten und starrte in den Wald hinein. Er hatte das Gefühl, beobachtet zu werden.

„Kommen Sie klar?", fragte er den Polizeikommissar, der ihn unterstützt hatte.

„Sicher", nickte der Mann.

Finn ahnte, dass der Killer in der Lage gewesen wäre, einen großen Teil der Polizisten auszulöschen. Er war offenbar völlig skrupellos und extrem gewalttätig.

Einer der Polizisten rannte zurück zu den Fahrzeugen und forderte Notärzte und Krankenwagen an.

Herbert Lanzinger kroch mit blutender Kopfwunde aus dem zerstörten Kombi. Der Airbag im Lenkrad hatte ihm das Leben gerettet.

Andere Kollegen kümmerten sich um den Niedergeschlagenen. Er atmete rasselnd. Sein Gesicht war eine rot verquollene Masse, die Nase so breit wie ein Pfannkuchen. Blutblasen drangen aus dem linken Nasenloch, das rechte Auge war unter einer Schwellung verschwunden. Die Teile seines Gesichtes, die noch beweglich waren, zuckten vor Schmerz.

Steinmann bewegte sich mit den vier verbliebenen Polizisten vorsichtig durch den Wald.

„Er ist weg", sagte jemand rechts von Finn.

Der Hauptkommissar schwieg. Er war sich nicht sicher. Zu viele Dunkelzonen lagen vor ihm. Er stieg über einige abgestorbene Äste hinweg und blieb dann stehen. Um ihn herum knackte das alte Holz. Wind fing sich in den kahlen Kronen der Bäume. Es rauschte leise. Die Stimmen der anderen Beamten schienen aus weiter Ferne zu kommen.

Finns Nackenhaare stellten sich schlagartig auf. Direkt vor ihm schoss ein großer Umriss hinter einem dicken Baum hervor.

„Halt!", schrie der Hauptkommissar und riss die Waffe nach oben.

Er folgte dem Schatten zwei Schritte, dann fingen sich seine Füße unglücklich in niedrigem Gestrüpp. Steinmann stürzte lang hin. Er bekam die Beine nicht frei. Erst nach fünfzehn langen Sekunden konnte er sich aus dem Unterholz herauswinden. Die Kollegen erreichten ihn und leuchteten die Umgebung ab. Es war nichts mehr zu sehen.

„Er war noch hier“, knurrte Finn. „Er stand nur zwei Meter vor mir hinter einem Baum. Shiet!“

Die Polizisten suchten noch einige Minuten das Waldstück ab, doch der Strohbär blieb verschwunden. Als sich die Ereignisse in den Köpfen der Männer filmgleich wiederholten, wurde ihnen bewusst, mit welcher Kraft und Geschwindigkeit der riesige Kerl reagiert hatte.

Nicht wenige glaubten, es mit einer übernatürlichen Kreatur zu tun zu haben, analog einem Unhold aus Grimms Märchen.

Aber die Gestalten aus Märchenbüchern trugen selten Handfeuerwaffen und erst recht keine Sichtverbesserer.

22.

Der Großeinsatz dieser Nacht übertraf in jeder Hinsicht alle vorherigen. Der Einsatz von Mensch und Material war atemberaubend. Polizisten durchkämmten den Wald zu Dutzenden, und zwei Hubschrauber suchten die Region mit Infrarotkameras wieder und wieder ab.

Finn war überzeugt davon, dass der Strohbär die wenigen Minuten genutzt hatte, die ihm nach seiner Entdeckung geblieben waren. Er war verschwunden. Es galt als sicher, dass er über gute Ortskenntnisse verfügte, wodurch Straßensperren wirkungslos waren. Dennoch war auch diese Maßnahme angeordnet worden.

Drei Polizisten waren verletzt. Der Zustand des Niedergeschlagenen war kritisch, aber stabil. Die Gewalt, mit der sein Gesicht deformiert worden war, ließ den behandelnden Notarzt zuerst an eine stumpfe Hiebwaffe glauben. Als die Männer verneinten und ihm von dem Faustschlag erzählten, schalt er sie Narren, sah sich aber misstrauisch um.

Herbert Lanzinger stand schweigend vor dem zerstörten Kombi. Der Motorblock war bis in den Fahrzeugraum geschoben worden. Lanzinger hatte riesiges Glück gehabt. Ein Rettungssanitäter tupfte dem mürrischen Oberkommissar Blut von einer großen Platzwunde an der Stirn. Frank Müller stand mit verschränkten Armen neben ihm. Er beobachtete seinen Kollegen mit dem Blick eines besorgten Freundes.

Finn nahm die Gespräche der Männer nur noch in Bruchstücken wahr. Sein Schädel fühlte sich dumpf an. Er dachte an das Geschoss, das ihn beinahe erwischt hätte.

Überall wimmelte es inzwischen von Beamten. Ein Spurensicherungsteam unter Oberkommissar Siborski rekonstruierte den Fluchtweg des Strohbären und versuchte, Stoff-, Fuß-, und Waffenspuren zu sichern.

Techniker hatten die Alte Burg voll ausgeleuchtet. Aslan Nakrüz bereitete sich mit seinen Leuten gerade darauf vor, zu dem Toten auf der Spitze des Turmes vorzudringen. Dieses Areal war weitläufig gesperrt.

Finn schauderte, als er an die Leiche dachte, die dort oben auf einem Holzstuhl saß. Es wurde immer schlimmer.

Als sich die Situation beruhigt hatte und Krankenwagen sowie Unterstützungskräfte unterwegs waren, hatte Finn mit drei Polizisten den Turm erklommen. Die Umgebung spiegelte jeden der anderen Tatorte wider.

Enge Gänge, raue Oberflächen, und nur ein möglicher Zugang zur Leiche.

Diesmal hatte der Strohbär seine Halmstraße schon auf den Treppenstufen ausgelegt. Finn war an der Spitze der Gruppe gegangen. Als seine Stablampe die oberste Ebene des Turmes beleuchtete und der Kreis mit seinem fürchterlichen Zentrum sichtbar wurde, schlossen die vier Männer krampfartig die Augen.

Jemand schniefte erstickt und brach spontan in Tränen aus, ließ dann einen überraschten Laut über die eigene Reaktion hören. Finn drehte sich nicht um, sondern ließ den Mann diesen privaten Moment allein überstehen.

Ihm war ebenfalls zum Heulen zumute. Er war es satt, die präparierten Opfer des Serienkillers mit ihren merkwürdigen Verrenkungen aufzufinden. Er war es satt, anhand von grausam Ermordeten eine Geschichte deuten zu müssen. Er war es satt, sich in einem dichten Gestrüpp aus Hinweisen und Vermutungen zu verfangen.

Im Mittelpunkt des Strohkreises stand ein Holzstuhl. Auf ihm saß eine männliche, nackte Leiche. Die Beine des Toten waren mit Draht an den vorderen Stempeln des Stuhles festgezurrt. Die Arme hatte der Mörder hinter der Rückenlehne überkreuzt und ebenfalls mit Draht am Stuhl befestigt. Ein Holzstab mit einer Drahtschlinge hielt den Kopf aufrecht. Da diese Konstruktion zwischen Rücken und Stuhl eingeklemmt worden war, hielt das Eigengewicht der Leiche den Holzstab fest. Der Tote saß aufrecht. Auf der blanken Brust trug er einen aufgesteckten Sheriffstern. „US-Marshall“ stand darauf zu lesen.

Finn erkannte im ersten Moment nicht, was der Tote im Mund hatte. Es sah im Halbdunkel wie ein überdimensionales Halstuch aus.

„Was ist das?“

Steinmann wusste nicht, wer die Frage gestellt hatte. Es war ihm auch egal. Er ging widerstrebend näher an den Kreis heran.

Noch näher. Er beugte sich vor.

Die Mundwinkel des Toten waren stark eingerissen. Man hatte ihm Textilien mit Gewalt in den Rachen geschoben. Er war wie eine Waschmaschine gestopft worden. Die Nase zeigte ein gewaltiges Hämatom, als hätte ihm jemand mit einem Schraubstock die Möglichkeit zum Atmen geraubt.

Schleimiger Speichel bildete auf der Unterlippe eine weiße, flockige Kruste. Der Mann war erstickt. Wahrscheinlich hatte er sich erbrochen. Irgendwo hinter dem Stoff verätzte der Mageninhalt den Rachenraum.

Ein kleiner Zettel schob sich frech unter der spröden Oberlippe hervor, die an einen alten Autoreifen erinnerte. Auf dem Zettel stand etwas. Druckbuchstaben, sehr klein. Finn neigte den Kopf, um besser lesen zu können.

„Bei dreißig Grad waschen. Nicht in den Trockner geben.“

Eine Pflegeanleitung.

„Wäsche“, sagte Finn fassungslos. „Er ist an Wäsche erstickt.“

‚Wenn ich dich das nächste Mal sehe, erschieße ich dich. Es ist mir völlig gleich, ob du dann wehrlos bist oder nicht. Ich knalle dich einfach ab. Du bist kein Mensch. Du bist ein Monstrum. Wenn es sein muss, erfinde ich eine Lüge, um den Waffeneinsatz zu rechtfertigen, du dreckiges Schwein.‘

Die Leiche bot einen Anblick, der in all seiner Perversion sogar noch einen fast majestätischen Hauch hatte. Das nächtliche

Lichtermeer Birkenfelds breitete sich im Rücken des Toten aus. Ein schwacher Wind trug die Ankündigung des Frühlings mit sich.

Finn sah zum Himmel und dachte an Gott, dessen Botschaft er schon lange nicht mehr verstand. Er hoffte, dass sich hinter all dem Tun des Killers ein tieferer Sinn verbarg, Beweggründe, die Anfang und Ende hatten.

Er spürte Angst davor, letztlich nur einen völlig Irren zu stellen, der aus purer Lust den Tod anderer Menschen in Kauf nahm und die Opfer an markanten Stellen platzierte.

‚Wohin gehen wir?', fragte er sich. ‚Warum wird es immer grausamer? Warum reicht es diesen Hunden nicht mehr aus, dass sie ihre Opfer rasch töten? Wieso muss es immer brutaler werden? Wo kommt dieser Hang zur Selbstdarstellung her? An welchen Orten kann man sich damit brüsten? Vielleicht in der Hölle', sagte er sich. ‚Dort klatscht der Teufel Beifall für die Taten seiner Herolde.'

Finn wandte sich mit starrer Miene von der Leiche ab und stieg den Turm hinunter. Er maß dem Sheriffstern auf der Brust des Toten entscheidende Bedeutung bei. Es war das Äquivalent zu Lochners Kreuzigung.

Als er die Ruine verließ und Gras unter seinen Schuhen spürte, rollten die ersten Einsatzwagen auf das Gelände. In solchen Momenten war er versucht, einen Kollegen um eine Zigarette zu bitten, aber er hatte vor zehn Jahren aufgehört. Er sprach mehrere Minuten lang kein einziges Wort und gab Anweisungen nur per Handzeichen und Kopfbewegungen.

„Ich will so schnell wie möglich wissen, wer das ist", sagte Finn später zu Aslan.

„Was erwartet mich diesmal?"

Finn schüttelte den Kopf. „Bolustod, Aslan. Auf eine Weise, die ich noch nie gesehen habe."

Er wollte es nicht beschreiben. Es reichte, wenn das Bild der Leiche ständig vor seinen Augen stand.

Nakrüz brummte und schloss seinen Spezialanzug. Er winkte seinen Leuten und stieg den Turm hinauf. Finn hörte die Männer leise reden, wie sie sich vorab Bereiche zuteilten und die wichtigsten Spurenzonen ins Gedächtnis riefen.

Dann verstummten sie schlagartig, und Steinmann stellte sich vor, dass sie jetzt mit bitterem Gesichtsausdruck vor der Leiche standen. Es war anzunehmen, dass es die eigene Wäsche des Toten war, die zum Ersticken geführt hatte.

Finn verließ den Burgbereich und suchte Oberkommissar Siborski auf, der bereits mannigfaltige Spuren sichern ließ. Steinmann erinnerte sich an sechs Schüsse, die der Strohbär abgefeuert hatte. Eine Kugel hatte das Bein des jungen Kommissars durchschlagen, eine weitere hatte sich in das Holz einer Wurzel gebohrt, jener Wurzel, die Finns Kopf verdeckt hatte. Die verbleibenden vier Schüsse waren auf den Streifenwagen abgegeben worden.

Erstaunlicherweise sah sich niemand imstande, eine genaue Beschreibung des Strohbären abzugeben. Er war groß, sehr groß, das konnten alle bestätigen. Aber das hatten sie schon vorher vermutet.

Die Lichtverhältnisse waren zu wechselhaft gewesen, um Gesichtszüge erkennen zu können, noch dazu hatte sich bestätigt, dass der Riese einen Restlichtverstärker auf dem Kopf trug. Wenn Finn eine Beschreibung hätte abgeben müssen, wäre das Phantombild das eines Roboters geworden, eines mechanischen Killers, riesengroß, mit den gewaltigen Kräften einer Hydraulikpresse.

Zwei Details waren Finn im Gedächtnis geblieben, die er Siborski für das Täterbild geben konnte.

„Er trug dunkle Kleidung", erinnerte sich der Leiter. „Leider war das Licht zu grell, aber ich glaube, die Kleidung war fleckig. Etwa so wie bei einem Bundeswehrtarnanzug."

Siborski schrieb es auf. „Das deckt sich mit den Aussagen der anderen. Dummerweise ist Stefan Schmidt, der Bursche, dem das Gesicht zertrümmert wurde, der Einzige, der wohl etwas mehr hätte berichten können."

„Haben die Ärzte was dazu sagen können? Ist er ansprechbar?"

Siborski hob die Schultern und deutete auf einen Krankenwagen, vor dem einige Personen in rotweißer Bekleidung knieten. „Ich habe noch nicht mit ihnen geredet. Sie sind ziemlich beschäftigt."

Finn drehte sich um und beobachtete, wie die Rettungssanitäter Schmidts Kopf fixierten.

„Ist dir sonst noch etwas aufgefallen?", fragte Siborski.

„Ja", sagte Finn. „Er blieb stumm. Während der ganzen Aktion war er völlig lautlos. Richtig unheimlich."

„Gut, ich habe jetzt alles. Bist du in Ordnung? Du siehst blass aus."

„Geht schon. Ich bin okay. Danke."

Finn nickte Siborski zu und ging mit raschen Schritten zu dem Krankenwagen. Erleichtert stellte er fest, dass der verletzte Kommissar die Hand ganz schwach anhob und mit dem Daumen nach oben wies, als er den Leiter neben sich erkannte. Das Gesicht des Mannes war eine einzige Schwellung. Inzwischen war auch die Oberlippe auf das Vierfache ihrer Größe angewachsen. Nur am Kinn waren die Proportionen normal geblieben, aber vorerst war an ein Gespräch nicht zu denken. Die Nase, die den Großteil der Schlagwucht abgefangen hatte, ragte wie ein zersplitterter Baumstumpf aus dem aufgeblähten Gesicht hervor. Finn ahnte, dass den Chirurgen viel Arbeit bevorstand.

Er räusperte sich und wischte sich rasch über die Lider.

„Das wird wieder."

Mehr brachte er nicht heraus.

Der Polizist wurde verladen. Finn fand Gelegenheit, ein paar schnelle Worte mit dem Notarzt zu wechseln.

„Was ist mit dem Kollegen, der den Schuss ins Bein erhielt?", fragte er.

„Den haben wir schon ins Birkenfelder Krankenhaus geschafft. Glatter Durchschuss. Ihre Erste Hilfe war ganz hervorragend.

Nach dem, was ich bisher sagen kann, hat er relativ wenig Blut verloren, aber wir müssen natürlich sicherstellen, dass keine Arterien oder Knochen beschädigt wurden. Falls nicht, ist er in ein paar Wochen wieder auf den Beinen."

Finn atmete auf. Das war eine gute Nachricht.

„Und er hier?", fragte er und deutete auf den Krankenwagen, der jetzt langsam von der Wiese rollte.

„Er ist bei Bewusstsein. Sein Zustand ist stabil. Sprechen kann er nicht, aber er reagiert auf Fragen. An die Brüche kommen wir erst ran, wenn die Schwellungen abgeklungen sind. Ich habe so eine Verletzung durch einen Faustschlag noch nie gesehen. Seid ihr euch wirklich sicher, dass es nicht doch ein Knüppel war?"

Finn verneinte. „Kein Knüppel. Ob der Strohbär vielleicht einen Schlagring hatte, kann ich allerdings nicht sagen."

Der Arzt schüttelte den Kopf. „Nein, Schlagringbrüche sehen anders aus. Partieller, auf einen Bereich beschränkt. Hier könnte man glauben, das Opfer wäre aufrecht gegen eine Wand gerannt. Wenn ihr den Täter erwischt, solltet ihr euch vor seinen Pranken in Acht nehmen. Solche Typen reißen Heizkörper aus den Wänden. Wahrscheinlich ist er voll mit Speed oder ähnlichem Scheiß. Bei den Discoschlägereien stellen wir immer häufiger fest, dass alle beteiligten Personen unter Strom stehen. Echt zum Kotzen."

Der Arzt tippte sich an die Stirn und lief dann zu seinem Wagen. Finn sah ihm hinterher und dachte an Dr. Neisinger, die auf diese Frage hoffentlich Antworten fand.

Da alle Verletzten versorgt waren, telefonierte Steinmann mit den Verantwortlichen der Straßenüberwachung. An den Knotenpunkten des Verkehrsnetzes wurde jedes Fahrzeug gestoppt, aber bisher hatte kein schnaufender Riese mit Helmaufsatz hinterm Steuer gesessen.

Herbert Lanzinger war zur Beobachtung ins Krankenhaus gebracht worden. Er weigerte sich zwar, wegen eines „Kopfkratzers", wie er seine Platzwunde nannte, ins Hospital zu gehen, beugte sich dann jedoch der ärztlichen Autorität. Frank Müller war daran nicht ganz unbeteiligt. Er sprach ernst auf Lanzinger ein und gemahnte ihn zur Vorsicht.

Bevor sich die Tür des Rettungswagens schloss, rief Lanzinger seinen Kollegen zu, dass er jetzt wirklich die Schnauze voll habe und noch vom Krankenhaus aus seinen Metzger anrufen werde. Frank Müller konnte sich nicht erinnern, dass Herbert Lanzinger jemals zwei Grillfeste in einer Woche abgehalten hatte.

Finn löste sich einen Moment von der gegenwärtigen Situation und dachte über die therapeutische Wirkung von Schwenkbraten nach. Dafür, dass er eigentlich kein Fleisch aß, lief ihm erstaunlich schnell das Wasser im Mund zusammen.

„Finn", rief jemand.

Steinmann wandte sich um. Siborski winkte ihm von einem der Streifenwagen. Er saß im offenen Fahrzeug und bediente das Funkgerät. Der Leiter lief zu ihm.

„Was gibt es?", fragte er.

Siborski deutete auf den Fahrersitz. „Die Zentrale ist dran."

Finn setzte sich in den Kombi. Siborski sprach in das Funkgerät.

„60-40 an Porta60. 60-40 an Porta60. Kommen."

„Hier Porta60. Kommen."

„Hier 60-40. Der Leiter ist jetzt da. Wiederholt die Meldung bitte. Kommen."

„Hier Porta60. Das Deutsche Konsulat in Washington hat sich gemeldet. Köhlers Schwester wurde ausfindig gemacht. Sie hat übers Internet von seinem Tod erfahren und in der Botschaft angerufen. Kommen."

Finn klatschte in die Hände. Dann fragte er sich, warum das Amt in Amerika mitten in der Nacht anrief. Die Zeitverschiebung fiel ihm ein.

„Hier 60-40. Wo steckt sie? Können wir mit ihr sprechen? Kommen.", sagte er.

„Hier Porta60. Sie lebt in der Nähe von Washington und ist

schon auf dem Weg zum Konsulat. Unsere Leute in Amerika wissen über die Dringlichkeit Bescheid. Sobald sie eingetroffen ist, wird eine Leitung geschaltet. Kommen."

„Hier 60-40. Danke, das reicht für den Moment. Mehr sollten wir über Antenne nicht bereden. Zu viele Ohren hören mit. Ende."

„Hier Porta60. Verstanden und Ende."

Finn lehnte sich zurück und legte den Zeigefinger an die Lippen und dachte nach. Das Bild von Hans Köhlers Leiche tauchte vor ihm auf. Die Chancen standen gut, dass sein Lebenslauf detaillierter werden würde. Steinmann spürte, dass Köhlers Schwester ganz entscheidende Informationen mit sich herumtrug. Warum war sie unauffindbar gewesen? Wollte sie unerkannt bleiben? Er nahm sich vor, Kommissar Frankenstein am Morgen noch einmal zu diesem Thema zu befragen.

Finn nickte Siborski zu und ging zum Turm. Aslan hatte die Fingerabdrücke des Toten gerade abgezogen. Er reichte Steinmann einen Behälter mit dem hochwertigen Leinenpapier.

„Hier. Glaubst du, er steckt in unserem Datensatz?"

Finn hoffte es. Er verfolgte die makabre Arbeit der Spurensicherer, die scheinbar teilnahmslos den Tatort untersuchten. Er kannte diese Unberührtheit. Sie half, nicht ständig auf die Leiche starren zu müssen.

„Ich fahre zur Birkenfelder Wache", sagte Finn. „Wenn ich die Abdrücke überprüft habe, nehme ich Kontakt zu Katja Neisinger auf. Sie muss sich beeilen. Wir brauchen Informationen. Was hat der Arzt gesagt?"

„Er war nicht lange hier. Ich hatte den Eindruck, dass er ziemlich aufgewühlt war. Er murmelte ständig, was für eine ungeheuere Sauerei dieser Mord wäre."

„Hat er etwas Relevantes gesagt?"

„Nur, dass er den Todeszeitpunkt auf unter 20 Stunden schätzt. Ein paar der Leichenflecken lassen sich noch wegdrücken. Die Leichenstarre ist demzufolge ebenfalls schon voll ausgeprägt."

Finn überlegte. Die Beweglichkeit der Flecken war eines der sichersten Mittel, um den Todeszeitpunkt einzugrenzen. Bis zu zwölf Stunden nach dem Stillstand des Kreislaufes konnte man mit festem Fingerdruck die Flecken wegschieben, danach wurden sie immer stabiler. Die Faustregel besagte, dass nach 20 Stunden keine Bewegung mehr möglich war.

„Das heißt, dieser Mann starb kurz nachdem wir Peter Lochner im alten Freibad fanden", sagte Finn. „Der Strohbär muss ihn in den Morgenstunden getötet haben."

„Sieht ganz so aus."

Finn dachte nach. „Er kann den Toten hier erst nach Anbruch der Dunkelheit aufgesetzt haben. Es wäre viel zu auffällig gewesen, an diesem viel besuchten Platz mit einer Leiche herumzulaufen. Das Stroh liegt völlig gleichmäßig auf dem Boden. Der Wind hat es noch nicht verweht."

„Es ist aufgeklebt", sagte Aslan.

„Bitte?"

„Sieh es dir an."

Finn beugte sich zum Boden hinunter. Auf dem Stein war eine dünne Folie aufgeklebt, die bei schräg einfallendem Licht leicht reflektierte.

„Er geht definitiv nach Plan vor", meinte Aslan.

„Ja", stimmte Finn zu. „Er wusste, für Opfer Nummer drei würde ihm nicht viel Zeit bleiben, also hat er sein Kunstwerk einfach vorbereitet. Er handelt nicht willkürlich."

Steinmann stellte sich einen großen Mann vor, der im Wohnzimmer seines Hauses kauerte und vergnügt summend Strohhalme auf eine Folie klebte. Im Hintergrund dudelte ein Radio, aus der Küche drang der Duft von frisch aufgebrühtem Pfefferminztee.

„Die Kreise sind ihm sehr wichtig, sonst würde er sich nicht solche Arbeit damit machen."

Der Hauptkommissar überließ Aslan wieder seiner Arbeit und ging zu einem der Birkenfelder Schutzpolizisten, der sich gerade erste Notizen für seinen Bericht machte. Da Finn kein eigenes

Fahrzeug hatte, fuhr er mit dem Polizisten in die nahe gelegene Kreisstadt.

Ein ungutes Gefühl rumorte in ihm, als er den Fingerabdruck in den Computer der kleinen Wache einlas. Er ahnte, dass sich das Opfer im Rechnersystem der Polizei verbarg.

23.

Es dauerte eine Weile, bis die Daten des Fingerabdrucks in den Verbund eingespeist waren. Die Kollegen von der Birkenfelder Wache reichten Finn eine Tasse Kaffee, die er dankend annahm. Er fragte sich, wie viel von dem schwarzen Gesöff täglich in den Polizeidienststellen getrunken wurde.

„Wir haben ihn“, sagte der Schupokommissar am Rechner.

Finn sah auf. „Wer ist es?“

„Sein Name ist Rudi Brückner. Er wohnt hier in Birkenfeld und ist 48 Jahre alt.“

„Hat er ein Sexualdelikt begangen?“

Finn stellte die Frage scheinbar unbeteiligt und nippte an seiner Tasse.

„Ja. Er hat vor zehn Jahren eine junge Frau vergewaltigt und wurde zu einer mehrjährigen Haftstrafe verurteilt. Man hat ihn jedoch wegen guter Führung vorzeitig entlassen. Seit fünf Jahren ist er auf freiem Fuß. Ich kann mich an den Fall erinnern.“

Steinmann nickte. Er hatte etwas in der Art erwartet. Die Stammtische würden den Strohbär hochleben lassen.

„Hat jemand von der Birkenfelder Inspektion die Leiche gesehen?“, fragte der Kommissar den Leiter der Mordkommission.

Finn bejahte.

„Dann hätte er ihn eigentlich erkennen müssen. Oder ist Brückner arg entstellt?“

„Der Mörder hat ihm Wäsche in den Rachen gestopft. Ich wage nicht zu schätzen, wie viel. Glauben Sie mir, noch nicht einmal seine eigene Mutter hätte ihn erkannt.“

„Die ist schon seit ein paar Jahren tot. Nur sein Vater lebt noch. Weitere Angehörige gibt es nicht.“

Der Schutzpolizist wusste erstaunlich genau Bescheid. Finn wurde neugierig.

„Ist der Vater ebenfalls polizeilich bekannt?“

„Könnte man sagen“, antwortete der Kommissar. „Arnold Brückner ist ein Kriminalhauptkommissar a. D. Er müsste jetzt 80 Jahre alt sein.“

Finn hob die Kaffeetasse ganz langsam an die Lippen. Seine Gedanken sprangen auf einen rasenden Zug auf.

‚Der Sheriffstern. Der Beruf des Vaters. Der Sheriffstern. Lochners Kreuzigung. Ein Pfarrer. Der Beruf des Vaters.‘

Finn griff zu seinem Mobiltelefon und wählte die Nummer der Idar-Obersteiner Wache.

„Steinmann hier ... Ja, ziemliches Tamtam heute ... Leg bitte einen Zettel auf Horst Engels Schreibtisch ... Ja, genau ... Schreib folgende Frage drauf: Was war Hans Köhlers Vater von Beruf? Wichtig! ... Okay, danke, bis dann.“

Finn sah einen Moment ins Leere. Etwas zeichnete sich ab. Ein Schema. Details der Geschichte, die der Strohbär erzählen wollte. Die Väter ... Bei zwei Opfern hatten sich Hinweise auf die Väter gefunden. Vielleicht war das auch bei Köhler der Fall. Sie hatten es nur übersehen. Finn hasste sich dafür, dass er darauf ansprang. Genau das wollte dieser Mistkerl von ihm. Es juckte unter seiner Kopfhaut. Etwas Verborgenes schickte sich an, wie ein lange verschollenes U-Boot aufzutauchen. Hinter der ganzen Sache steckte weit mehr, als sie bisher wussten.

„Ich gehe davon aus, dass Brückner allein lebte“, sagte Finn.

„Richtig. Wir überprüften ihn natürlich von Zeit zu Zeit.“

„Ich werde persönlich mit seinem Vater sprechen. Wo wohnt der alte Herr?“

„In Mohnweiler.“

Finn schlug mit der flachen Hand auf den Tisch. Kaffee schwappte über den Rand seiner Tasse und klatschte auf den Tisch. Der Schutzpolizist zuckte zusammen.

„Entschuldigung, aber ...“

Steinmanns Mobiltelefon klingelte. Es war die Idar-Obersteiner Zentrale. Die Schwester von Hans Köhler wurde in einer halben Stunde am Telefon erwartet. Der Zug in Finns Kopf hielt nicht mehr an.

24.

Finn hatte sich von Oberkommissar Müller an der Birkenfelder Wache abholen lassen. Die Straßen waren noch ruhig. Der Berufsverkehr würde erst in einer halben Stunde einsetzen.

Die beiden erreichten Idar-Oberstein gerade noch rechtzeitig. Auf Finns Tisch im Besprechungsraum lagen die ersten Berichte der Nacht. Er fand nicht die Zeit, die Rapporte im Einzelnen durchzugehen. Noch ehe er richtig angekommen war, wurde die Leitung ins Deutsche Konsulat geschaltet. In Amerika war es jetzt tiefe Nacht.

Im Besprechungsraum, wo ein Telefon aufgebaut worden war, saßen die Kripobeamten Steinmann, der Erste Kommissar Bohn, Horst Engel und Stefanie Gorges beisammen. Oberkommissar Müller von der Schutzpolizei hatte sich auf Finns Bitten ebenfalls zu der Runde gesellt.

Die meisten Ermittler waren nach und nach aus den Betten geklingelt worden und hatten sich trotz der frühen Stunde in der Inspektion Idar-Oberstein eingefunden. In den Büros herrschte bereits hektische Betriebsamkeit. Der dritte Mord des Strohbären schlug turmhohe Wellen. Es gab Abläufe zu vergleichen und Spuren in Reihenfolge zu bringen. Die Suchaktion im Birkenfelder Raum lief immer noch. Meldungen wurden entgegengenommen und ausgewertet. Die Inspektion glich in diesen Minuten der Brücke eines Flugzeugträgers im Kampfeinsatz.

Finns Gesicht war völlig ruhig, als das Telefon klingelte. Seine Miene wirkte für einen Moment tatsächlich wie die eines Kapitäns, und so fühlte er sich auch. Es war seine Aufgabe, das Schiff sicher durch den Sturm zu bringen. Drei Mann waren bereits über Bord gegangen. Es durfte keinen vierten geben.

„Hauptkommissar Steinmann“, meldete er sich.

„Konsulatssekretär Gustav von Hemmelsberg. Guten Morgen nach Deutschland.“

„Guten Morgen“, sagte Finn und kam gleich zur Sache. „Ist die von uns gesuchte Frau inzwischen bei Ihnen eingetroffen?“

„Ja. Wir haben die Personalien überprüft und ihre Identität einwandfrei festgestellt. Sie ist Hans Köhlers Schwester. Sie hat eine doppelte Staatsbürgerschaft, unterliegt auf dem Botschaftsgrund also deutschem Recht. Sie hat mich gebeten, bei dem Gespräch mit Ihnen anwesend zu sein und auf Lautsprecher zu schalten.“

Es knackte. Köhlers Schwester konnte ihn nun hören. Ihm fiel ein, dass er keine Ahnung hatte, ob sie immer noch ihren alten Geburtsnamen trug.

„Guten Morgen“, sagte Finn.

Eine leise Frauenstimme erwiderte den Gruß. Leise, aber fest. Sie hatte lange nicht in ihrer Muttersprache geredet. Ein schwacher amerikanischer Akzent hatte sich eingeschlichen.

„Mein Name ist Finn Steinmann. Ich habe ebenfalls auf Lautsprecher geschaltet. Neben mir wohnen die Polizeibeamten Bohn, Gorges, Engel und Müller dem Gespräch bei. Zunächst möchten wir Ihnen unser Bedauern über …“

„Ich bin froh, dass er endlich tot ist“, sagte sie.

Die Worte kamen schnell, hastig ausgespuckt, wie ein Pickel, der endlich aufplatzte und ausgedrückt werden konnte. Es hörte sich so an, als habe sie den Satz lange unterdrücken müssen. Finn wünschte sich, jetzt ihr Gesicht sehen zu können. Er blickte seine Kollegen an, deren Mienen gespannt waren.

„Ich hoffe, dass Sie uns etwas über Ihren Bruder sagen können, etwas, das uns weiterhilft, seinen Mörder zu fassen. Zuvor muss ich jedoch ein Missgeschick unsererseits ausräumen. Ich habe keine Notiz über Ihren Namen.“

„Ich heiße Anna Hampton“, sagte sie und es klang, als würde sie dabei lächeln.

‚Keinerlei Trauer über den Verlust verwandten Blutes’, dachte Finn.

„Okay, Frau Hampton. Ich will nicht um den heißen Brei herumreden. Sind Sie damit einverstanden?“

„Ja.“

„Ausgezeichnet. Frau Hampton, Ihr Bruder war das erste von bisher drei Opfern eines grausamen Serientäters. Die Details über sein Ableben erspare ich Ihnen. Was ich jedoch wissen möchte, ist, ob Sie uns etwas über Ihren Bruder erzählen können, etwas, das ein Motiv für den Mörder sein könnte.“

„Hans war ein Arschloch, Herr Steinmann.“

„Nun gut, Frau Hampton. Unangenehme Menschen gibt es viele. Aber sie verdienen ganz sicher nicht den Tod. Wussten Sie von seiner Verurteilung zu zwei Jahren Haft auf Bewährung?“

„Nein“, sagte Anna Hampton. Sie klang bestürzt. „Was hat er getan?“

„Er hat Kinder belästigt und versucht, sie zu missbrauchen. Glücklicherweise wurde er dabei erwischt und sofort festgenommen. Es wundert mich, dass Sie davon nichts wissen.“

„Ich habe keinen Kontakt mehr nach Deutschland“, antwortete sie. „Ich lese nur hin und wieder die Nachrichten im Internet. Eine Angewohnheit, wenn Sie so wollen. Dort fand ich auch die Meldung über seinen Tod. Ich werde allerdings in keiner Weise die Organisation der Beerdigung übernehmen. Verscharrt ihn auf einem Acker, wenn es sein muss.“

Stefanie Gorges reichte Finn einen Zettel. Er las die Mitteilung und nickte.

„Schildern Sie uns doch die Gründe, warum Sie Ihren Bruder hassen.“

„Er hat gedroht, mich umzubringen.“

„Haben Sie deswegen Ihr Heimatland verlassen?“

„Ja.“

„Warum wollte er Sie töten?“

„Weil er mir im Rausch erzählt hat, was er und seine Kumpanen getan haben.“

Finn ballte die Fäuste. Seine Kumpane.

„Frau Hampton, ich erwähnte bereits, dass es drei Opfer gab.

Sagen Ihnen die Namen Peter Lochner und Rudi Brückner etwas?"

„Ja. Ich hoffe, diese Schweine sind elendig verreckt. Haben sie gelitten?"

,Worauf Sie sich verlassen können', dachte Finn.

„Sind das die Männer, die Sie seine Kumpanen nannten?", wich Steinmann ihr aus.

„Ja. Aber der Schlimmste von allen fehlt noch."

Finns Hände zitterten. Sie waren drauf und dran, dem Strohbär einen Schritt voraus zu eilen.

„Seinen Namen ... können Sie uns den nennen?"

„Er heißt Helmut Strohm. Er war damals der Rädelsführer. Der Kopf der Bande, wenn Sie so wollen."

Horst Engel erhob sich wortlos und verließ den Raum.

„Was hat Ihr Bruder erzählt?"

„Ich weiß es noch, als wäre es gestern gewesen. Es war im Sommer '82, und Hans kam voll gesoffen vom Spießbratenfest nach Hause. Er fand das Schlüsselloch nicht mehr und stolperte um drei Uhr nachts vor der Haustür herum. Gott weiß, wie er in seinem Auto nach Hause gekommen war. Ich las noch Tage später die Zeitungen, in der Hoffnung, einen Unfall zu entdecken, etwas, wofür ich ihn hätte anzeigen können. Aber der Teufel hatte wohl seine schützende Hand über ihn gehalten."

Finn schwieg. Er wollte Anna Hampton nicht unterbrechen. Er ahnte, dass nun eine lange geheim gehaltene Geschichte mit aller Macht ans Licht wollte. Wahrscheinlich lehnte sich auch der Konsulatssekretär jetzt in seinem Stuhl zurück und versuchte, nicht mehr anwesend zu sein.

„Ich schimpfte mit ihm, was ihm einfalle, im Rausch ins Auto zu steigen und sein Leben und das Anderer zu gefährden. Er sagte, dass es ihm völlig egal sei, wenn noch jemand durch sein Handeln sterben müsse. Ihm wäre ein Platz in der Hölle sowieso sicher."

Finn spürte einen Kloß im Hals. Stefanie Gorges holte tief Luft. Der Erste Kommissar rieb sich die Augen.

„Er sagte es jedoch nicht mit einem bitteren Tonfall, Herr Steinmann, sondern belustigt. In dieser Nacht merkte ich zum ersten Mal, dass meinem Bruder andere Menschen völlig egal waren.“

Finn dachte an die Bilder in Köhlers Apartment. Erigierte Penisse, geschwollene Schamlippen.

Keine Gesichter.

„Ich fragte ihn, was er damit sagen wolle. Hans meinte, der kleine Tim Scherer könne meine Frage besser beantworten. Ein Junge aus der Nachbarschaft ...“

Anna Hampton sagte das letzte Wort mit erstickter Stimme und schwieg einige Sekunden. Finn wartete und wagte es dann doch, eine Zwischenfrage zu stellen.

„Haben Sie Tim Scherer später dazu befragt?“

„Nein“, stammelte sie und brach plötzlich in Tränen aus. „Im Frühjahr '79 wurde Tim ermordet, Herr Steinmann. Mein Bruder sagte mir durch die Blume, dass er irgendetwas damit zu tun hatte, verstehen Sie?“

Finn stand blitzartig auf.

„Hat die Polizei den Schuldigen damals nicht ausfindig gemacht?“

„Nein. Das ganze Dorf hat sich darüber gewundert. Viele wurden verdächtigt, aber irgendwie verliefen die Ermittlungen im Sand. Ich war damals noch zu jung, um die Hintergründe verstehen zu können. Ich kann mich auch nicht mehr an die Einzelheiten erinnern.“

„Die werden sich in den Akten von damals finden lassen, Frau Hampton. Hat Ihr Bruder Ihnen definitiv gesagt, dass er an dem Tod von Tim Scherer die Schuld trug?“

„Nein. Aber er drohte mir zwei Tage später, Herr Steinmann. Er sagte, dass er mich aufschlitzen würde wie ein Schwein, wenn ich mein dummes Maul an den falschen Stellen aufmaschen würde. Er war zu diesem Zeitpunkt nüchtern, wissen Sie? Ich habe noch nie so viel Angst gehabt in meinem Leben.“

Finn sah eine junge Frau vor sich, die gerade von ihrem eigenen Bruder bedrängt wurde. Er war größer als sie, drohte ihr mit dem Zeigefinger. Sagte ihr, dass er sie töten würde. Deshalb entschloss sie sich, das Land zu verlassen.

Sie war geflüchtet.

„Können Sie mir noch etwas über Helmut Strohm sagen? Sie erzählten uns eben, er sei der Kopf der Bande gewesen."

„Er trug an jenem Tag das Kostüm des Strohbären."

Jemand stieß zischend Luft aus. Stefanie Gorges zuckte zusammen.

„An dem Tag, an dem Tim Scherer starb?"

„Ja. Es war der Tag des Umzugs. Mein Bruder und seine Freunde hatten es fertig gebracht, zu Strohbär und Treibern ernannt zu werden."

„Frau Hampton, Sie sagten, Sie würden nur gelegentlich die Nachrichten über Ihre alte Heimat lesen. Wussten Sie, dass der Mörder Bilder verschickt hat, Bilder, auf denen ein Strohbär zu sehen ist? Hat Ihnen jemand davon erzählt, dass er in Deutschland so genannt wird?"

Finn musste unbedingt herausfinden, ob die Frau vorher beeinflusst worden war.

„Nein. Ich weiß nicht, wovon Sie sprechen. Es war mir nur wichtig, mein Gewissen zu erleichtern. Außerdem habe ich gehofft, dass diese alte Sache dann vielleicht aufgeklärt wird."

„Hatten Sie vorher Angst davor?"

„Ja. Ich fürchtete, mein Bruder könnte einen Weg finden, mich in den Staaten ausfindig zu machen. Ich habe zwei Kinder, Herr Steinmann."

„Ich verstehe, Frau Hampton, ich verstehe. Niemand macht Ihnen deswegen einen Vorwurf. Was können Sie uns über Helmut Strohm sagen? Jedes Detail könnte wichtig sein."

„Ich glaube, die Erinnerungen eines jungen Mädchens werden Ihnen nicht viel helfen", sagte sie. „Er war blond und hielt sich für unbesiegbar. Er war ein Sadist. Ich kann mich entsinnen, dass er damit prahlte, Tiere gequält zu haben."

„Warum hielt er sich für unbesiegbar? War er stark? Ein körperlich starker Mann?“

„Ja. Und er ist sehr groß, Herr Steinmann. Mindestens zwei Meter. Er flößte mir immer Angst ein.“

Helmut Strohm. Mindestens zwei Meter. Ein Sadist. Er hatte vielleicht etwas mit dem Tod eines Jungen namens Tim Scherer zu tun. Hatte er auch das Leben seiner ehemaligen Gefährten auf dem Gewissen?

War er der Strohbär?

„Frau Hampton, ich bedanke mich zunächst bei Ihnen für Ihre Informationen. Es könnte sein, dass Sie ganz entscheidend dazu beigetragen haben, diese Serie aufzuklären. Ich möchte Sie bitten, in der Botschaft zu bleiben, falls wir noch einmal auf Sie zurückkommen müssen. Ich bin sicher, der Konsulatssekretär kann das arrangieren.“

„Selbstverständlich“, sagte Gustav von Hemmelsberg.

„Danke. Zwei Fragen hätte ich noch an Sie, Frau Hampton. Was war Ihr Vater von Beruf?“

Er ahnte die Antwort. Er hätte sie gleichzeitig mit ihr aussprechen können.

„Mein Vater? Papa war Monteurmeister. Er war ein hohes Tier in der Handwerkskammer. Ich glaube, er hatte damals sogar den Bezirksvorsitz inne.“

Der Haken. Der fein und säuberlich angelegte Haken, an dem Hans Köhlers Leiche aufgehängt worden war. Der Beruf des Vaters.

„Wissen Sie, was für einen Beruf der Vater von Helmut Strohm ausübte?“

„Er hatte eine Bäckerei, Herr Steinmann. Er beschäftigte sogar mehrere Gesellen und war damit der größte Arbeitgeber in Mohnweiler. Daher wurde er auch immer wieder zum Ortsbürgermeister gewählt.“

„Vielen Dank, Frau Hampton. Wir hören voneinander. Jetzt sollten Sie versuchen, etwas Ruhe zu finden.“

Nachdem Finn aufgelegt hatte, verschränkte er die Arme hinter dem Kopf. Niemand sagte etwas. Jeder war damit beschäftigt, seine Gedanken zu sortieren.

Horst Engel kam zurück uns ließ sich von Stefanie Gorges über den Rest des Telefonats berichten. Er nickte, als sie fertig war, und sah auf einen Zettel, den er in der Hand hielt.

„Ich habe in der Vergleichsmaske im Rechner nach Mohnweiler gesucht. Dort ist nie etwas wirklich Wichtiges passiert, bis auf einen ungeklärten Mordfall im Jahr 1979. Ein kleiner Junge wurde bestialisch gequält, vergewaltigt und schließlich erwürgt. Praktisch das gesamte Dorf wurde verdächtigt, aber seltsamerweise niemand festgenommen."

Der Erste Kommissar Bohn holte tief Luft. „Wie konnte das geschehen? Wenn diese vier Männer darin verwickelt waren, muss es doch Spuren und Indizien gegeben haben?"

„Die Väter", sagte Finn. „Bei allen Morden des Strohbären finden sich Hinweise auf die Väter. Der Sohn eines Handwerksmeisters wurde an einem sauber verarbeiteten Haken aufgehängt, der Sohn eines Pfarrers gekreuzigt, der Sohn eines Polizisten bekam einen Sheriffstern in die Brust gesteckt. Was übrig bleibt, ist der Sohn eines Bäckers, aber ich glaube, dessen Amt als Bürgermeister ist gewichtiger zu werten."

„Worauf willst du hinaus?", fragte Frank Müller.

„An allen Tatorten fanden sich Hinweise auf die Väter. Ihre Stellung in der Gesellschaft wird mit den Opfern zusammen unserem Blick präsentiert. Das hat etwas zu bedeuten. Ich glaube, diese vier Männer haben ihren Einfluss geltend gemacht und die Ermittlungen behindert. Deshalb pocht der Strohbär auf den Begriff Gerechtigkeit. Vielleicht wollten sie ihre Söhne schützen?"

„Hauptkommissar Brückner wird kaum mit der Leitung der Untersuchung beauftragt worden sein", sagte Bohn. „Ein Mord im eigenen Dorf – man könnte ihm Befangenheit vorgehalten haben."

„Ja", sagte Finn. „Aber mit seiner Position hat er mit Sicherheit etwas bewegen können. Überlegt doch mal: Ein Pfarrer, ein Kommissar, ein Innungsmeister und der Ortsbürgermeister!"

„Glaubst du, dass Strohm unser Strohbär ist?“, wollte Stefanie Gorges wissen.

„Die Möglichkeit besteht. Vielleicht hat ihn Köhlers Verurteilung aufgerüttelt, und er beschloss, die alten Mitwisser aus dem Weg zu räumen.“

„Aber Brückner kam schon viel früher in den Knast. Der Strohbär hätte bereits damals handeln können“, warf Müller ein.

„Vielleicht wusste er nichts davon. Vielleicht erfuhr er zufällig von Köhlers Strafe und fürchtete, die alte Geschichte könne noch einmal aufgewühlt werden.“

Stefanie Gorges legte den Zeigefinger an die Lippen. „Dem widerspricht aber das ständige Gefasel von Gerechtigkeit. Man könnte annehmen, er wolle, dass dieser ungeklärte Mordfall neu aufgerollt wird. Außerdem macht es keinen Sinn, eine Bewährungsstrafe abzuwarten, wenn man Angst davor hat, dass der Betreffende etwas ausplaudern könnte.“

Alle nickten.

„Die Neuigkeiten aus Amerika zeigen uns den Weg, werfen aber auch neue Fragen auf“, sagte Finn. „Haben wir etwas im Archiv über den Fall?“

„Ich sehe gleich nach“, sagte Horst Engel.

„Ich halte euch den Rücken frei und werde die Medien an die Pressestelle verweisen“, sagte der Erste Kommissar. „Unsere Ermittlungen haben eindeutig Vorrang vor der Informationspflicht.“

„Danke“, sagte Finn. „Jetzt müssen wir herausfinden, wo dieser Helmut Strohm lebt. Ich hoffe, er ist nicht in die Ferne gezogen.“

„Unwahrscheinlich“, sagte Frank Müller. „Die Leute im Hunsrück sind sehr verbunden mit ihrer Heimat. Ich bin sicher, dass er noch hier in der Gegend ist.“

„Das wäre wünschenswert. Kümmere dich bitte darum, Frank. Wenn du ihn gefunden hast, fahren wir hin. Ich versuche derweil Dr. Neisinger zu erreichen.“

Finn saß auf den Stufen im Treppenhaus und drückte die Wahlwiederholungstaste seines Mobiltelefons. Er hatte bereits zweimal Katjas Nummer angewählt, doch eine freundliche, nasale Stimme betonte ständig, dass sie derzeit nicht erreichbar sei.

Die Inspektion war trotz der regen Betriebsamkeit unterbesetzt. In den Fluren herrschte gähnende Leere, da sich mehrere Polizisten wegen der Grippewelle krankmelden mussten. Die Abteilung K2 stand völlig leer. Sowohl Sara Schmidt als auch Klaus Frankenstein fehlten. Sara hatte telefonisch darum gebeten, nur in ganz dringenden Fällen angerufen zu werden.

Finn hoffte, dass die SOKO „Strohbär" von der Grippewelle verschont bleiben würde, aber Aslan hatte ihm schon berichtet, dass die Nachteinsätze mit ihrer Kälte und Feuchtigkeit die Männer und Frauen arg strapazierten. Vor allem die Beamten des Erkennungsdienstes arbeiteten praktisch rund um die Uhr. Steinmann hatte Personal hin und her schieben müssen, um den Mehrbedarf abzudecken. Drei Tatorte und die eigentümliche Wohnung von Hans Köhler beschäftigten inzwischen eine ganze Armada von Polizisten in Schutzanzügen.

Finn kratzte sich am Kinn und sah missmutig auf sein Handy. Das kleine Ding begann plötzlich in seiner Hand zu vibrieren. Eine Nummer tauchte im Display auf. Es war ein Rückruf von Dr. Neisinger.

„Steinmann hier. Hallo, Katja. Wo steckst du?"

„Ich bin noch in Mainz, mache mich aber bald auf den Weg."

„Beeil dich. Der Strohbär hat wieder zugeschlagen."

„Machst du Witze?"

„Nein. Wir waren die ganze Nacht im Einsatz. Wir hätten ihn beinahe erwischt. Er versteckte sich in der Nähe des Tatortes und wollte uns beobachten."

„Wie viele hat er verletzt?", stellte Katja eine Gegenfrage.

Sie hatte einen beinahe lauernden Tonfall. Finn wurde hellhörig.

„Drei. Warum fragst du?"

„Weil es das Ergebnis meiner Untersuchungen nur bestätigt."

„Schieß los."

„Es war schwieriger, als wir dachten. Das Zeug ist von guter Qualität."

„Drogen?"

„Nein. Schlimmer als das."

Finn fröstelte.

„Da wir keine Ahnung hatten, um was es sich handeln könnte, mussten wir umfangreiche Tests mittels höchstempfindlicher Massenspektrometrie durchführen. Qualitative und Quantitative Analysen waren notwendig. Wir haben gravimetrische Versuche vollzogen, Maßeinheiten mittels Titrimetrie ermittelt und ..."

„Katja", unterbrach er sie sanft. „Ich bewundere deine Kompetenz, aber der Rang eines Hauptkommissars verleiht mir nicht das Wissen eines Chemikers. Erklär es mir in einfachen Worten."

„Sorry", sagte sie und lachte. „Um einen fremden Stoff bestimmen zu können, musst du ihn in seine Bestandteile zerlegen und nach und nach enttarnen. Dafür musst du ihn verbrennen, schütteln, unter Strom setzen, die Elemente erkennen usw."

„Klingt aufwändig. Was also haben wir im Hang gefunden?"

„Es sind keine Drogen. Es sind Medikamente im weitesten Sinn. Die Tablette ist ein Psychopharmazeutikum, ein sogenannter Wutblocker. Damit werden aggressive Patienten behandelt, die zu Gewalttaten neigen. Solche und ähnliche Mittel werden bisweilen auch an Sonderschulen eingesetzt, wenn Ritalin bei den Schülern nicht mehr weiterhilft. Ein sehr unbeliebtes Thema in der Öffentlichkeit."

„Okay, das habe ich kapiert. Er nimmt also Mittel, um Aggressionen abzubauen?"

„Nein. Er unterdrückt sie nur, um sich unter Kontrolle zu haben. Er braucht die Tabletten, um die Wirkung der Kapseln ohne Raserei zu überstehen."

„Du machst es spannend, Katja."

„Es sind Anabole Steroide, Finn. In einer Konzentration, die sehr gefährlich ist."

„Langsam, langsam. Was bewirken diese Steroide genau? Man hört davon immer nur im Zusammenhang mit Bodybuildern oder Leistungssportlern."

„Anabole Steroide werden zwar auch in der Medizin benutzt, kommen aber leider zum größten Teil beim illegalen Doping zum Einsatz. Sie werden bei Wachstumsstörungen Jugendlicher oder bei körperlicher Schwäche von alten Menschen angewendet. Manchmal verabreicht man sie auch Männern, die eine Insuffizienz der Hoden haben, also einen Mangel an körpereigenem Testosteron. Leider hat dann irgendjemand entdeckt, dass diese Steroide bei gleichzeitigem Muskeltraining den Eiweißaufbau in der Muskulatur enorm steigern und das Körperfett mindern."

„Das sind dann die Typen, die im Kraftraum nach zwei Jahren durch keine Tür mehr passen."

„Korrekt. Der Körper wächst über seine natürlichen Proportionen hinaus. Die Anwender ignorieren die Nebenwirkungen. Die Liste ist lang, Finn. Leberschäden, Herzinfarkte, Zeugungsunfähigkeit etc., etc."

„Aber es macht dich eben leider auch stärker und attraktiver", sagte Finn und dachte an die zahlreichen Dopingskandale der Sportszene.

„Ja. Und nicht nur das. Es macht dich wilder und aggressiver. Forschungen haben ergeben, dass Anabole Steroide Hirnzellen abtöten. Je länger man sich der Wirkung unterwirft, umso schlimmer wird es."

„Woher kommen diese Medikamente?"

„Aus dem Ausland. Wahrscheinlich dem ehemaligen Ostblock. Nach unseren Untersuchungen haben sich Fahnder eingeschaltet. Sie wollen herausfinden, wo genau dieses Teufelszeug herkommt und wie lange es schon auf dem Markt ist."

Finn dachte nach. Er sah sich wieder durch den Wald rennen und beobachtete, wie der riesengroße Mann einen Polizisten niederwalzte.

Geräuschlos. Wild, aggressiv und unaufhaltbar.

„Danke für deinen ersten Bericht", sagte er. „Wir sind dem Burschen ein ganzes Stück näher gekommen. Es ist gut zu wissen, mit was für Stoffen er seinen Körper füttert."

„Seid vorsichtig", mahnte Katja. „Der Mann, mit dem ihr es zu tun habt, ist stärker und schneller als jeder Polizist in der Inspektion. Denk nur daran, wie groß er ist! Welche Kräfte kann ein solcher Mörder freisetzen, wenn er mit Anabolen Steroiden hantiert? Wenn ihr ihn festnehmen solltet, müsst ihr euch darüber im Klaren sein, dass er völlig unberechenbar ist. Die Tatsache, dass er noch überlegt vorgehen kann, macht ihn umso gefährlicher."

„Ich werde daran denken, wenn es so weit ist", entgegnete Finn. „Wenn du wieder in Idar-Oberstein bist, informiere dich in der Inspektion über den dritten Mord. Die Jungs geleiten dich dann zum Tatort."

Dr. Neisinger versprach, sich zu beeilen. Finn saß noch fünf Minuten im Treppenhaus, bis ein Stockwerk über ihm der kantige Schädel von Frank Müller am Geländer auftauchte.

„Horst und ich haben Strohm ausfindig gemacht."

Finn sah auf und erhob sich von den kalten Stufen. „Wo lebt er? Seid ihr euch sicher, dass es der Richtige ist?"

„Ganz sicher. Es gibt drei Helmut Strohms in der Gegend. Wir haben alle überprüft. Seine Personendaten lassen keinen anderen Schluss zu. Unser Mann ist neunundvierzig Jahre alt. Auf seinem Personalausweis stehen 2,02 Meter Körpergröße. Wir haben die Daten mit dem Meldeamt abgeglichen. Er lebt in Tiefenstein."

„Wo ist das?"

„Nicht weit von hier. Tiefenstein liegt hinter Idar. Es sind nur knappe zehn Minuten zu fahren."

Steinmann ging die Treppe hoch und folgte Frank Müller. Der Oberkommissar führte ihn zu Horst Engel, der eine alte Akte aus dem Bestand geholt hatte. Er war bereits in die Dokumente vertieft.

„Ist sie das?", fragte Finn.

Engel nickte. „Der letzte Stand ist vom Mai 1994.“

Bei nicht abgeschlossenen Fällen wiesen Vermerke auf die Bearbeitungstage hin. Zuletzt war vor dreizehn Jahren in der Akte ein Eintrag gemacht worden.

„Gib mir eine Zusammenfassung über Telefon, wenn du so weit bist. Ich fahre jetzt mit Frank zu Helmut Strohm.“

„Nur zu zweit? Ist das nicht sehr riskant? Immerhin verdächtigen wir ihn, ein grausamer Gewaltverbrecher zu sein.“

Finn überlegte. „Natürlich. Du hast Recht. Ich nehme noch zwei Einsatzwagen mit. Wir dürfen kein Risiko eingehen, auch wenn wir noch keinen Haftbefehl haben.“

Die beiden Polizisten ließen Horst Engel wieder mit der Akte allein und stellten ein Zugriffsteam zusammen. Um acht Uhr zwanzig fuhren drei Streifenwagen vom Hof der Inspektion auf die Hauptstraße. Der Zug in Finns Kopf rollte immer noch. Er war nervös.

25.

Tiefenstein präsentierte sich als lang gezogener Stadtteil mit einer breiten Straße, die sich ohne größere Kurven durch das Tal schlängelte. Finn registrierte nur am Rande einen Weiher, um den eine Touristenattraktion entstanden war. Der Hauptkommissar war in sich gekehrt und nach wie vor nicht in der Lage, seine Umgebung, sofern sie nichts mit dem Strohbärfall zu tun hatte, wahrzunehmen. Die Häuser zogen im trüben Licht des Morgens an ihm vorbei. Er beachtete sie nicht.

„Glaubst du", fragte er plötzlich, „dass Strohm der Mörder ist?"

Oberkommissar Müller blickte ihn kurz von der Seite an. „Durchaus. Er hätte ein Motiv, auch wenn es etwas verspätet dafür ist."

„Vorausgesetzt, Anna Hampton hat Recht. Wenn diese vier Männer vor fast neunundzwanzig Jahren Tim Scherer peinigten und ungestraft davonkamen, dann ist es wirklich Zeit für Gerechtigkeit. Ich frage mich nur, wie weit der Strohbär gehen wird."

„Was meinst du damit?", fragte Müller.

„Eigentlich müsste er sich selbst richten. Wenn es Helmut Strohm tatsächlich ist, muss er sich selbst richten. Es sei denn, er ist von den Kapseln schon völlig irre geworden."

„Seltsam, nicht?", meinte Frank Müller. „Warum nimmt ein fast fünfzigjähriger Mann Steroide?"

„Vielleicht wollte er sicherstellen, dass er seinen alten Gefährten körperlich überlegen ist. Keiner von ihnen wirkte schmächtig. Hans Köhler ist fast einhundert Kilogramm schwer gewesen, und Brückner war lang im Gefängnis. Dort wird er gelernt haben, sich gegen andere durchzusetzen. Lochner trieb Ausdauersport. Auch er muss sehr wehrhaft gewesen sein."

Frank Müller schwieg.

„Haben die Gerichtsmediziner davon etwas entdeckt?", fragte er schließlich.

„An was denkst du?"

„Blaue Flecken, Platzwunden. Denk mal dran, wie der Strohbär den Kollegen aus Birkenfeld mit einem Schlag platt gemacht hat. Hatten die Opfer Kampfspuren?"

„Nein", antwortete Finn überrascht. „Nein. Sie hatten eigentlich keine solchen Verletzungen. Kartina wies uns schon darauf hin. Wahrscheinlich wurden sie betäubt. Es gibt genügend Stoffe, die sich rasch verflüchtigen und nicht mehr nachweisbar sind."

„Es könnte aber auch bedeuten, dass alle drei freiwillig dem Strohbär folgten. Es gab keine brutale Überwältigung."

„Was heißen könnte, dass sie ihn kannten. Sie gingen mit, weil er sich ihnen vielleicht ganz harmlos näherte. Alte Freunde treffen sich. Etwas in dieser Art."

‚Alles spricht dafür, dass Helmut Strohm seine drei Kumpane beseitigt hat. Haben ihn die Steroide verrückt gemacht? Ist er deswegen jetzt auf einer Art Kreuzzug? Ein geläuterter Irrer, der sich für berufen hält, für eine alte Sünde zu büßen?'

Der Gedanke brachte ihn wieder darauf, dass Strohm sich dann zwangsläufig irgendwann der Frage stellen musste, was er mit sich selbst zu tun gedachte.

‚Was erwartet uns? Ein spektakulärer Selbstmord? Will er sich in aller Öffentlichkeit richten?'

„Da vorne ist es", sagte Frank und unterbrach Finns Überlegungen.

Der Leiter bedeutete dem Oberkommissar, den Wagen nicht direkt vor Helmut Strohms Haus zu parken. Er wollte ihm keine Gelegenheit geben, unbemerkt die Flucht ergreifen zu können.

Die Polizisten in den drei Wagen hatten ihre Kevlarwesten schon vor Antritt der Fahrt übergestreift. Es waren nur Männer mitgenommen worden. Gegen einen Zwei-Meter-Riesen hatte eine Beamtin keine Chance.

Finn sah sich um. Strohm wohnte fast am Ende von Tiefenstein. Eine lange Gerade führte aus der Stadt. Sie war rechter Hand gesäumt von dichtem Wald, links breitete sich eine saftige Wiese aus.

Die Hauptzeit des Berufsverkehrs war bereits vorbei. Im Moment war es sehr ruhig auf der Straße. Einige der Polizisten behielten Strohms Wohnung im Auge. Der Mann war nach Ermittlungserkenntnissen schon seit Jahren arbeitssuchend. Es brannte kein Licht hinter den Fenstern.

Vorher angekündigt hatten sich die Beamten natürlich nicht. Aufgrund der drei Morde, die der Strohbär innerhalb einer Woche begangen hatte, war eine Observation nicht in Frage gekommen. Die SOKO „Strohbär“ musste jetzt und gleich zuschlagen.

Finn bemerkte eine Bewegung hinter einem Fenster. Eine Gardine schob sich zur Seite, und das Gesicht einer alten Frau tauchte hinter der Scheibe auf. Sie starrte wie eine neugierige Eule durch das Glas und erkannte aufgeregt das Polizeiaufgebot an der Straße.

„Vorsicht“, sagte Frank Müller leise. Er hatte das Gesicht am Fenster ebenfalls erspäht. „Ich kenne diesen Typ Frau. Hier in der Gegend nennt man sie ‚Ratschen‘. Gib ihr fünf Minuten, dann weiß die ganze Stadt, dass wir hier sind.“

Finn sah der Frau direkt in die Augen. Dann legte er mit ernstem Blick den Zeigefinger an die Lippen. Ihre alten Lider hoben sich überrascht, dann nickte sie verschwörerisch und zog die Gardine wieder zu, glättete sie, als versuche sie zu verbergen, jemals etwas von dem Aufmarsch bemerkt zu haben. Wahrscheinlich fühlte sie sich jetzt auf unbestimmte Art und Weise als Teil des Einsatzkommandos. Auf dem nächsten Kaffeekränzchen würde sie mit Sicherheit zum Star avancieren.

Finn und seine Männer näherten sich Strohms Wohnung. Sie lag in einem dreistöckigen Haus. Der Verdächtige lebte in dem mittleren Appartement.

Man konnte um das Haus herumgehen. Einige Polizisten verteilten sich stumm an den Seiten des Gebäudes, um eine Flucht vereiteln zu können. Finn wartete, bis sich alle postiert hatten.

Er stellte sich mit einigen der kräftigsten Männer vor die Tür. Eine Klingel mit drei Namensschildern räumte jeden Zweifel aus, am falschen Haus zu stehen. „Helmut Strohm" stand in der Mitte zu lesen. Handgeschrieben, unsauber.

Die Tür war verschlossen. Finn drückte die oberste und unterste Klingel gleichzeitig. Erfahrungsgemäß öffnete immer jemand die Tür, ohne zu wissen, wer sich da eigentlich Einlass verschaffen wollte. Das Schloss summte wie ein alter Rasierapparat. Finn schob die Tür auf und huschte in den dunklen Hausgang. Frank Müller folgte ihm auf dem Fuß.

Die Zugangstür zur unteren Wohnung öffnete sich. Eine junge Frau mit einem schlafenden Baby auf dem Arm kam heraus und zuckte erschrocken vor Finn zurück.

„Polizei", raunte er.

Sie starrte ängstlich an ihm vorbei. Männer in Schutzwesten drückten sich in den Gang. Pistolen reflektierten das dämmrige Licht des Treppenhauses.

„Bleiben Sie in der Wohnung", sagte Finn.

Eine zornige Falte war auf seiner Stirn entstanden. „Versperren Sie die Tür und öffnen Sie niemandem, der sich nicht als Polizist zu erkennen gibt."

Sie nickte stumm. Ihre Augen schienen riesig.

„Noch etwas", sagte Finn. „Die Welt ist schlecht und voller Abschaum. Wenn das nächste Mal jemand klingelt, benutzen Sie die verdammte Sprechanlage. Haben Sie mich verstanden?"

Er wartete ihre Antwort nicht ab, sondern folgte den Polizisten, die sich lautlos die Treppe hinaufbewegten. Er hörte jedoch, wie sie die Tür schloss und einen Riegel vorschob.

Zwei Polizisten hatten sich bereits vor Strohms Wohnung aufgestellt. Sie warteten, bis Finn bei ihnen war. Weitere Beamte schlossen auf und versperrten das Treppenhaus nach oben und unten. Steinmann klopfte energisch gegen das Holz der Tür, die nicht über einen Spion verfügte. Er ließ zehn Sekunden verstreichen und klopfte noch einmal.

Niemand öffnete. Nichts rührte sich. War Strohm am Ende gar nicht zu Hause?

„Wasn los? Was solln die Scheiße schonn widda“, murmelte eine schlaftrunkene Stimme im oberen Stockwerk.

Ein Mann blickte mit müdem Gesicht über das Geländer. Er sah die grimmig blickenden Polizisten und wurde schlagartig wach.

„Bleiben Sie in Ihrer Wohnung“, sagte der Beamte leise, der ihm am nächsten stand. „Wissen Sie, ob Helmut Strohm zu Hause ist?“

„Gestern hab ich ihn noch gesehen.“

„Vielleicht ist er weggefahren“, mutmaßte Frank Müller.

Der Mann hörte seine Worte und schüttelte den Kopf. „Glaube ich nicht.“

„Was hat er für ein Auto?“, wollte Finn wissen.

„Einen alten roten Golf“, sagte der Mann.

Steinmann nickte und bedeutete ihm mit einer Kopfbewegung, sich zurückzuziehen. Das verquollene Gesicht verschwand. Der Mann drückte seine Tür ganz leise zu.

„Herr Strohm“, klopfte Finn erneut. „Herr Strohm, mein Name ist Finn Steinmann. Ich muss mit Ihnen sprechen. Bitte öffnen Sie die Tür!“

Stille.

„Wenn er gestern noch gesehen wurde, muss das nichts bedeuten“, flüsterte Oberkommissar Müller. „Er könnte heute Nacht losgezogen sein.“

Steinmanns Überlegungen gingen in dieselbe Richtung. Es sprach nichts dagegen, in die Wohnung einzudringen. Wenn Strohm der Serienkiller war, würde sich etwas von seinem Handwerkszeug finden lassen. War er es nicht, galt er auf jeden Fall als mögliches nächstes Opfer. Beide Verdachtsmomente reichten völlig aus.

„Aufmachen!“, sagte Finn.

Einer der Polizisten trat mit einem Spezialdietrich vor, der auf den ersten Blick an ein Schweizer Taschenmesser erinnerte. Die Zeiten des Türeintretens waren vorbei. Es dauerte nur wenige Augenblicke, bis das Schloss entriegelte. Der Mann trat zurück.

Finn zog nun ebenfalls seine Pistole. Frank Müller baute sich seitlich von ihm auf. Der Hauptkommissar drückte das Türblatt nach innen.

„Herr Strohm?“, rief er.

Muffiger Geruch drang aus der Wohnung, deren Flur bereits stark abgewohnt war. Die Tapete hatte ein Muster, das schon Ende der achtziger Jahre nicht mehr modern gewesen war. Ein halbvoller gelber Sack lehnte an der Wand. Leere Suppendosen stellten den größten Teil seines Inhaltes.

Finn und Müller machten zwei vorsichtige Schritte in die Wohnung hinein. Die Luft stand alt und verbraucht im Gang. Strohm lüftete nicht oft. Daher erkannten die Polizisten auch sofort, dass er starker Raucher war. Allerdings qualmte der Verdächtige eine Marke, die sich an keinem Automat ziehen ließ. Zumindest nicht in Deutschland.

„Gras“, rümpfte Finn die Nase. „Ein Kiffer.“

Links und rechts lagen je zwei Türen, drei Meter weiter endete der Gang. An der Stirnseite befand sich ein offener Rahmen, der ins Wohnzimmer führte. Finn konnte eine Couch erkennen.

‚Fünf Räume insgesamt‘, zählte Finn und ging noch einen Schritt weiter.

Frank Müller machte Platz und ließ drei weitere Polizisten in die Wohnung. Sie postierten sich vor den Türen und warteten auf Finns Zeichen.

„Jetzt!“, gab der Hauptkommissar das Kommando und drehte sich mit vorgehaltener Waffe ins Wohnzimmer hinein.

Er erblickte Unordnung und eine altbackene Einrichtung. Auf einem verkratzten Couchtisch stand ein riesiger Aschenbecher, aus dem zahlreiche Jointreste in die Höhe ragten. Es sah aus wie ein weißer Igel. Feuerzeuge standen in Reih und Glied auf dem Tisch, Dominosteinen gleich, bereit zum Umfallen.

Tageszeitungen lagen verstreut um den Aschenbecher, einige Seiten waren auf den Boden vor der Couch gefallen. Steinmann trat an den Tisch und betrachtete das graue Papier. Strohm hatte mit einem blauen Kugelschreiber die Ränder der Zeitung bekritzelt. „10 leuchtet“, stand überall. Das Geschreibsel eines Irren. Wahrscheinlich im Grasrausch fabriziert. Darum konnte man sich später kümmern.

Einige Bilder auf dem Wohnzimmerschrank zeigten einen großen, kantigen Mann mit unsympathischem Gesicht. Auf keinem der Bilder war eine Frau zu sehen. Die meisten Aufnahmen stammten von Grillfesten. Strohm ragte aus der Menge hervor.

Finn hörte einen erstickten Laut. Er ging rasch in den Flur zurück. Aus drei anderen Zimmern kamen ebenfalls Polizisten.

Frank Müller sagte: „Negativ.“

„Finn!“, rief der vierte Mann, der noch nicht wieder auf den Flur getreten war.

Steinmann steckte die Waffe weg und ging in den Raum hinein. Sein Blick fiel auf ein Einzelbett, dessen Decke aufgewühlt war. Der Bezug war fleckig.

Der Polizist stand mit verschränkten Armen am Fußende des Bettes. Als Finn das Schlafzimmer betrat, deutete der Mann auf einen großen, dunklen Schrank. Der Hauptkommissar verstand zuerst nicht, aber dann erkannte er einige dünne Striche am Boden.

Strohhalme.

Sie lagen direkt vor der zweiflügligen Schranktür.

Finn bückte sich schnell und sah unter das Bett. Er fand dort keinen zitternden Serienmörder.

„Seht noch einmal in allen Räumen nach!“, ordnete er laut an. „Streift Handschuhe über, und fasst vorerst nichts an.“

Auf dem Gang entstand Bewegung. Ein Funkgerät rauschte, als das Einsatzteam mit den um das Haus wartenden Kollegen Kontakt aufnahm. Dort war nichts Ungewöhnliches aufgefallen.

Finn wandte sich wieder dem Schrank zu. Er zog sich ebenfalls Handschuhe an und legte die Hand auf den Türgriff.

Der Polizist neben ihm nahm seine Waffe hoch. Finn zog den Schrank auf.

Steinmanns Blick huschte hin und her. Er versuchte alles auf einmal zu erfassen. Ein Schrankinneres wie dieses hatte noch keiner der Polizisten gesehen, die schweigsam um ihn herumstanden.

Der Schrank war leer. Es gab dort keine Hakenstange, keine Kleider, nichts. Stattdessen befand sich ein kleiner Hocker in der Mitte, auf dem eine winzige Vase mit einer roten, getrockneten Rose stand. Über der Rose, auf der Rückwand des Schrankes, klebte das Bild eines kleinen Jungen. Es war ganz eindeutig eine Vergrößerung, und ebenso eindeutig eigentlich nur ein Teil eines weit größeren Bildes. Aber wahrscheinlich war der Rest der Aufnahme uninteressant für Helmut Strohm gewesen. Er hatte sich nur den Jungen in den Schrank gehängt.

Um das Bild befand sich ein aufgemalter, roter Kreis. Vier Namen verteilten sich rund um den Kreis in den exakten Verlängerungen der Eckpunkte des Bildes.

Hans Köhler.

Peter Lochner.

Rudi Brückner.

Helmut Strohm.

Der letzte Name war eigentümlich krakelig geschrieben, als wäre es Strohm schwer gefallen, seinen eigenen Namen zu schreiben. Die Schrift war jedoch eindeutig als jene zu erkennen, die auch unten an der Klingel zu lesen war.

Finn schluckte und sah in das Gesicht des Jungen. Er blickte fröhlich und auf gewisse Weise schelmisch. Blaue Augen blitzten unter blondem Haar, ein schmales Kinn säumte einen hübsch geschwungenen Mund.

Ein fast femininer Ausdruck lag in dem Gesicht. Finn hatte es sofort erkannt. Ihm war nur ein kurzer Blick in die Mordakte Tim Scherers gegönnt gewesen, aber das Bild, das den toten Jungen gezeigt hatte, stand lebhaft in seiner Erinnerung. Sein Gesicht war der einzige Körperteil, den die Bestien vor fast neunundzwanzig Jahren unversehrt gelassen hatten.

„Ist das der Junge aus Mohnweiler?“, fragte Oberkommissar Müller.

„Ja“, antwortete Finn seltsam heiser. „Männer, ich will nicht, dass uns Strohm entkommt. Ich glaube, er will sich umbringen. Wir dürfen das nicht zulassen. Er muss sich für all dies vor einem Gericht verantworten. Für den Mord an diesem Jungen, und auch für den Mord an seinen Freunden, auch wenn die Gesellschaft diese Tiere nicht vermissen wird. Wenn wir ihn nicht vorher stellen, sind wir gescheitert.“

Niemand antwortete, aber er spürte, dass ihm die Polizisten rückhaltlos zustimmten. Steinmann ließ die Wohnung räumen und informierte die Spurensicherung. Aslan fluchte, versprach aber, höchstpersönlich in Strohms Appartment zu erscheinen. Er wollte es sich nicht nehmen lassen, die Räumlichkeiten eines Serienkillers zu untersuchen.

Es war fast zehn Uhr morgens, als Finn das Haus verließ. Das Fahrzeug des Gesuchten war nicht da. Befragungen der Anwohner hatten begonnen. Erste Fotografien und Skizzen wurden von Strohms Wohnung gemacht. Eine ganze Menge Material war bereits festgehalten, als Aslan und seine Leute eintrafen.

„Ihr seht wirklich Scheiße aus“, bemerkte Finn.

Aslans Gesicht drückte all die Müdigkeit aus, die eine Woche ununterbrochener Arbeit geschaffen hatte.

„Danke, Nordmann. Noch so ein Spruch, und du kannst mich am Arsch lecken. Wie lange soll das noch so gehen?“

„Nicht mehr lange, Aslan. Wir sind dicht dran. Wirf einen Blick in den Schlafzimmerschrank. Wir können eine Fahndung rausgeben. Spätestens morgen wird sein Gesicht im Fernsehen zu sehen sein.“

Finn sollte sich täuschen. Er konnte nicht ahnen, dass der Strohbär das Finale bereits eingeläutet hatte.

Es würde kein Morgen mehr geben.

26.

Finn und Horst Engel waren auf dem Weg nach Mohnweiler, dem Ort, in dem alles begonnen hatte. Engel war in der Lage gewesen, einen Termin mit Rudi Brückners Vater zu vereinbaren. Der alte Mann hatte anscheinend nur darauf gewartet, dass sich jemand aus Polizeikreisen bei ihm melden würde.

„Ich sage dir, Finn, unser erster Gedanke war genau richtig", meinte Engel. „Brückner klang fast erleichtert, als ich mich vorstellte."

„Du sagtest, er wusste schon vom Tod seines Sohnes. Wie hatte er davon erfahren?"

„Er hat Bekannte im Krankenhaus, die sich bei ihm meldeten. Der Tod seines Sohnes ging ihm nicht sonderlich nahe."

‚Natürlich', dachte Finn. ‚Die Parallelen zwischen den vier Männern sind überdeutlich. Auch Lochners Familie zeigte sich unbeeindruckt.'

„Was könnte der Auslöser für diese späte Sühne sein?", fragte er. „Wodurch platzt nach fast dreißig Jahren ein Knoten und lässt dich zu einem Serienmörder mutieren?"

Engel zuckte mit den Schultern.

„Keine Ahnung. Aber eigentlich hat es in jedem der Männer latent geschlummert. Wenn Brückners Vater unsere Spuren und Hinweise bestätigt, können wir den Mord an Tim Scherer als aufgeklärt betrachten. Diese Kerle haben zusammen eine furchtbare Tat begangen. Es steckt in ihnen drin. Es ist wie ein Stachel, der jederzeit wieder herauskommen kann."

„Es könnte aber auch ein Dorn sein", betrat Finn das Feld der Metaphern. „Ein Dorn, der jahrzehntelang im Fleisch sitzt und dich mehr und mehr quält. Zumindest von Helmut Strohm haben wir kaum Informationen, was sein Leben nach dem Mord betrifft. Er ist arbeitslos und dröhnt sich offensichtlich jeden Abend mit Cannabis den Schädel zu. Vielleicht glaubt er, zu nichts mehr nütze zu sein. Er wurde für sich selbst und für die Gesellschaft wertlos und schwang sich deshalb zum Rächer auf. Die anderen drei sind mehr oder weniger Schurken geblieben. Köhler vergriff sich an Kindern, Brückner saß wegen Vergewaltigung einer Frau, und Lochner tarnte sich als biederer Ehemann, nutzte aber die Krankheit eines jungen Mädchens ohne Rücksicht auf Verluste aus. Er demütigte sogar seine Ehefrau, mit der wahrscheinlich jeder Polizist in der Inspektion gerne mal ausgegangen wäre."

Engel brummte und grinste flüchtig. „Kein Kommentar zu anderen Frauen. Ich hege den Verdacht, dass meine bessere Hälfte Wanzen in meiner Kleidung versteckt hat."

Finn sah ihn von der Seite an. „Du meinst das doch nicht etwa ernst, oder? Stellt sie dir nach?"

Horst Engel verzog das Gesicht. „Vor ein paar Jahren verknallte sich eine Fünfunddreißigjährige in mich, weil ich dafür gesorgt hatte, dass ihr trunksüchtiger, aggressiv gewordener Ehemann in den Knast wanderte. Ihr Lebenslauf war allerdings auch kein Ruhmesblatt. Diebstähle, Alkoholexzesse, die ganze Palette. Aber natürlich muss niemand Gewalt in der Ehe ertragen. Ihr Mann hat sie grün und blau geschlagen. Eine Streife fand sie bewusstlos auf der Straße."

„Kommt gelegentlich vor", sagte Finn.

„Ich erzähle dir jetzt keinen Mist", erzählte Engel weiter, „aber eines Tages stand sie in Strapsen vor unserer Haustür. Sie sah aus wie eine Fledermaus. Hilde machte ihr auf."

Er schüttelte sich, als die Erinnerung an die Szene hochkam.

„Und dann?", fragte Finn.

„Es gab eine Rangelei zwischen den beiden. Ich war in dem Moment unter der Dusche. Das Gezeter rief mich auf den Plan. Ich rannte nackt an die Haustür. Meine Hilde prügelte wie besessen auf die Frau ein. Ich kann sie immer noch schreien hören:

‚Du Schlampe schwingst dich nicht auf meinen Horst!' Ich musste drei Tage auf der Couch schlafen, bis sich die Situation wieder beruhigt hatte."

„Verstehe", sagte Finn.

„Seitdem ist Hilde etwas ... misstrauisch geworden."

Horst Engel packte seinen Hemdkragen und sprach hinein, als wäre ein Mikrofon darin versteckt. „Ich hab sie aber trotzdem lieb!"

Steinmann schwieg ein paar Sekunden und stellte sich eine Frau im Fledermauskostüm vor.

„Mit ihrem Gipsbein kann sie mich aber im Moment nicht verfolgen", flüsterte Engel und grinste.

„Das Leben schreibt die besten Geschichten", sagte Finn. „Bis auf die, in der wir gerade stecken."

„Ja", entgegnete Engel. „Sorry, dass ich vom Thema abkam."

„Macht nichts. Manchmal muss man auch mal über etwas lachen können. Es passt zu dem Eindruck, den ich von den Idar-Obersteinern inzwischen habe."

„Du findest Zeit für Regionalstudien? Ich sag es dir nicht gern, Finn, aber bis auf deinen Rekordversuch beim Schwenkbratenessen bist du als mürrischer Brocken verschrien. ‚Knubbkopp' nennt man Männer wie dich bei uns."

„Genau das meine ich", sagte Finn, der nicht beleidigt war. Er kannte seine Wirkung auf andere.

„Ihr habt einen sympathischen Humor. Die meisten Anekdoten erzählt ihr von euch selbst. Ihr lacht über eure eigenen Missgeschicke und nennt einen Dickschädel wie mich nicht Arschloch, sondern ‚Knubbkopp'. Ich war schon in Städten, in denen Schadenfreude als Volkssport betrachtet wird. Idar-Oberstein erinnert mich eher an das kleine gallische Dorf, das von römischen Legionären belagert wird."

„Na toll", lachte Engel. „Und wer von uns ist Obelix? Da bliebe eigentlich nur Herbert Lanzinger."

Finn nickte und dachte an den fülligen Polizist, der mit wichtiger Miene den Schwenkbraten betrachtete. Er hatte noch keinen

Menschen gesehen, der mit so viel Genuss Grillgut anhimmelte. Wahrscheinlich gab es ein ganzes Heer solcher Menschen in der Region um Idar-Oberstein.

Leider befand sich inmitten dieser netten Leute auch ein Mann, der mehrere Morde begangen hatte. Es wurde Zeit, dass er gestoppt wurde.

Mohnweiler lag zwischen Dienstweiler und Birkenfeld. Die kleine Gemeinde wurde sichtbar, nachdem Horst Engel den Kombi durch Birkenfeld und dann eine serpentinenartige Straße hinaufgelenkt hatte. Mohnweiler schmiegte sich links an große Gerstenfelder. Hier oben veränderte sich die stark hügelige Landschaft des Hunsrücks mit ihren tiefen Tälern und steilen Hängen zu einem sanften Auf und Ab, als wäre ein Meer in der Wellenbewegung festgefroren. Finn, der aufgrund seiner norddeutschen Herkunft nicht oft im Schnee hatte spielen können, stellte sich vor, wie prächtig die Landschaft aussehen mochte, wenn sie von dem weißen Mantel zugedeckt war. Hier konnten Kinder ausgelassen toben, Schneemänner bauen und auf Gleitkufen über vereiste Straßen rutschen. Sicher hatte auch Tim Scherer in der Kälte gezittert und war ein ums andere Mal in die kitzelnde Nässe des Schnees getaucht.

Bis zu seinem Schicksalstag im Frühjahr '79, als er von seinen Eltern tot im Wohnzimmer aufgefunden worden war. Finn hatte die Akte inzwischen eingesehen. Die Eltern hatten Tim aufgrund seiner Vernunft und Umsichtigkeit für etwa eineinhalb Stunden allein lassen können – ein fataler Fehler, den der Junge mit seinem Leben bezahlt hatte.

Denn seine Mörder waren alles andere als vernünftig gewesen. Die multiplen Verletzungen, die sie ihm zugefügt hatten, zeugten von Barbarei und einer grenzenlosen Missachtung menschlicher Verhaltensregeln.

Widersprüchliche Vernehmungsprotokolle, offenbar unfähige Beamte sowie das seltsame Verschwinden wichtiger Spuren prägten das Gesamtbild der Akte. Der undurchsichtige Fall war verworren gedeutet worden, und Finn sah im Hintergrund mächtige Männer, die wie Arachniden klebrige Fäden spannen, um ihre missratenen Söhne zu schützen. Die Liste der vernommenen Personen war lang – aber die vier wichtigsten Namen fehlten.

Die Frage, wie die Väter es angestellt hatten, die Ermittlungen zu behindern, war nicht mehr wichtig. In jener Zeit waren die Erkennungsdienste der Polizei noch nicht mit ihren hervorragenden technischen Gerätschaften ausgerüstet gewesen. Es gab auch keine Gewebeproben, die man hätte vergleichen können, als Brückner und Köhler viel später wegen anderer Delikte gefasst worden waren.

Die Täter versteckten sich vor der Gerechtigkeit, blieben verborgen, weil vier gesellschaftlich hochstehende Persönlichkeiten gegen die Polizei gearbeitet hatten. Der ehemalige Hauptkommissar Brückner war der Einzige, der noch lebte. Die anderen waren relativ früh gestorben. Finn stellte sich vor, dass sie von Selbstvorwürfen gepeinigt worden waren, die im Laufe der Jahre die eklige Form eiternder Geschwüre angenommen hatten. Besonders der Pfarrer musste sich mit dem Gedanken gequält haben, einen Mörder gezeugt und, schlimmer noch, geschützt zu haben. Jede seiner Predigten musste fortan einem Fegefeuer gleichgekommen sein.

Horst Engel hatte nachgeforscht und herausgefunden, dass Lochners Vater vorzeitig seines Pfarramtes enthoben worden war. Er hatte mit fortschreitendem Alter zunehmend dem Alkohol gefrönt und war irgendwann untragbar für die Kirche geworden.

Finn verstand, warum.

Die Dorfbäckerei von Strohms Vater brannte Anfang der neunziger Jahre nieder, was die Ermittlungen um den Mordfall Tim Scherer kurzzeitig wieder aufleben ließ. Drei Jahre danach war der ehemalige Bürgermeister hoch verschuldet gestorben. Man mutmaßte, er habe das Feuer im Wahn selbst gelegt. Erst später war bekannt geworden, dass er früh an Demenz gelitten hatte und sich ständig von finsteren Dämonen verfolgt sah.

Aus heutiger Sicht war anzunehmen, dass diese Dämonen das Antlitz eines siebenjährigen Kindes trugen, eines Jungen, der auf brutalste Weise sein Leben verloren hatte.

Köhlers Vater war schon wenige Jahre nach Tim Scherers Beerdigung bei einem selbst verursachten Arbeitsunfall ums Leben gekommen.

Auch hier sah Finn die Zusammenhänge. Die Hände des Handwerkermeisters waren flatterig geworden, denn jeder Hammerschlag erinnerte an die Faustschläge, mit denen die vier Sadisten Tim Scherers Rippen zertrümmert hatten.

Die eigentlich rechtschaffenen Väter hatten mit ihrer geistigen Gesundheit für das Vertuschen des Mordes bezahlt.

Nun schickten sich zwei Polizisten an, dem letzten von ihnen einen Besuch abzustatten.

Kriminalhauptkommissar a. D. Brückner war ein gebeugt gehender Mann. Seine Augen funkelten jedoch hellwach, als Steinmann und Engel eintraten. Ein leicht verbitterter Zug lag um die Mundwinkel des Achtzigjährigen.

Brückner sprach kein Wort, sondern winkte die beiden Ermittler mit einer erstaunlich kraftvollen Bewegung in sein Haus. Horst Engel ging voran, und Finn nutzte die Gelegenheit, von der Eingangstür noch einen Blick auf Mohnweiler zu werfen.

Es war ein kleines und gepflegtes Dorf, in dem größtenteils ältere Menschen lebten. Man sah es an den Vorgärten, in denen Zypressen und Nordmanntannen dunkle Zonen schufen. Friedhöfe sahen ähnlich aus. Die Häuser wirkten wie Festungen, in denen nicht gelacht werden durfte.

„Finn."

Steinmann wandte sich um. Engel wartete im Flur. Brückner stand hinter ihm und beobachtete die beiden.

„Entschuldigung. Ich wunderte mich gerade über die Vorgärten. Fröhliche Farben scheint es hier nicht zu geben."

„Nicht mehr", sagte Brückner mit sonorer Stimme. „Früher war das anders."

Er ließ offen, was er mit früher meinte, aber Finn verstand auch so. Der Tod des kleinen Tim lastete wie ein Fluch auf Mohnweiler. Die Schuldigen waren nie gefasst worden, und die Bewohner des Dorfes hatten klammheimlich entschieden, bis in alle Ewigkeit dafür zu büßen.

Finn begriff, dass Mohnweiler tatsächlich ein Friedhof war. Er war bevölkert von lebenden Toten, die nicht mehr fähig waren, die Flucht zu ergreifen.

Ein Mord in der Nachbarschaft verändert alles. Erst recht, wenn niemand dafür bestraft wird. Die Atmung scheint schwerer zu werden. Die Dunkelheit der Nacht formt anklagende Gesichter.

Es braucht nicht viel, um zivilisierte europäische Menschen wieder ins Mittelalter zu stoßen, hatte Großmutter immer gesagt. *Sie warten geduldig. Dann gib ihnen einen Mörder und Steine. Irgendjemand wird den ersten Wurf machen. Irgendjemand wird Blut sehen wollen.*

„Es tut mir leid“, begann Finn, „dass wir Sie in dieser schrecklichen Angelegenheit aufsuchen müssen.“

„Keine Plattitüden, bitte“, entgegnete Brückner. „Das ist nicht notwendig. Ich hatte mit meinem Sohn schon längst abgeschlossen. Es bedrückt mich nicht mehr als der Tod eines Menschen aus dem Nachbardorf.“

„Wie viel wissen Sie bereits?“

„Nur, dass Rudi unter Fremdeinwirkung erstickt ist. Er wurde ermordet, was mich bei seinem Lebenswandel nicht wundert. Es gibt genügend Leute, denen er im Laufe der Jahre auf den Schlips getreten ist. Die Familie der jungen Frau, die er vergewaltigte, hegt sicherlich großen Groll gegen ihn.“

‚Nicht ablenken, alter Mann’, dachte Finn. ‚Ich weiß, dass du reden willst. Ich kann es dir ansehen.’

„Nach derzeitigem Stand der Ermittlungen gehen wir davon aus, dass jemand anderes damit zu tun hat. Helmut Strohm. Sagt Ihnen dieser Name etwas?“

„Im Moment nicht.“

„Kann ich gut verstehen. Es ist ja auch schon ein paar Jahre her. Ein großer Bursche, ziemlich rau, ist hier in Mohnweiler aufgewachsen. Wir wissen, dass er und Rudi befreundet waren."

„Strohm, sagten Sie?"

„Strohm."

„Ja, jetzt wo Sie es sagen, kann ich mich an einen solchen Kerl erinnern."

Finn nickte. „Lesen Sie Zeitung, Herr Brückner?"

„Nein. Ich mag schlechte Nachrichten nicht mehr hören."

‚Er lügt', dachte Finn.

„Es wird Sie interessieren, dass Peter Lochner und Hans Köhler ebenfalls ermordet wurden. Diese beiden Männer wuchsen hier in Mohnweiler auf. Sie waren im gleichen Alter wie Ihr Sohn."

Brückner setzte sich in einen alten Ohrensessel und legte die Hände auf den Schoß. Er wartete auf weitere Erklärungen von Steinmann. Sein Blick flackerte kurz, dann hatte er sich wieder im Griff.

„Alle drei Männer starben innerhalb einer Woche, und wir glauben, dass Helmut Strohm der Täter ist. Wir fanden verschiedene Hinweise darauf, unter anderem auch ein Bild, dass die Basis für seine Motivation darstellen könnte."

Finn zog sein schwerstes Geschütz bedächtig aus der Tasche. Es war ein abfotografiertes Bild der Aufnahme von Tim Scherer aus Strohms Schrank, Er machte ein nachdenkliches Gesicht während er sie Brückner reichte.

Der ehemalige Polizist nahm das Bild in beide Hände und betrachtete es eingehend. Sein Blick schweifte kurz zum Fenster und dann wieder auf das Bild.

„Kennen Sie diesen Jungen?"

„An sein Gesicht werde ich mich noch auf dem Totenbett erinnern, Herr Steinmann."

„Waren Sie an den Ermittlungen damals beteiligt?"

„Nein. Ich wurde nur zu Beratungen hinzugezogen. Ich galt als befangen und war gleichzeitig natürlich auch ein Verdächtiger."

„Ja, wir haben die Akte genau studiert", stimmte Finn ihm eifrig zu. „Es wurden damals zahlreiche Vernehmungen durchgeführt. Eigentlich wurde fast jeder befragt. Alle, bis auf die drei kürzlich ermordeten Männer und Helmut Strohm."

Brückner schluckte. Er hatte verlernt, wie man sich bei einem Verhör tarnen konnte. Er löste sich von dem Bild und fixierte einen Punkt am Boden. Horst Engel wandte sich ab und studierte die Bücher im Wohnzimmerschrank. Es widerte ihn an, wie Finn den alten Mann einkreiste. Er wusste, es war bitter notwendig, wenn sie den Strohbär schnappen wollten. Aber es gefiel ihm nicht. Dann dachte er daran, dass dieser Mann den grausamen Mord im Jahr 1979 gedeckt hatte. Dass er verhindert hatte, dass die Mörder gefasst wurden. Horst Engel begriff, dass niemand vor unbezahlten Rechnungen davonlaufen konnte. Irgendjemand wühlte immer im Papierkorb der Geschichte.

„Wir haben Hinweise und sogar eine Aussage darüber erhalten", sagte Finn gerade, „dass alle vier etwas mit Tim Scherers Tod zu tun haben. Halten Sie das für möglich? Wäre so etwas denkbar? Denken Sie bitte nach."

„Schwer zu sagen."

„Sehen Sie sich das Bild noch einmal an, Herr Brückner. Dieser Junge hatte niemandem etwas getan. Er wurde auf fürchterliche Weise umgebracht. Er wurde vergewaltigt und sogar nach seinem Tod noch geschändet. Sie sind der einzige noch lebende Vater der Männer, von denen wir glauben, dass sie die Täter sind. Ihre Aussage könnte von enormer Wichtigkeit sein."

Brückners Blick huschte kurz zu dem hübschen Gesicht von Tim Scherer. Er verweilte dort nur wenige Augenblicke und flüchtete dann wieder an einen imaginären Punkt im Raum. Der alte Mann schwieg.

„Andere Frage", sagte Finn erbarmungslos. „Halten Sie es für möglich, dass ein Pfarrer, ein Bürgermeister und ein Mitglied der Handwerkerinnung in der Lage wären, Ermittlungen so zu beeinflussen, dass von den eigentlichen Tätern abgelenkt wird?"

Brückner sah auf. Sein Gesicht verzerrte sich. Er presste die Lippen fest aufeinander, bis nur noch weiße Striche zu sehen waren.

„Es ist denkbar", murmelte er.

„Ja", sagte Finn leise. „Und jetzt stellen Sie sich einen Kriminalhauptkommissar vor, der ebenfalls gegen die Ermittler arbeitet. Damit potenziert sich die Wahrscheinlichkeit gezielter Störungen enorm."

„Hm."

„Schauen Sie sich das Bild noch einmal an, Herr Brückner. Ich finde, dass in diesem Dorf lange genug nicht mehr gelacht worden ist."

Brückner hielt das Bild wie ein Buch vor sich. Unvermittelt hob er die linke Hand und strich die Gesichtszüge des Jungen nach.

„Sie sagten, sie hätten eine Aussage?"

„Wir haben Köhlers Schwester in Amerika ausfindig machen können. Er hat ihr im Suff die Geschichte erzählt und sie später bedroht."

Brückner strich wieder über das Bild. Er hatte bei seiner Frage nicht aufgeblickt.

„Tim war ein prima Kerl", erzählte er leise.

Er flüsterte fast. Finn beugte sich vor, um besser hören zu können. Horst Engel blickte immer noch interessiert auf die Bücher, richtete sein Gehör aber auf den alten Mann.

„Am schlimmsten ist die Erinnerung an den Tag seiner Beerdigung, wissen Sie? Karl hielt die Predigt am Grab, eine flammende Botschaft an alle Gewalttäter dieser Welt, dass eines Tages das Schwert Gottes auf sie niederfahren werde. Ich hätte damals beinahe gekotzt, denn zu diesem Zeitpunkt wussten wir schon, dass die Täter unser eigen Fleisch und Blut waren. Karl weinte während der Predigt, aber nicht wegen Tim Scherer, sondern wegen seinem eigenen Verrat an der Gerechtigkeit."

Finn atmete auf und schloss kurz die Augen. Brückner bemerkte es nicht.

„Ich weiß nicht mehr, wie wir dazu kamen, diese Schweinehunde zu decken. Ich kann Ihnen nicht mehr sagen, wer zuerst damit angefangen hat. Aber ich weiß, dass jeder von uns später glaubte, ganz allein für diese Sache verantwortlich zu sein."

Steinmann starrte auf seine Finger. Er wurde Zeuge einer Lebensbeichte. Seine Knie zitterten. Der alte Mann in dem Ohrensessel überstieg gerade einen Berg, den er selbst geschaffen hatte.

„Ich weiß noch, dass Tims bester Freund am Grab zusammenbrach und beinahe hineingefallen wäre. Er schrie wie ein Schwein, das in die Schlachterei gezerrt wird. Ich werde dieses Geräusch nie vergessen, und wenn Sie in der Nachbarschaft nachfragen, werden Ihnen viele von diesem Schrei erzählen. Die Familie zog einige Wochen nach der Beerdigung weg von Mohnweiler, weil der Junge keine ruhige Nacht mehr fand. Er war fünf oder sechs, glaube ich. Ich kann mich an seinen richtigen Namen nicht mehr erinnern, aber er wurde ‚Shorty' genannt. Er war für sein Alter sehr klein geraten. Die ganze Familie neigte zur Kleinwüchsigkeit."

„Wie konnte man seine Teilnahme an der Beerdigung zulassen?", fragte Finn.

„Er soll darauf bestanden haben."

„Was geschah nach der Beerdigung?"

„Wir zwangen unsere Söhne, Mohnweiler zu verlassen. Wir hatten ihnen geholfen, auf eine Weise, die niemand von uns wiederholen wollte. Wir verbannten sie."

Finn erinnerte sich an die Personaldaten der Ermordeten. Sie hatten ihren Heimatort fast zum gleichen Zeitpunkt verlassen.

„Hielten Sie Kontakt zu Ihrem Sohn?"

„Nein. Nachdem er hier ausgezogen war, ließ ich ihn wissen, dass er nie mehr einen Fuß in mein Haus setzen durfte."

„Fürchteten Sie nicht, dass er sich darüber hätte hinwegsetzen können?"

„Schon, aber er hatte mehr Angst vor mir und meinem Beruf als ich vor ihm."

„Herr Brückner, wenn wir dies hier abgeschlossen haben, werden wir Tim Scherers Familie informieren müssen."

„Dessen bin ich mir bewusst."

Finn lehnte sich zurück und verschränkte die Arme.

„Wieso haben Sie das getan? Gerade Sie als Polizist?"

Brückner sah ihn lange an. Gerade als Steinmann glaubte, er würde nicht mehr antworten, sagte der alte Mann: „Er war mein Sohn, Herr Steinmann."

Und dann fing er an zu weinen.

27.

Horst Engel sprach kein Wort, bis sie Idar-Oberstein erreichten. Sein Gesicht war unbewegt, aber hinter seiner Stirn arbeitete es ununterbrochen.

„Das war nicht schön“, sagte er schließlich.

„Ja“, antwortete Finn. „Es ging zum Glück sehr schnell. Mir war die ganze Zeit elend zumute, das darfst du mir glauben. Aber wir haben keine Zeit, um uns mit Geplänkel und langwierigem Taktieren aufzuhalten.“

Engel sah aus dem Fenster. Die Szene, als Brückner in seinem Sessel zusammengesackt war, beschäftigte ihn.

Die beiden Polizisten diskutierten eine Weile, ob und was für eine Strafe dem alten Mann blühen konnte, aber sie kamen zu keinem Ergebnis. Zumindest hatten sie bei diesem denkwürdigen Gespräch die endgültige Bestätigung erhalten, dass Helmut Strohm der letzte lebende Mörder Tim Scherers war. Es konnte als erwiesen betrachtet werden, dass der Strohbär von damals auch der Strohbär von heute war.

„Wo steckt er?“, fragte Finn. „Wohin hat er sich zurückgezogen? Wie will er abtreten?“

„Du bist dir absolut sicher, dass er sich umbringen will? Warum?“

Finn suchte nach den passenden Worten. „Es ist die Art und Weise, mit der er bisher vorgegangen ist. Er hat alle damals beteiligten Personen ermordet oder denunziert. Es lag in seiner Absicht, dass die Polizei die Geschichte entwirrte und das Rätsel löste. Er selbst ist Teil dieser Geschichte. Die Antwort auf die Frage nach der Verbindung unter den Toten brachte uns auf die Spur. Strohm wird abtreten müssen, sonst verliert er seine Glaubwürdigkeit als Todesengel. Er spricht von Gerechtigkeit. In letzter Konsequenz bedeutet das für ihn, untragbar zu sein."

„Aber was sollte die Sache mit den Medien? Wieso schickte er den Sendern das Bild eines Strohbären?"

„Er wollte uns zur Eile treiben und erreichen, dass überall von ihm gesprochen wird. Damit gewährleistet er, dass die Öffentlichkeit Notiz nimmt von seinem Tun und den Hintergrund erfahren will. Es ist sein unbedingter Wille, dass der Name Tim Scherer wieder in den Zeitungen steht – diesmal jedoch mit den Namen derer, die ihn einst töteten. Es muss von Anfang an sein Plan gewesen sein, die Aktion in einer Woche durchzuziehen. Einzig am Kammerwoog machte er einen Fehler, als er seine seltsamen Pillen verlor. Dass wir ihn in Birkenfeld fast erwischt hätten, muss ihm einen Heidenschreck eingejagt haben."

„Ob Aslan noch mehr dieser Mittel gefunden hat? Dieser Kram ist doch sicher schweineteuer. Wie kann er das finanziert haben?"

„Über diesen Punkt stolpere ich noch. Vielleicht kam er kurzfristig zu Geld oder hat gelegentlich Schwarzarbeit geleistet. Wir werden es bald erfahren."

Finn dachte plötzlich an den Aschenbecher in Strohms Wohnung. Er war anscheinend kein Gelegenheitskiffer. Cannabis ist nicht billig, und ein Mann, der sich auf zweierlei Weise körperlich ruinierte, musste in der Tat über eine ganze Menge Geld verfügen.

Wenige Minuten später hielt der Wagen mit Steinmann und Engel vor dem Dreifamilienhaus, in dem der Gesuchte wohnte. Ein Polizist stand vor der Tür und behielt die drei Polizeifahrzeuge im Auge, die seit dem Morgen auf dem Bürgersteig standen. Einige Schaulustige hatten sich auf der anderen Seite versammelt und beäugten misstrauisch die Neuankömmlinge, die von dem Schutzpolizisten mit einem Kopfnicken begrüßt wurden.

„Es war schon mehr los hier", sagte der Mann. „Die Meute findet es anscheinend lustig, mir beim Wachehalten zuzusehen."

„Wenn sie dich nerven, schieß einfach ein paar Mal in die Luft“, sagte Engel und klopfte dem Kollegen auf die Schulter.

Strohms Wohnung war inzwischen auf den Kopf gestellt worden. Aslan traf die beiden Ermittler in der kleinen Küche an, deren Zustand dem Lebenswandel Strohms entsprach.

„Erzähl mir was“, sagte Finn.

„Sagen wir es mal so“, antwortete der Deutschtürke. „Wir fanden einige Platten Cannabis, die auf dem Markt eine ganze Menge Geld einbringen. Wir fanden schwachsinnig bekritzelte Zeitungen, eine schmutzige Küche, ein paar Strohhalme und einen kleinen Schrein im Schrank. Mit dem Aschenbecher kannst du ein ganzes Fußballstadion high machen. Im Kühlschrank stehen nur ein paar Eier und etwas Speck, und in der Küche riecht es schwach nach Benzin.“

„Mehr nicht? Was ist mit seinen Medikamenten?“

„Fehlanzeige“, schüttelte Aslan den Kopf. „Nur Kopfschmerztabletten, etwas Zahnseide und Nasenspray. Entweder hat er die Gesundheit eines Bären oder er übersteht seine Erkältungen nach Mittelaltersitte. Am Ende eines Winters findet man üblicherweise die Reste angebrochener Medizinpackungen, aber Strohm hat wohl sein ganzes Geld verpafft.“

‚Wo sind die Steroide?’, dachte Finn. ‚Wo ist das verdammte Zeug?’

„Gibt es Verstecke oder Geheimfächer?“

„Nein. Wir haben alle Wände abgeklopft. Der Boden ist auch sauber, zumindest was eventuell darunter liegende Hohlräume angeht. Der Spürhund ist schon zwei Mal durch die Wohnung. Er hat Saltos geschlagen bei dieser Rauschkrautflut. Das war es aber auch schon. Waffen gibt es hier bis auf einen Knüppel nicht. Selbst das Besteck in der Küche ist spartanisch. Ein großes Messer, wie wir es bei Köhlers Ermordung vermuteten, hat sich nicht auffinden lassen. Die paar Strohhalme im Schlafzimmer reichen auch nicht aus, um große Kreise mit Straßen zu legen.“

Horst Engel kratzte sich am Kopf. „Er muss eine Waldhütte

oder irgendwo eine Mietgarage haben. Ich prüfe das. Gibt es Schriftstücke, die verwertbar sind?“

„Kaum“, schüttelte Aslan den Kopf. „Nur ein Berg Mahnungen.“

Finn stemmte die Arme in die Hüfte und sah sich um. Etwas lief hier falsch, in eine Richtung, die ihm nicht gefiel. „Sind die anderen Mietparteien schon befragt worden?“

„Ja“, sagte Aslan. „Stefanie Gorges hat mit der Frau in der unteren Etage gesprochen. Sie hat nichts gesehen oder gehört. Das Übliche halt. Ich bekam am Rande mit, dass ihr Strohm nicht geheuer ist, und sie sich wegen ihres Babys von ihm fernhält. Bis auf kurze Begegnungen im Treppenhaus hatten sie keinerlei Kontakt.“

„Wo ist Stefanie jetzt?“

„Ein Stockwerk höher.“

Finn wandte sich zur Tür. Während Horst Engel in Strohms Wohnung blieb, ging er in die dritte Etage und klopfte an die Tür, auf der ein graviertes Namensschild hing. Christian Schultz stand darauf.

Es dauerte keine zehn Sekunden, dann wurde die Tür geöffnet.

„Noch mehr Polizei“, sagte der Mann. „Was geht hier überhaupt ab?“

Er war noch recht jung. Keine dreißig, schätzte Finn.

„Darf ich reinkommen?“, fragte der Hauptkommissar.

„Sicher.“ Der Mann winkte ihn in die Wohnung. „Ihre Kollegin sitzt in der Küche. Ich wollte gerade eine Kanne Kaffee machen. Darf ich Ihnen eine Tasse anbieten?“

„Gerne“, meinte Finn.

Der junge Mann ging vor. Er hinkte leicht.

„Sie sind Herr Schultz?“, wollte Steinmann wissen.

„Ja.“

„Was sind Sie von Beruf? Heute Morgen hatte ich den Eindruck, Sie mitten aus dem Tiefschlaf gerissen zu haben.“

„Ich bin Krankenpfleger. Wir haben derzeit argen Personalmangel im Krankenhaus und schieben sehr viele Überstunden.

Ich kam erst um drei Uhr früh von einer Spätschicht ins Bett. Außerdem habe ich mir heute Nacht den Fuß verdreht und war etwas angefressen."

„Verstehe", meinte Finn und grüßte Stefanie Gorges, die in der Küche wartete.

„Hallo Finn", sagte sie. „Willst du die Befragung übernehmen?"

„Nein, mach nur. Ich höre zu."

Stefanie Gorges sah auf einen Zettel, der vor ihr auf dem Tisch lag. Finn erkannte, dass bis auf die persönlichen Daten noch nichts darauf stand. Er neigte den Kopf und las die Notizen. Christian Schultz war 1978 geboren worden. Er hatte richtig gelegen mit seiner Alterseinschätzung.

„Sie sagten eben, dass Sie Strohm gelegentlich zu einem Bier einluden", griff die Ermittlerin den Faden wieder auf. „Waren Sie befreundet?"

„Nein, so kann man das nicht sagen. Manchmal ist mir nach Gesellschaft zumute, meistens dann, wenn ich einen besonders üblen Arbeitstag hinter mir habe. Helmut setzte sich dann zu mir und wir tranken ein Bier. Ich quatschte, er hörte zu. Wahrscheinlich bekam er nie viel mit von dem, was ich ihm erzählt habe."

„Da Sie sich Helmut Strohm als Gesprächspartner aussuchten, gehe ich davon aus, dass Sie ohne feste Partnerin sind?"

„Ja."

Es war ihm anscheinend peinlich. Stefanie Gorges bemerkte die Reaktion und ging nicht näher darauf ein.

„Wo arbeiten Sie im Krankenhaus?"

„Auf der Intensivstation."

‚Dienst am Rande von Leben und Tod', dachte Finn. ‚Das schlaucht.'

„Wie oft sitzen Sie hier mit Strohm zusammen?"

Schultz überlegte. „Etwa zwei Mal im Monat. Darf ich Ihnen auch eine Frage stellen?"

„Nur zu", sagte sie.

„Was wollt Ihr eigentlich von ihm? Hat er etwas auf dem Kerbholz? Muss was ziemlich Übles sein, wenn ich Euer Aufgebot betrachte."

„Details kann ich Ihnen keine nennen, Herr Schultz, aber es ist möglich, dass ihm etwas zugestoßen ist. Er scheint in eine Reihe von ... Unglücksfällen ... verwickelt zu sein."

„Hängt das mit seiner Grasraucherei zusammen?"

„Möglich. Was wissen Sie darüber?"

„Er hat mir vor kurzem noch erzählt, dass er sich am Tag vier große Tüten dreht. Er hat mir eine gezeigt, die Dinger sind wirklich riesig."

„Konsumieren Sie auch, Herr Schultz?"

Der junge Mann blickte hektisch von Stefanie Gorges zu Finn, der sich unbeteiligt auf die Finger starrte. Für eine Sekunde sah Schultz wie ein gehetzter Hase aus.

„Früher mal, aber das habe ich hinter mir. Helmut bot mir Gras an, doch ich lehnte ab."

„Hat er bei Ihren gelegentlichen Treffen auch etwas von sich erzählt? Erinnern Sie sich an eine markante Bemerkung?"

Schultz dachte nach.

„Helmut spricht nicht viel", sagte er nach einer Weile. „Ich weiß kaum etwas von ihm. Er lacht nicht."

„Was meinen Sie damit? Ist er humorlos oder verbittert?"

„Weder noch. Helmut ist völlig apathisch. Er vegetiert vor sich hin. Er kann sich nur selten dazu aufraffen, das Haus zu verlassen."

Finn schluckte. Sein Kartenhaus aus Theorien wackelte.

„Ist Ihnen sonst noch etwas an ihm aufgefallen?", fragte die Beamtin.

Schultz rieb sich die Schläfen. „Ich weiß nicht, ob es von Bedeutung ist, Frau Gorges, aber er kann kein Kindergeschrei hören."

Sie notierte. „Das geht leider vielen Leuten so. Sie glauben nicht, wie oft wir wegen Ruhestörung ..."

„Das meine ich nicht", unterbrach der Krankenpfleger die Polizistin. „Er zittert, wenn Claudias Baby schreit. Er versucht es zu verbergen, aber ich bin geübt im Erkennen solcher Regungen. Krankenpfleger müssen den ganzen Tag auf solche Sachen achten."

Stefanie Gorges setzte sich nachdenklich auf. Finn stellte eine rasche Zwischenfrage.

„Ist Claudia die Frau aus der unteren Wohnung?"

Sie nickte.

„Hat sie einen Jungen oder ein Mädchen?"

„Einen Jungen."

Finn schwieg und zog sich wieder zurück. Er lehnte an der Küchenarbeitsplatte und starrte auf den Boden. Der Verdächtige reagierte auf einen schreienden Jungen. Er dachte an einen Dorn, der in Helmut Strohms Fleisch steckte.

Stefanie Gorges legte sich den Finger an die Lippen. „Versuchen Sie, dieses Zittern einmal zu deuten. Sie sagten, Sie wären geübt im Beobachten von Patienten. War Strohm erregt, vielleicht sogar sexuell, und zitterte deswegen?"

„Nein", sagte Schultz entschieden. „Ganz gewiss nicht. Es war völlig anders."

„Erklären Sie es uns."

„Wir hatten vor ein paar Jahren einen Patient auf der Station, der an Sylvester einen Herzinfarkt erlitt. Es war ein alter Mann, der noch im Zweiten Weltkrieg gekämpft hatte. Normalerweise begab er sich jedes Jahr in der Neujahrsnacht in den Keller, um den Geräuschen der explodierenden Raketen zu entgehen. Er war jedoch diesmal auf der Couch eingeschlafen und wurde von dem Krach des Feuerwerkes geweckt."

Stefanie Gorges malte mit dem Stift kleine Kreise auf ihren Zettel. „Er fühlte sich also zurück im Krieg und bekam einen Infarkt aus Angst? Er dachte, wieder auf dem Schlachtfeld zu stehen?"

„Genauso war es. Zu jener Zeit herrschten rege Umbautätigkeiten im Krankenhaus. Es donnerte regelmäßig durch das gesamte Gebäude. Wir haben ihn nach einer Weile nicht mehr unbeaufsichtigt lassen können. Er zitterte am ganzen Körper. Ich frage mich heute noch, wie er so alt hatte werden können."

„Ich verstehe, was Sie uns sagen wollen. Sehr anschaulich, danke. Weshalb hat Strohm Angst von dem Geschrei eines Kindes bekommen. Haben Sie Ihren Nachbarn darauf angesprochen?“

„Ich habe es einmal versucht, aber er wich mir aus. Das Thema schien ihm unangenehm zu sein.“

‚Das glaube ich gern’, dachte Finn. ‚Tim Scherer wird nicht stumm gestorben sein.’

„Leider haben wir keine aktuelle Beschreibung von Helmut Strohm. Die Bilder in seiner Wohnung sind älteren Datums. Können Sie mir ein paar Stichworte geben?“

„Sicher. Er ist ziemlich groß, knapp über zwei Meter. Ich glaube, das ist das Einzige, worauf er wirklich stolz ist. Ich kenne die Bilder in seinem Wohnzimmer. Sein Gesicht hat sich nicht verändert. Aber er hat nicht mehr viele Haare auf dem Kopf. Eigentlich ist es eher ein Mönchskranz. Oben ist er kahl. Und er ist furchtbar dünn geworden. Ich nehme an, das kommt von den vielen Tüten, die er sich reinzieht.“

„Ja“, sagte Stefanie. „Viele stark Drogensüchtige sind dünn. Das liegt an der Apathie, die einen befällt. Kochen ist anstrengend, selbst wenn es nur Dosenfutter ist.“

‚Hier passt gar nichts mehr zusammen’, fluchte Finn in Gedanken. ‚Verdammter Mist!’

Steinmann fühlte Unruhe in sich aufsteigen. Er schnaufte leise und musste daran denken, dass ihn schon den ganzen Morgen etwas störte, ein wichtiges Detail, das sie alle übersehen hatten. Es nagte an ihm mit quälender Hartnäckigkeit, so wie man krampfhaft versucht, sich an einen Bekannten zu erinnern. Der Name liegt einem auf der Zunge, weigert sich aber, ausgesprochen zu werden.

„Wissen Sie, ob Strohm Waffen besitzt?“, bohrte Stefanie weiter.

„Keine Ahnung. Darüber hat er nie mit mir gesprochen.“

„Hat er außer Ihnen weitere Kontakte? Kennen Sie Freunde oder Verwandte?“

Schultz verneinte. Genau wie Köhler war auch Strohm ein Schatten innerhalb der Gesellschaft. Auf den ersten Blick konnte man glauben, der einstige Bandenchef war mit den Jahren zum harmlosesten der Vierergruppe geworden. Er schädigte nur noch sich selbst.

‚Wie kann jemand mit derartiger Lethargie präzise Tötungen planen? Die Beschreibung entspricht überhaupt nicht jenem Ungeheuer, welches heute Nacht beinahe drei Polizisten getötet hätte.'

„Ist er stark?", fragte Finn.

„Weiß nicht", erwiderte der Krankenpfleger. „Auf mich wirkt er ziemlich schlapp. Im Grunde ist er eine dürre Bohnenstange."

„Wir fanden ein paar Zeitungen, die seltsam beschriftet waren. Sagt Ihnen ‚10 leuchtet' etwas?"

„Nein."

„Wo könnte er sich verstecken?", hakte Stefanie Gorges nach. „Ist er manchmal für längere Zeit außer Haus gewesen? Haben Sie gefragt, wo er dann abgeblieben war?"

„Keine Ahnung. Ich sagte schon, er verließ kaum seine Wohnung. Ich kann mich nicht an eine längere Abwesenheit erinnern."

Die Polizistin blickte Finn an. „Mehr fällt mir nicht ein."

„Mir auch nicht", antwortete Steinmann.

Das quälende Gefühl ließ nicht nach, aber die Frage wollte nicht über seine Lippen kommen. Er musste warten. Finn wandte sich an Christian Schultz.

„Haben Sie ein Mobiltelefon?"

„Klar. Ihre Kollegin hat die Nummer notiert."

„Ich werde mir Ihre Nummer für eine Weile speichern. Sie haben mein Versprechen, dass ich die Nummer nach Abschluss der Ermittlungen wieder löschen werde. Tragen Sie das Telefon bitte immer bei sich, es könnte sein, dass ich Sie spontan anrufen muss, notfalls auch in der Nacht. Die Sache, an der wir arbeiten, verläuft leider außerhalb der Ladenschlusszeiten."

Der junge Krankenpfleger nickte.

„Ist Helmut der Strohbär?“, fragte er unvermittelt. „Ich habe Ihr Gesicht schon einmal im Fernsehen gesehen. Sind Sie nicht der Leiter der Mordkommission?“

Finn schürzte die Lippen. „Vielleicht ist er es, vielleicht auch nicht. Kommen Sie mir bitte nicht auf den Gedanken, Ihre Story an die Presse zu verkaufen. Sie würden damit in eklatanter Weise in die Ermittlungen eingreifen.“

Steinmann redete lauter als beabsichtigt, aber er hatte seine Gründe. Zu viele Menschen erlagen den Verlockungen der Geldangebote durch die Sender. Das Streben nach ein paar Sekunden Berühmtheit war in den letzten Jahren zu einer Plage geworden. Für einen Auftritt auf dem Bildschirm verkauften viele ihre eigene Mutter. Erstaunlicherweise war diese Zivilisationsseuche altersunabhängig.

Schultz gab durch ein Senken der Augenlider zu verstehen, dass er kapiert hatte. Es ließ sich nicht sagen, ob er mit dem Gedanken gespielt hatte, an die Medien zu gehen.

Finns Telefon klingelte.

„Steinmann hier ... Hallo Herbert ... Das ist eine gute Nachricht ... Mit einer kleinen Narbe kannst du leben ... Du bist diensttauglich geschrieben worden? Da wird sich Frank freuen ... Wir sehen uns ... Bis später.“

Stefanie Gorges sah ihn fragend an.

„Lanzinger ist fit“, sagte Finn. „Er hat sich bei den Ärzten durchgesetzt. Er tritt gleich seine Wechselschicht an.“

„Wollte er nicht zum Essen laden?“, fragte die Ermittlerin.

„Das muss warten“, erklärte Finn.

Sie verabschiedeten sich von Christian Schultz und verließen die Wohnung des Krankenpflegers.

„Was hast du von der Frau im Erdgeschoss erfahren können?“, wollte Steinmann von Stefanie Gorges wissen.

„Fast gar nichts. Sie ist ein scheues Reh und zieht das Kind alleine groß. Der Vater ist ein amerikanischer Soldat – glaubt sie.“

„Oh.“

„Sie kam mir etwas unbedarft vor. Sie fragte, ob sie vor Gericht müsse, weil sie einfach die Tür aufmacht, wenn es klingelt. Sie muss heute Morgen angeschissen worden sein."

„Das war ich", nuschelte Finn.

„Aha, das dachte ich mir schon. Claudia Rothberger ist derzeitig wie die drei Affen: Sie sieht nichts, hört nichts, sagt nichts. Ihre einzige Sorge ist der Vater des Kindes, von dem sie hofft, dass er eines Tages überraschend vor der Tür steht. Deshalb drückt sie auch einfach auf den Öffner, wenn es klingelt. Ich bin sicher, dass sie irgendwann an einen Macho gerät, der sie völlig unter Kontrolle hat. Keinerlei Rückgrat."

„Und sie konnte dir nichts sagen?"

„Nein."

Das seltsame Gefühl rollte in Finn hin und her.

„Hast du ihre Nummer?"

Stefanie Gorges reichte ihm einen Zettel. Finn speicherte auch ihre Nummer in seinem Telefon und fühlte sich danach etwas wohler. Es war wichtig, aber er wusste nicht, warum.

„Was machen wir jetzt?", fragte Engel, der Finn im Hausflur erwartete. „Wo finden wir Helmut Strohm?"

Finn schnaubte. „Wir müssen raten, Horst. Mehr können wir im Moment nicht tun. Ich bin immer noch der Ansicht, dass sich der Strohbär selbst richten will, auch wenn Strohms Beschreibung nicht ganz dem Mann entspricht, der uns an der Burg entkommen ist."

Aslan streckte den Kopf aus der offenen Tür von Strohms Wohnung heraus. Er hatte den Leiter im Treppenhaus gehört.

„Ich muss dir etwas zeigen", sagte er und verschwand wieder im Halbdunkel.

Finn ging hinunter und folgte Nakrüz in die Küche. Die Schränke der kleinen Kochzeile standen offen. Es roch intensiv nach Benzin. Er erinnerte sich, dass Aslan den Geruch erwähnt hatte.

„Woher kommt der Gestank?", fragte Steinmann.

Aslan deutete auf die Flügeltüren unter dem Spülbecken. „Halt dort mal die Nase rein."

Finn bückte sich und schnupperte. Der Geruch war sehr dominant. Der Schrank zeigte sich leer.

„Kommt das von einem Feuerzeugbenzinbehälter? Was meinst du?"

Aslan stützte sich auf die Knie und sah Finn in die Augen. „Muss eigentlich. Warum sollte Strohm Sprit hier hochschleppen? Im Keller wäre es besser aufgehoben. Wofür bräuchte er dann sonst noch Benzin?"

„Auf dem Wohnzimmertisch stehen einige Einwegfeuerzeuge. Anscheinend benutzt er kein Nachfüllbares."

„Du hast Recht", meinte Aslan.

„Hat sich etwas finden lassen, das man mit Benzin in Verbindung bringen könnte?"

„Nein."

„Wart ihr schon im Keller?"

„Zwei Mann sind unten. Es gibt nur einen kleinen Verschlag für jede Mietpartei. In Strohms Kammer stehen einige gelbe Säcke, mehr nicht."

„Lässt du sie öffnen?"

„Ist schon im Gange. Ich war gerade unten. Bis jetzt ist nichts Bemerkenswertes aufgetaucht. Nur verschimmelte Dosen. Mit so einem Fraß könnte ich nicht überleben."

„Lässt sich anhand der Geruchskonzentration bestimmen, wie viel Benzin im Schrank war?"

„Nicht direkt." Aslan hob die Schultern. „Ein kleiner Fleck Terpentin zum Beispiel hat weniger intensiven Geruch wie eine größere Lache. Ich würde sagen, dass eine ganze Menge Benzin hier war, aber wie viel genau, ist schwer abzuschätzen. Es kann nicht lange dort gelagert haben."

„Wieso?"

„Der Geruch war noch nicht nach außen gedrungen. Wir rochen es erst, als der Hund anschlug und wir den Schrank öffneten. Ich schätze, Strohm hat vor kurzem Benzin besorgt, hier abgestellt und relativ schnell wieder herausgeholt."

Horst Engel stand im Eingang der Küche und hatte die Hände in der Hosentasche. „Will er vielleicht etwas in Brand stecken?“

„Den Gedanken hatte ich auch gerade“, sagte Finn. „Ein großes Feuer wäre spektakulär genug, um abzutreten.“

Aslan wiegelte ab. „Versteif dich nicht auf deine Theorien, Nordmann. Es könnte einen ganz anderen Grund haben.“

Finn stand auf. Seine Gelenke knackten.

„Sicher?“

„Du bist davon überzeugt?“

Steinmann holte tief Luft. „Es würde ganz gut passen. Das Strohbärkostüm wird verbrannt, wenn es nicht mehr gebraucht wird. Die Menschen früherer Zeiten sahen es als Ende des Winters an, als Verbannung von Frost und Kälte. Es war ein Symbol, damit bessere Zeiten kommen konnten. Eine Einladung an den Sonnengott, wenn du so willst. Gleichzeitig briet man die Eier und den Speck und feierte den Sieg über die kalte Jahreszeit. Ein altes Volksfest. Es passt zu der Symbolik, die der Strohbär bisher benutzt hat. Er bringt es jetzt zu Ende.“

Aslan wurde blass. Er griff zur Kühlschranktür und zog sie langsam auf.

„Ich hatte es vorhin schon erwähnt, aber jetzt bekommt es etwas mehr Gewicht. Ich dachte, es wäre bedeutungslos.“

Finn betrachtete den Inhalt des Kühlschrankes. Eisige Schauer überliefen ihn. Ein Kloß bildete sich in seinem Hals. Er wurde den Eindruck nicht los, gelenkt zu werden.

Der Strohbär stieß die Ermittler mit der Nase auf seine Spur.

Der Kühlschrank war leer, bis auf zwei tragbare Korbschalen, die genau im mittleren Fach standen.

In dem einen Korb lagen Eier.

In dem anderen ein großer Streifen Speck.

28.

„Wir sind unter Druck“, erklärte Finn den Polizisten, die sich im Besprechungsraum eingefunden hatten. Es dämmerte bereits. „Inzwischen wissen wir, dass nur einer der Mörder von Tim Scherer noch am Leben ist: Helmut Strohm, unser heißester Kandidat auf den Titel des Strohbären.“

Finn trank einen Schluck Wasser und wartete auf Zwischenfragen. Es kamen keine. Er blickte über den Glasrand und zählte stumm die Beamten, die ihn gespannt ansahen. Es waren fünfundzwanzig.

„Wir fanden deutliche Hinweise auf das weitere Vorhaben Strohms. Es sieht so aus, als wolle er sich verbrennen. Sein Vater verlor einst die Bäckerei durch ein großes Feuer. Es wäre also die passende Symbolik für den letzten Akt. Das können und wollen wir nicht zulassen. Er muss zur Rechenschaft gezogen werden, sonst haben wir einen Märtyrer in Idar-Oberstein. Was bleibt, ist die Frage nach dem Schauplatz, den er sich für sein Finale ausgesucht hat.“

„Es wird ein besonderer Ort sein“, warf Herbert Lanzinger ein. Auf seiner Stirn klebte ein großes Pflaster.

„Etwas Unverwechselbares“, ergänzte Frank Müller.

„Da sind wir uns alle einig“, sagte Finn. „Er tritt nicht ohne Signalwirkung ab. Er will die große Bühne. Alle seine bisherigen Taten schließen darauf zurück. Aber er macht es uns schwer. Ich sprach bereits mit einigen Sendeanstalten – es ging keine geheimnisvolle Post ein. Wir sind also gezwungen, ihn zu suchen.“

„Die Nadel im Heuhaufen“, sagte jemand.

„So ist es leider“, bedauerte Finn. „Wir haben keine andere Wahl. Ich will sämtliche Wagen auf Streife haben. Nur ein Auto bleibt hier. Wir müssen das Risiko eingehen. Haltet die Augen offen. Achtet auf seltsame Begebenheiten, vor allem auf hohen Dächern oder weitläufigen Plätzen. Schaut nach einem alten, roten Golf. Da wir nicht wissen, für wann er seinen Abgang geplant hat, könnte es sein, dass heute nichts passiert. Dann geht es morgen eben weiter."

In manchen Gesichtern war abzulesen, was von diesem Vorgehen gehalten wurde. Der Strohbär war nun in der Lage, die Polizei völlig auszulaugen. Wenn er Geduld bewies, würden die Streifentrupps mit jedem Tag müder und unaufmerksamer werden. Verstärkung aus umliegenden Bezirken musste angefordert werden, was die Polizeiarbeit in der gesamten Region schwächen würde.

„Noch etwas", sagte Finn. „Denkt an die Ereignisse in Birkenfeld und an das, was wir von Dr. Neisinger wissen. Strohm putscht sich mit harten Steroiden auf. Er ist aggressiv, schnell und absolut unberechenbar. Er trägt eine Waffe. Er ist größer und stärker als jeder einzelne von uns. Er kann sich mit seinem Sichtgerät in dunklen Bereichen bestens orientieren. Es ist ein kleines Wunder, dass bei unserer Verfolgungsjagd niemand getötet wurde. Seid also vorsichtig. Niemand unternimmt etwas, ohne sich vorher zu melden."

Finn verteilte ein Bild, das mit Hilfe der Aussagen von Christian Schultz und den alten Fotos erstellt worden war. Es zeigte einen finster blickenden Mann mit Halbglatze.

„Am besten rufen wir Klaus Frankenstein an", sagte Horst Engel. „Dann haben wir wenigstens jemanden mit gleicher Größe."

Finn lachte hart auf. „Klaus hat sich heute Morgen gemeldet. Er liegt mit hohem Fieber im Bett und kotzt sich die Seele aus dem Leib. Strohm würde mit ihm den Boden aufwischen."

Steinmann sah seine Leute ernst an. „Hat noch jemand Fragen?"

Fünf Minuten später rollte der Dauereinsatz an.

Die einbrechende Nacht kroch wie eine unheilvolle Wolke über Idar-Oberstein hinweg. Während die Stadt ihrem gewohnten Rhythmus nur zögernd folgte, fuhr die Polizeiinspektion Idar-Oberstein den größten Streifeneinsatz ihrer Geschichte. Es dauerte nicht lange, bis die ersten verunsicherten Bürger auf der Wache anriefen, um nach dem Grund für die hohe Präsenz zu fragen. Die Zentrale war angewiesen, einfache Ausreden zu benutzen. Drei Mordfälle innerhalb weniger Tage hinterließen Angst und Schrecken in den Straßen.

Auch wenn längst das Gerücht umging, der Strohbär suche sich nur Frauen- und Kinderschänder, zogen viele Menschen furchtsam die Köpfe ein, wenn sie in der Dunkelheit unterwegs waren. In den kleinen Kneipen der Stadt saßen nur wenige Gäste und der Einzelhandel musste starke Umsatzeinbrüche nach Einsetzen der Dämmerung hinnehmen.

Der Strohbär hatte es geschafft. Die ganze Stadt sprach von nichts anderem. Er war innerhalb kürzester Zeit zu einem Symbol der Gewalt geworden, einem Superschurken, wie man sie sonst nur aus amerikanischen Filmen kennt.

Mancherorts sah man ihn allerdings als unbarmherzigen Rächer an. Ein Held, der Taten ausführte, von denen andere nur flüsternd sprachen.

Leichter Nieselregen hatte um viertel vor neun eingesetzt. Zu diesem Zeitpunkt drehte sich das große Streifenwagenkarussell der Inspektion bereits seit fünf Stunden. Die Gesichter hinter den Frontscheiben waren müde. Die Zentrale hatte mehrere Meldungen über Verdachtsmomente vorliegen, die sich jedoch als unzutreffend herausgestellt hatten.

Viele markante Punkte der Stadt waren bereits untersucht worden. Die Felsenkirche, das Schloss, der Bismarckturm, die beiden Fußgängerzonen und die Weiherschleife wurden ständig kontrolliert. Die Liste der wichtigen Orte wuchs stetig an. Drei Kasernen, wovon eine stillgelegt war, ein kleines, wunderschön angelegtes Naturbad, mehrere Sportplätze, ein großes Stadttheater, eine Kleinkunstbühne, zwei große Discotheken, die riesige

Edelsteinbörse und andere Örtlichkeiten, die für ein Feuer in Frage kommen mochten.

Finn saß in der Zentrale und notierte die Uhrzeiten, zu denen die Überprüfungsmeldungen eintrafen. Die Routen waren so gewählt, dass im Abstand von zehn Minuten jeder Punkt mindestens einmal angefahren wurde. Es waren sogar Privatfahrzeuge unterwegs, da die Streifenwagen nicht ausreichten.

Die Feuerwehren der Stadt und ihrer umliegenden Dörfer waren vorab in Kenntnis gesetzt worden, dass eine mögliche Brandstiftung bevorstand. Auch dort hielten sich schon Alarmbesetzungen bereit.

‚Wenn ich mich irre', dachte Finn, ‚macht man mich einen Kopf kürzer.'

Er ging ein hohes Risiko ein, aber seine Nase sagte ihm, dass er richtig lag. Der Mann, den sie suchten, hatte Idar-Oberstein für den finalen Akt erwählt, dessen war er sich sicher. Er hatte die Ermordeten nach dem Wohnort sortiert. Nur Brückner, der in Birkenfeld gelebt hatte, war auch dort gestorben. Strohm würde sich in der Edelsteinmetropole richten. Der letzte Auftritt des Strohbären rückte näher.

Es war kurz vor Mitternacht. Herbert Lanzinger und Frank Müller fuhren erneut an der Inspektion in Richtung Idar vorbei.

„Zwölf", sagte Müller und gähnte.

„Ich kann dich gut leiden, Frank", fluchte Lanzinger, „aber wenn du noch einmal zählst, wie oft wir die Wache passieren, werfe ich dich aus dem Auto. Du machst mich wahnsinnig."

„Du bist schon wahnsinnig, Herbert. Ich kann dir ansehen, dass du Kopfschmerzen hast. Wieso hast du dich diensttauglich schreiben lassen?"

„Weil ich mit dem Mistkerl noch eine Rechnung zu begleichen habe. Er hat auf mich geschossen, Frank. Auf mich geschossen! Ich habe Frau und Kinder, und dieser Penner erdreistet sich, mir das Leben nehmen zu wollen? Nichts und niemand auf diesem Planeten hat das Recht dazu."

Der Kombi erreichte das Verwaltungsgebäude des Energieversorgers der Stadt. Lanzinger verringerte die Geschwindigkeit und hielt am Straßenrand an.

„Auf ein Neues", sagte Müller und stieg aus.

Der Regen war stärker geworden. Ein grauer Vorhang wehte an den Straßenlaternen vorbei und nässte die beiden Oberkommissare nach wenigen Schritten ein. Sie prüften die Zugänge des modernen Bauwerks und leuchteten mit den Lampen durch die Fenster. Ein Auto fuhr in Richtung Idar. Herbert Lanzinger wandte sich kurz um und sah jugendliche Gesichter, die neugierig durch die Scheiben blickten.

„Weiter geht's", sagte Frank Müller und winkte seinem Kollegen mit der Lampe.

Lanzinger sah an der Fassade hoch und lief über die Straße zum Streifenwagen zurück. Müller saß schon hinter dem Steuer und gab eine Klarmeldung an die Zentrale durch.

„Heute Nacht wird nicht ein einziges Verbrechen geschehen", sagte Lanzinger und schüttelte Wasser von seiner Mütze ab.

„Was bei unserer Präsenz kein Wunder ist. Hoffentlich kommt niemand auf die Idee, diese Streifenwagenorgie dauerhaft zu installieren."

„Es würde die Verbrechensrate drastisch senken", sagte Müller.

„Es würde die Scheidungsrate bei Polizisten drastisch erhöhen", ergänzte Herbert Lanzinger und sah aus dem Fenster.

Frank Müller startete den Motor und lenkte den Wagen zurück auf die Fahrbahn. Sie passierten das größte Hotel der Stadt. Er drosselte die Geschwindigkeit und ließ seinen Blick über das erst vor wenigen Jahren renovierte Gebäude schweifen. Der Parkplatz war zur Hälfte belegt. Unwahrscheinlich, dass dort ein Killer unbemerkt ein Feuer legen konnte.

Der nächste Checkpoint war die Börse, welche von dem Hotel etwa einen Kilometer entfernt lag. Auf dem Weg dorthin säumten einige Geschäfte und Edelsteinhandlungen die Hauptstraße. Der Kombi rollte gemächlich durch Idar. Stellenweise fuhr Müller nur Schritttempo, und Lanzinger leuchtete mit der Stablampe die Häuserzeilen ab. Gegenüber der Börse stoppte Müller an einer Bushaltestelle. Das Areal war hier sehr offen. Der Regen prasselte ungehindert auf den Boden.

Die Polizisten schwangen sich aus dem Wagen und liefen zum Fuß der Börse. Die Schuhe schmatzten auf dem Straßenbelag, auf dem sich ein dünner Wasserfilm gebildet hatte.

„Hoffentlich gibt es keinen plötzlichen Kälteeinbruch", rief Herbert Lanzinger gegen das Rauschen. „Wir hatten genug Eis in dieser Woche."

Müller nickte stumm und hielt seine Mütze fest. Unter den Vorbauten der Börse waren sie vor dem Regen besser geschützt. An manchen Stellen fanden sich trockene Flächen.

Die Edelsteinbörse von Idar-Oberstein ist ein grünlich grauer, unästhetischer Betontower, der eher nach Frankfurt denn in eine Hunsrücker Kleinstadt passt. Das Dach ziert ein Aufbau, auf dessen Spitze eine große, blauweiße Edelsteinsilhouette steht, die sofort an die klassische Diamantform erinnert.

Die Börse stand immer noch leer, war aber vor über zwei Jahren an ein Berliner Konsortium verkauft worden. Mannigfaltige Umbauten waren im Gange, um diesen einundzwanzig Stockwerke messenden Büroturm für Mietparteien interessant zu gestalten. Das Hotel und auch das Restaurant sollten wieder genutzt werden. Mit dem Dach hatte man die spektakulärste Veränderung vor: Ein Wellnesstempel mit Sauna, Grünbepflanzung und Sonnenterasse würde dort entstehen. Derzeit stand ein Baugerüst auf dem Dach.

Von dem angrenzenden Verkehrskreisel mit seiner stilisierten Weltkugel hatte man einen imposanten Blick auf die Börse, welche im Moment durch Dunkelheit und Regen nur als Silhouette erkennbar war.

Die beiden Polizisten umgingen den mächtigen Fuß des Towers und leuchteten jeden sichtbaren Winkel aus. Die Glasfronten boten gute Einsicht. Das kleine Bistro und die ehemalige Poststelle waren ruhig. Der Eingang des Hauptteiles der Börse, an den auch das Hotelfoyer angrenzte, zeigte für die Streifenpolizisten nichts Auffälliges.

Die beiden lösten sich wieder von der Börse und liefen über die Straße zum Wagen. Müller schloss hastig die Tür und sprang auf den Fahrersitz. Er sah nicht, dass sich Herbert Lanzinger plötzlich krümmte. Er bemerkte es erst, als sein Freund und Kollege nicht auf dem Beifahrersitz auftauchte.

„Komm schon, Dicker, steig endlich ein“, rief er.

Seine Stimme hallte dumpf im Fahrzeuginneren. Der Regen schlug einen konstanten Rhythmus auf das Dach des Kombis. Lanzinger rührte sich nicht.

„Herbert?“

Frank Müller wuchtete die Tür auf und stieg aus. Angst krampfte sein Herz zusammen. Lanzinger hätte die Warnungen der Ärzte nicht ignorieren sollen. Vielleicht hatte er doch mehr als nur eine kleine Schramme abbekommen.

Müller drehte sich um und blickte seinen Partner über das Dach des Wagens an. Lanzinger stand still im Regen. Wasser tropfte von seinem Mützenschirm herab und warf einen dunklen Schatten auf sein Gesicht. Man hätte ihn für eine Statue halten können.

„Herbert? Mensch, Alter, sag doch was!“

Keine Antwort. Müller lief um den Wagen und baute sich neben Lanzinger auf. Er musste sich ganz leicht bücken, um ihm ins Gesicht blicken zu können. Er wagte es nicht, seinen Freund und Kollegen zu berühren.

Lanzingers Gesicht war eine starre Maske. Er atmete nicht oder nur ganz flach. Seine Augen wirkten glasig, milchig, als habe sich sein Schleier vorgeschoben. Auf Müllers Rücken zog sich die Haut derart zusammen, dass es fast schon schmerzte.

Unvermutet löste sich die steife Maske, und Lanzinger blickte müde um sich. Müller überlegte, ob er sich vielleicht geirrt hatte. Vielleicht war überhaupt nichts gewesen. Es war eine angespannte Situation.

„Alles okay mit dir?“, wollte er wissen.

„Ja“, antwortete Lanzinger. „Wir sollten noch mal um die Börse gehen.“

„Wir haben sie doch schon gecheckt. Lass uns weiterfahren. Wir werden nass.“

„Frank“, sagte Lanzinger merkwürdig hohl, „nur noch ein Mal. Bitte.“

Müller sah seinen Kollegen vier lange Sekunden an. Dann nickte er. „In Ordnung, Herbert.“

„Nimm die Maschinenpistole mit.“

„Was?“

„Frag nicht, nimm sie einfach mit. Hast du die Kevlarweste unter der Jacke?“

„Ja.“

„Gut. Jetzt komm.“

Lanzinger hastete durch den Regen zur Börse zurück. Seine Glatze juckte. Er war versucht, seine Mütze abzunehmen und kräftig zu kratzen.

Lanzinger umschlich erneut den Umriss des Gebäudes und leuchtete noch genauer als vorher die dunkelsten Ecken aus. Frank Müller ging hinter ihm her. Lanzingers Haltung erinnerte ihn an einen Spürhund, zwar korpulent, aber unverkennbar mit einer aufgenommenen Fährte beschäftigt. Müllers Finger lag lang am Abzug der Maschinenpistole. Er wusste, Lanzingers Nase zu misstrauen konnte im Extremfall tödlich sein.

Die beiden stiegen die Treppe hinauf, die zu dem Hoteleingang führte. Im Foyer waren Fahrstuhlkabinen, mit denen man bis unters Dach gelangte. Lanzinger ging seltsam staksig an den Glasfenstern vorbei. Er blieb mit verengten Augenschlitzen vor dem Eingang stehen.

„Hier waren wir schon“, sagte Frank Müller.

Lanzinger antwortete nicht. Er legte die Hand auf die Tür. „Wir haben nicht geprüft, ob sie sich öffnen lässt“, sagte er dann und zog die Tür mit einem kräftigen Ruck auf.

„Scheiße“, fluchte Müller. „Scheiße.“

„Das muss noch nichts bedeuten“, meinte Lanzinger flüsternd.

„Wir müssen uns vergewissern, dass er nicht hier ist.“

„Warte“, sagte Müller und hob die Hand. „Ich melde uns bei Finn ab.“

Er griff in die Tasche und zog das Mobiltelefon heraus. Der Empfang war schlecht bei diesem Wetter. Vielleicht hatte ein Sendemast Schaden genommen.

„Steinmann.“

„Frank Müller hier. Finn, wir sind an der Edelsteinbörse und haben einen unverschlossenen Eingang gefunden. Wir sehen nach dem Rechten und melden uns, sobald wir mehr wissen.“

„Ich kann dich kaum verstehen. Wo ist der Zugang?“

„Es ist die Tür zum alten Merian-Hotel. Sie müsste eigentlich abgesperrt sein.“

„Gebt sofort Bescheid, wenn ihr etwas findet.“

„Verstanden.“

Müller steckte das Handy wieder in die Tasche.

„Also los“, knurrte er.

Lanzingers Augen waren riesengroß.

29.

Der Boden des Foyers dämpfte die Schritte der Polizisten ab. Sie bewegten sich leise durch den Raum. Nur die Atemgeräusche waren zu hören.

Die Strahlen der Stablampen wanderten über dunkles Holz und eine unscheinbar wirkende Rezeption, hinter der ein amerikanischer Rentner lange Jahre gesessen hatte. Der Mann war sogar Trainer eines American Football Teams gewesen. Herbert Lanzinger erinnerte sich an ihn und auch an die Einsätze, die sie hier gehabt hatten. Ab einer gewissen Größe gab es in jedem Hotel irgendwann Gäste, die Einrichtungen demolierten und Randale machten.

Vom Foyer gelangte man mittels des Fahrstuhles auch zu dem Restaurant, welches im asiatischen Stil eingerichtet war. Die letzten Pächter waren angeblich in einer Nacht- und Nebelaktion verschwunden.

„Fällt dir etwas auf?“, wollte Frank Müller wissen.

„Nein. Lass uns den Fahrstuhl prüfen. Er müsste eigentlich aktiv sein.“

Müller schwenkte seine Lampe durch den Raum, während Lanzinger den Rufen-Knopf des Fahrstuhles betätigte. Er drehte sich triumphierend um, als der milchig weiße Button aufleuchtete.

„In welchen Stock willst du?“, fragte Müller.

Lanzinger sah ihn an. „Wo würde ein Feuer wohl am meisten Eindruck schinden?“

Müller nickte verstehend. „Auf dem Dach natürlich. Drei Stadtteile würden die Flammensäule sehen.“

Es bimmelte leise, dann glitt die Fahrstuhltür auf. Die Kabine war beleuchtet. Frank Müllers Blick saugte sich an dunklen Fußabdrücken fest, die sich auf dem dünnen Teppich befanden. Er hätte seine Schuhe zweimal daneben stellen können.

Lanzinger bückte sich und presste den Finger auf einen der Abdrücke.

„Kalt und nass“, sagte er. „Die Spuren sind frisch. Dieser Fahrstuhl wurde vor kurzem benutzt.“

Müller sah rasch auf das Handy. Der Empfang war hier drinnen noch schlechter als draußen.

„Wenn wir hochfahren und auf den Strohbär stoßen, kann ich Finn vielleicht nicht informieren. Die Tür geht oben auf und wir stehen direkt im Licht. Der Rest der Börse ist dunkel. Wir geben eine prima Zielscheibe ab. Es ist riskant.“

Lanzinger überlegte einen Moment. Dann stellte er sich in die Kabine und drehte seine Lampe herum.

„Dieser Fahrstuhl hat eine defekte Beleuchtung“, sagte er und hämmerte das harte Gehäuse seiner Lampe gegen das Glas des Oberlichtes.

„Bist du bescheuert oder …“, fauchte Müller, aber da schlug sein Kollege noch einmal zu.

Glas splitterte, Funken flogen, dann flackerte die Kabinenbeleuchtung und ging aus.

„Jetzt sind wir keine Zielscheibe mehr“, sagte Lanzinger.

„Du hast doch einen an der Klatsche“, fluchte Müller. „Dafür wird man uns zur Rechenschaft ziehen!“

„Nein, Frank. Man hängt uns einen Orden um den Hals. Er ist hier. Ich kann ihn riechen.“

Der Oberkommissar sah ihn zweifelnd an.

„Vertrau mir“, flüsterte Lanzinger beschwörend und zog Müller zu sich in die Kabine. „Halt dein Handy bereit. Wir gehen auf Bärenjagd.“

Finn saß in der Zentrale über ein Blatt Papier gebeugt. Ständig trafen Meldungen ein. Bisweilen war es schwierig, sie aufzunotieren, denn kaum hatte man eine erhalten, klingelte auch schon wieder das Telefon oder das Funkgerät sprang plärrend an. Horst Engel unterstützte Steinmann und sortierte die Meldungen. Es half, die Fahrten zu koordinieren. Die letzte Meldung war von der Felsenkirche gekommen. Alles ruhig.

Engel öffnete den Mund, um etwas zu sagen, da klingelte das Telefon erneut. Finn nahm den Hörer ab.

„Polizeiinspektion Idar-Oberstein, Steinmann."

„Guten Abend", knarrte eine verzerrte Stimme. „Es ist Zeit für das Ende. Die Gerechtigkeit hat obsiegt."

Finn stand auf. Sein Herz beschleunigte seinen Rhythmus. Er zögerte einen Moment und fuhr sich mit der Hand über die Stirn.

„Tun Sie es nicht, Herr Strohm", sagte er langsam. „Sie erreichen mehr, wenn Sie sich stellen."

„Sehr schön, Hauptkommissar. Ihr habt den letzten Namen herausgefunden, noch bevor ihr die dazugehörige Leiche habt. Das bedeutet, Ihr versteht die Geschichte jetzt."

„Ja. Wir wissen um Tim Scherer, wir haben herausgefunden, was ihm angetan wurde. Und wir konnten ermitteln, wie die Mörder gedeckt wurden."

Finn sprach ganz bewusst nicht davon, dass Strohm einer der Mörder von damals war. Er wollte ihn nicht reizen.

„Eine Schande, nicht wahr?", krächzte der Roboter am anderen Ende.

„Sie müssen das nicht tun, Herr Strohm. Es besteht kein Grund mehr dafür. Wir geben alles an die Presse. Der Mord an Tim ist aufgeklärt und wird zu den Akten gelegt. Wenn Sie sich stellen, muss niemand mehr leiden. In Mohnweiler wird man wieder lachen."

„Es ist mir egal, ob in diesem verschissenen Dorf jemals wieder gelacht wird", knurrte der Strohbär mit seiner Blechstimme. „Letztlich werden Sie eine ganze Menge Leute finden, die Ihnen hinter vorgehaltener Hand die Namen der Mörder zuflüstern werden."

„Schon möglich", entgegnete Finn. Er hatte Angst, das Gespräch könnte ihm entgleiten. „Was hat diese Reue bei Ihnen ausgelöst, Herr Strohm? Warum tun Sie dies nach beinahe drei Jahrzehnten?“

Ein mechanisches Kichern bohrte sich durch die Ohrmuschel direkt in Finns Gehirn. Es war ein kreischendes Geräusch, fast wie ein Nagel, der über eine Schieferplatte gezogen wurde. Der Mann, mit dem er sprach, war unzweifelhaft wahnsinnig. Ein solch irres Gelächter konnte von keinem gesunden Verstand kommen.

Die Verbindung brach plötzlich ab. Finn stand in der Zentrale und hielt den Hörer umklammert. Er hatte nichts von dem Strohbär erfahren können.

„Hat er gesagt, wo er steckt?“, fragte Engel.

„Nein. Aber jetzt haben wir die Bestätigung, dass er heute Nacht aktiv werden wird. Wir müssen alle Streifen darüber informieren. Die Jungs müssen wachsam sein.“

Das Telefon klingelte.

Die Fahrstuhltür schob sich mit rollendem Klang auf. Ein wenig zu laut für Frank Müllers Geschmack. Er hielt die Maschinenpistole direkt vor sich und zielte mit bebenden Lippen auf ... nichts.

Der Vorraum des Restaurants lag finster vor den beiden Polizisten, die vorsorglich ihre Lampen ausgeschaltet hatten. Lanzinger lugte aus der Kabine hervor und versuchte, in der Dunkelheit etwas ausfindig zu machen.

„Der Penner könnte ganz gemütlich in einer Ecke sitzen und uns mit seinem verdammten Nachtsichtgerät ins Visier nehmen“, flüsterte Müller.

„Ja“, sagte Lanzinger. „Die Luft ist aber rein – glaube ich. Ich kann mich erinnern, dass es durch eine Schwingtür ins eigentliche Restaurant geht. Seitlich vom Fahrstuhl führt eine Tür ins Treppenhaus. Dort müssen wir hin.“

Lanzinger schlüpfte gebückt aus der Kabine. Frank Müller schwenkte mit der Maschinenpistole den Bereich ab und deckte den Rücken seines Streifenpartners.

„Die Tür ist offen", murmelte Lanzinger.

„Warte", sagte Frank Müller und stellte sich hinter ihm auf. „Bück dich, wenn du sie aufziehst. Ich ziele über dich hinweg."

‚Ich kann überhaupt nichts erkennen', fluchte er in Gedanken.

Die Tür quietschte nicht, als Lanzinger sie langsam aufzog. Im Treppenschacht herrschte absolute Dunkelheit. Eine Schwärze, die alles Licht und jeden Laut verschluckte. Frank Müller hörte sein Herz überlaut klopfen. Er spürte mehr, als dass er sah, wie Lanzinger sich bewegte.

Rasch legte er seinem Kollegen die Hand auf die Schulter. „Ich gehe vor", sagte er.

„Alles klar."

Müller trat ins Treppenhaus, durch das ein schwacher Aufwind wehte. Er fühlte den Luftzug auf den Wangen, die vom Regen eiskalt geworden waren. Er setzte vorsichtig einen Fuß vor den anderen und ging in die Hocke. Nach einer Weile gewöhnten sich seine Augen an die Dunkelheit.

Die beiden Polizisten stellten fest, dass der Schacht nicht völlig finster war. Von oben drang diffuses Licht ins Treppenhaus und erlaubte eine gewisse Orientierung.

„Wir gehen hoch", flüsterte Lanzinger.

Frank Müller verstand ihn kaum noch. Er wurde immer leiser, als fürchte er einen zweiten Zuhörer in der Nähe.

Lanzinger und Müller schlichen die Stufen in die Höhe.

Ein Stockwerk, leise.

Zwei Stockwerke, leise.

Dann hörten sie die seltsame Stimme. Sie kicherte.

„Steinmann."

„Kommissar Peters hier." Es knackte im Hörer. „Finn, wir sind an der Börse. An der Bushaltestelle steht ein Streifenwagen. Sind wir zu schnell oder tut sich hier etwas?"

„Ich weiß es nicht. Herbert und Frank untersuchen die Börse. Ich warte noch auf ihre Rückmeldung. Fahrt weiter, sonst entsteht eine zu große Lücke in der Kette."

Peters zögerte. „Finn … hatte Herbert … hm … ich meine … irgendwie … eine Vermutung … oder …“

Steinmann machte mit dem Stift einen Punkt auf das Papier. Er dachte in diesem Moment daran, dass Lanzinger als „Orakel“ bezeichnet wurde.

Du hältst mich manchmal für seltsam, nicht wahr, Finn?

Nein, Großmutter.

Doch, das tust du. Ich kann es dir ansehen. Jedes Mal, wenn ich ein Unwetter ankündige, schneidest du eine Grimasse. Du wirkst immer sehr überrascht, wenn dann tatsächlich ein Platzregen auf deinem Kopf landet. Finde dich einfach damit ab, dass es Menschen gibt, die feinere Sinne als du haben.

Ja, Großmutter.

Ich möchte dir etwas sagen, etwas, das ich noch nie jemandem erzählt habe. In der Nacht, in der mein geliebter Mann – dein Großvater – starb, schlief ich keine einzige Sekunde. Ich schwitzte, als hätte ich hohes Fieber, wand mich im Bett hin und her wie eine Schlange, die ihre alte Haut abstoßen will. Als dann die Schutzmänner morgens an der Tür klingelten, wusste ich schon, welche Kunde sie mir zu bringen gedachten. Ich habe es gespürt, weißt du?

„Finn? Bist du noch dran?“

Steinmann schüttelte sich. Das Bild seiner Oma verblasste.

„Ja … ich habe nur überlegt.“

„Sollen wir weiterfahren?“

Finn dachte an seine Großmutter und lächelte.

„Nein. Ihr wartet auf meinen Rückruf.“

„Verstanden. Wir warten.“

Peters legte auf. Horst Engel blickte mit forschender Miene in Finns Gesicht.

„Alles in Ordnung mit dir? Du warst irgendwie … abwesend.“

„Ich bin okay. Mir ist nur etwas fast Vergessenes wieder eingefallen.“

Das Telefon klingelte.

Frank Müller wagte nicht mehr zu atmen. Er fürchtete, das metallene Monstrum, welches über ihnen sein unmenschliches Kichern ausstieß, würde ihn hören.

Regungslos verharrten die Polizisten auf der Treppe. Sie hörten schwere Schritte und ein leises Rascheln, als ob jemand mit einem Besen arbeiten würde. Es roch plötzlich intensiv nach Stroh.

‚Da oben geht ein Zwei-Meter-Strohbär mit einem Nachtsichtgerät herum und fegt den Boden', dachte Müller und fühlte, wie sich höhnisches Gelächter in seinem Kehlkopf zusammenbrauen wollte.

Eine Tür ging auf, das Stakkatoprasseln des Regens wurde hörbar, dann fiel die Tür wieder ins Schloss.

„Ich glaube, er ist weg", raunte Lanzinger. „Ruf sofort die Wache an!"

Müller nickte, obwohl sein Kollege die Bewegung wahrscheinlich nicht sehen konnte. Er zerrte das Handy aus der Tasche und löste die Tastatursperre. Das Display leuchtete auf. Er zuckte zusammen, aber es erfolgte kein unerwarteter Angriff von oben.

Müller wählte die Wache an. Der Empfang war miserabel. Das Unwetter beeinflusste irgendwie das Mobilnetz. Er sah nur einen Balken in der Anzeige, dann überhaupt keinen, und kurzfristig stand sogar „Netzsuche" auf dem Bildschirm. Er dachte daran, ein Stockwerk höher zu steigen, aber dann konnte ihn der Strohbär womöglich hören. Endlich klappte die Verbindung. Das Freizeichen ertönte.

„Steinmann ... Hallo? ... Wer spricht da?"

„...ler ... Bör ... Her ... llo?"

„Ich höre Sie ganz schlecht. Falls Sie mich gut verstehen können, wiederholen Sie Ihre Worte bitte mehrmals."

Einige Sekunden knackte es im Hörer, dann brach die Leitung zusammen.

„Mist", knurrte Finn und legte auf.

Das Telefon klingelte.
„Steinmann ... Hallo? ... Verdammt!"
„... ler ... Mü ... Müller ... bert ... erbe ... Herbert ..."
„Frank? Bist du das? Seid ihr noch in der Börse?"
Stille. Dann: „ ... aa ... jaa ... jaa ..."
„Habt ihr etwas entdeckt?"
„... oh ... Str ... ier ... hier ..."
Es knackte und schepperte. Steinmann ballte die Fäuste.
„Wiederhole die letzten Worte noch einmal. Ich habe dich nicht verstanden."
„... ohbä ... Str ... Strohbär ... hi ... hier..."
Finn stand ruckartig auf. „Der Strohbär ist in der Börse?"
„... aa ... jaa ... jaa ..."
„Bleibt, wo ihr seid. Wir kommen! Er ist zu gefährlich, um sich ihm allein entgegenzustellen! Hast du mich verstanden?"
Im Hörer gab es ein Geräusch, als wäre eine Granate explodiert. Dann brach die Verbindung wieder ab.
„So ein gottverfluchter Shiet! Ick heff soun Hols!", brüllte Finn und hieb mit der Faust auf den Tisch. „Horst, ruf alle Streifenwagen zur Börse. Alarmiere vorsorglich auch die Feuerwehr und das Krankenhaus. Kümmere dich um den Informationsfluss."
„Geht klar, Finn."
Der Hauptkommissar griff nach seiner Jacke und rannte aus der Zentrale. Er hörte, wie Engel zum Funkgerät griff und die Einsatzkoordination übernahm.
Finn lief zum Bereitschaftsraum. Zwei Schutzpolizisten, ein Mann und eine Frau, saßen dort bei einer Tasse Kaffee und hörten Nachrichten. Die beiden sahen auf, als der Leiter in der Tür auftauchte. Steinmann kannte sie nicht.
Er deutete auf den Mann. „Holen Sie sofort Ihre Schutzweste und kommen Sie auf den Parkplatz. Wir fahren mit meinem Auto zur Edelsteinbörse. Schnell!"
Der Polizist erhob sich sofort und drückte sich an Finn vorbei. Der Hauptkommissar wandte sich an die Frau. „Horst Engel braucht in der Zentrale Unterstützung."

Sie erhob sich nickend und ging mit schnellen Schritten zu ihrem Kollegen von der Kripo. Finn prüfte seine Ausrüstung und stürzte aus dem Ausgang der Inspektion zu seinem Wagen. Für die kurze Strecke bis zur Börse brauchte er den Polizeikombi nicht, außerdem wollte er die Wache nicht unbeweglich machen. Er schloss mit fliegenden Fingern sein Fahrzeug auf. Hinter ihm eilte der bullige Polizist heran.

„Hat eine der Streifen etwas entdeckt?“, fragte der Mann und stieg ein.

„Ja. Herbert Lanzinger hatte den richtigen Riecher.“

„Natürlich“, sagte der Polizist, als ob das etwas Selbstverständliches wäre.

Finn erinnerte sich, den Kollegen bei Lanzingers Grillfest gesehen zu haben. Er zündete den Motor und fuhr rasant vom Parkplatz auf die Straße. Der Regen bildete einen dichten Schleier auf der Frontscheibe. Finn schaltete den Wischer ein.

Als er das Hotel passierte, stotterte sein Auto unvermutet. Etwas knallte, und der Wagen ruckte sprunghaft nach vorwärts.

„Das darf doch nicht wahr sein!“, stöhnte Finn. „Lass mich jetzt nicht im Stich!“

„Ich glaube, Sie haben feuchte Zündkerzen“, sagte der Mann. „Vielleicht schaffen wir es noch bis zur Börse.“

Der Wagen spuckte erneut und rollte ohne Antrieb aus. Finn lenkte ihn an den Straßenrand und sprang aus der Tür.

„Dreckskarre!“, knurrte er und trat gegen die Felge.

Er war selbst schuld. Er hätte den Wagen schon längstens in eine Werkstatt schaffen müssen. Finn rief den Stadtplan in sein Gedächtnis und achtete nicht auf den Regen, der ihm in den Kragen lief. Hundert Meter weiter kam eine scharfe Kurve nach links, danach, so erinnerte er sich, folgte eine lange Gerade, an deren Ende der große Kreisel war. Dort stand auch die Börse.

„Ich kann gerne mal nachsehen“, rief der Polizist gegen das Rauschen, „aber ich glaube, wir sind schneller, wenn wir laufen.“

Finn nickte und trat noch einmal gegen sein Auto. In dem Haus hinter ihm öffnete sich ein Fenster. Ein Mann schob seinen Kopf durch die Öffnung. Er brüllte etwas im Idar-Obersteiner Platt. Steinmann verstand kein Wort.

„Was hat er gesagt?"

„Er meint, er ruft gleich die Polizei, wenn wir nicht von seiner Garageneinfahrt verschwinden", übersetzte der Schutzmann. „Erst heute Mittag hätte ein Wagen sein Grundstück blockiert."

„Entschuldigung", rief Finn und deutete auf seinen Begleiter. „Wir sind von der Polizei, wie Sie sehen. Wir haben eine Panne und müssen den Wagen stehen lassen. Sie könnten uns den Gefallen tun und auf der Wache anrufen. Das Auto ist dort bekannt. Man wird sich darum kümmern."

Der Mann starrte ihn ungläubig an, fluchte etwas und schloss das Fenster wieder.

„Was?", fragte Finn.

„Er meinte, dass er die Schnauze voll habe, aber ich glaube, er wird auf der Wache anrufen."

„Sagte er nicht noch etwas?"

„Er hat gefragt, warum so eine Scheiße immer ihm passiert."

Finn stockte. Die Worte des Mannes erklangen erneut in seinem Ohr. Etwas Ähnliches hatte auch der Krankenpfleger Christian Schultz gemurmelt, als sie ihn am Morgen aus dem Bett geklingelt hatten.

Finn riss sein Handy aus der Tasche und sprang zurück in den Wagen. Er wählte die gespeicherte Nummer des Krankenpflegers und öffnete gleichzeitig die Motorhaube seines Autos. Der Polizist starrte ihn einen Moment verständnislos an, beugte sich dann aber über den Motor. Finn sah nur noch die Beine.

„Schultz."

„Guten Abend. Hier ist Hauptkommissar Steinmann. Wir hatten miteinander gesprochen. Habe ich Sie geweckt?"

„Nein, ich bin im Krankenhaus. Sie sagten ja, ich solle mein Handy bei mir behalten."

„Als wir uns zum ersten Mal sahen, fragten Sie, was diese Scheiße schon wieder solle. Was meinten Sie damit?"

Schultz schwieg überrascht. Er hatte mit allen möglichen Fragen gerechnet, nur nicht mit dieser.

„Ich ärgerte mich über das Klingeln."

„Warum?"

„Kurz nachdem ich nach Hause gekommen war und gerade in den Schlaf gefunden hatte, wurde ich wieder geweckt. Es läutete plötzlich."

„Jemand klingelte mitten in der Nacht?"

„Ja."

„Wer?"

„Das weiß ich nicht. Ich stand auf und schaltete die Gegensprechanlage ein."

„Antwortete jemand?"

„Nein."

„Haben Sie im Treppenhaus nachgesehen?"

„Nein. Es ist ein altes Gebäude. Wir haben keine Lampen auf der Treppe. Nur die Klingelanlage ist neu. Mir war unwohl bei dem Gedanken, ohne Beleuchtung im Gang zu stehen. Also habe ich durch die Tür gelauscht."

„Haben Sie etwas gehört?"

„Nein."

„Wie lange brauchten Sie vom Bett bis zur Tür?"

„Länger als üblich. Ich stand etwas zu schnell aus dem Bett auf und verknackste mir den Fuß. Es dauerte eine Weile, bis ich den Schmerz unterdrücken konnte und zur Tür wankte."

Finn nickte. Schultz hatte gehinkt.

„Es wäre also möglich, dass jemand ins Haus eindrang, ohne dass Sie es bemerkten?"

Schultz zögerte. „Durchaus möglich."

Steinmann bedankte sich und wünschte dem Krankenpfleger einen ruhigen Dienst. Er legte auf und wählte sofort eine andere Nummer. Er wusste jetzt, was in dem Haus passiert war. Es hatte ihn am Morgen schon in Unruhe versetzt, aber zu viele andere Dinge waren in seinem Kopf herumgeschwirrt.

„Johnny?", sagte eine verschlafene Stimme.

„Nein. Hier ist nicht Johnny, sondern Hauptkommissar Steinmann. Entschuldigung für die späte Störung. Sie sind Claudia?“

„Ja“, sagte sie zögernd.

„Wir haben uns heute Morgen kurz im Hausgang getroffen. Erinnern Sie sich?“

Die junge Frau schnappte nach Luft.

„Ja, Sie ... schimpften wegen dem Türöffner.“

„Korrekt. Ich habe eine sehr wichtige Frage an Sie. Kann es sein, dass wir gestern nicht die ersten waren, denen Sie einfach die Tür geöffnet haben? War schon jemand vor uns an der Klingel?“

Sie schwieg. Finn hörte sie rasch atmen.

‚Volltreffer.‘

„Ja“, murmelte Claudia. „Es klingelte mitten in der Nacht, und ...“

„Sie dachten, es wäre Johnny?“

„Ja“, sagte sie und schluchzte.

„Haben Sie nachgesehen?“

„Natürlich. Ich hoffte ja, mein ... Freund ... käme endlich zurück.“

„Befand sich jemand im Hausgang?“

Sie zögerte. „Ich bin mir nicht ganz sicher, Herr Hauptkommissar. Ich hörte, wie die Tür bewegt wurde, aber als ich aus meiner Wohnung trat, konnte ich niemanden erkennen.“

‚Das reicht nicht‘, dachte Finn. ‚Ich brauche Gewissheit.‘

„Überlegen Sie genau, Claudia. Ist Ihnen irgendetwas aufgefallen?“

„Ich weiß nicht genau“, wisperte sie. „Ich dachte für einen Moment, ein kleines, grünes Licht schwebe vor mir hoch in der Luft.“

‚Großer Gott‘, dachte Finn entsetzt. ‚Sie stand direkt vor ihm. Er hätte sie töten können. Sie hat riesiges Glück gehabt.‘

„Ich hielt es für eine Einbildung und ging wieder ins Bett.“

„Danke für Ihre Hilfe. Gehen Sie schlafen. Gute Nacht.“

Finn versuchte, Lanzinger und Müller zu erreichen, aber er

erhielt keine Verbindung. Er sprang aus dem Wagen. Der Regen begrüßte ihn mit einem Schwall kalten Wassers. Der Schutzpolizist zuckte mit den Schultern.

„Ich kann nichts finden."

„Egal", sagte Finn schnell. „Mach die Motorhaube zu und komm. Dann müssen wir eben laufen."

Die beiden Beamten rannten durch den Regen. Nach wenigen Metern waren sie bereits in mehrere tiefe Pfützen getreten und hatten sich nasse Füße geholt. Steinmann bemerkte es nicht. Seine Gedanken drehten sich um die erschreckende Erkenntnis, die seine Anrufe gebracht hatten. Herbert Lanzinger und Frank Müller waren unter falschen Voraussetzungen in die Börse eingedrungen. Sie glaubten, einem Serienkiller auf der Spur zu sein, der sich selbst richten wollte.

‚Nein', dachte Finn. ‚Ich habe mich geirrt. Wie konnte ich nur so dumm sein?'

Im höchsten Gebäude der Stadt Idar-Oberstein versteckte sich kein einzelner Mann. Helmut Strohm war nicht der Mann, den sie suchten. Ein anderer hatte die Aufgabe übernommen, die vier Kindermörder zu töten. Er war noch vor der Polizei in Strohms Wohnung gewesen und hatte den einstigen Bandenchef mitgenommen. Der Grasjunkie konnte wahrscheinlich noch nicht einmal einen Sack Zement vom Boden aufheben. Wie der Killer eingedrungen war, ohne Spuren an der Tür zu hinterlassen, würde sich später zeigen.

Lanzinger und Müller steckten in einer Falle. Irgendwo in ihrer Nähe befand sich ein Steroidmonster, ein aufgeputschter Mörder, der die SOKO die ganze Zeit genarrt hatte.

Finn lief schneller. Der Regen wurde stärker.

30.

„Was hat er gesagt?“, fragte Lanzinger leise.

„Ich hab es nicht verstanden“, brummte Müller. „Die Verbindung ist kollabiert. Ich komme nicht mehr ins Netz. Scheiße.“

„Was machen wir jetzt? Hast du einen Vorschlag?“

Müller rückte seine Mütze zurecht. Sie war nass und schwer.

„Wir sind zu zweit. Und wir wissen, wie gefährlich er ist. Wir könnten ihn schnappen. Er hat keine Ahnung, dass wir hier sind. Die Überraschung wird auf unserer Seite sein.“

Lanzinger überlegte. „Wie lange wird Finn brauchen, bis er mit einer Einsatztruppe hier oben ist?“

Müller versuchte die Zeitspanne einzuschätzen. „Schwer zu sagen. Bestimmt mehr als zehn Minuten. Hast du eine andere Meinung?“

„Nein. Ich bin der gleichen Ansicht. Zehn Minuten sind viel zu viel Zeit für einen Verbrecher wie den Strohbär. Wir müssen ihn aufhalten.“

„Einverstanden“, sagte Müller fest und entsicherte die Maschinenpistole.

Die Oberkommissare stiegen weiter hoch. Nach zwei Stockwerken kamen sie an eine Tür, deren Schloss völlig zertrümmert war. Dahinter konnten sie den Regen hören, der gleichmäßig gegen die Tür hämmerte.

„Jetzt kommen wir aufs Dach“, sagte Lanzinger. „Zieh die Tür nur ein Stückchen auf und lass uns einen Blick riskieren.“

Müller legte die Hand auf den schwarzen Griff. Er holte tief Luft. Er spürte, wie ihm Wassertropfen am Rücken herunterliefen.

Oder war es Schweiß?

Müller zog ganz langsam an dem Griff. Die Feuerschutztür bewegte sich Millimeter um Millimeter vom Rahmen weg. Kalte Luft zog plötzlich von unten hoch und entwich durch den sich öffnenden Spalt. Die Luft drückte gegen die Tür, und Müller musste kämpfen, damit sie ihm nicht aus der Hand gerissen wurde. Dann war er über den toten Punkt hinweg und konnte sie weiter aufziehen.

Das Dach der Edelsteinbörse war eine unübersichtliche Baustelle. Gerüstbauer hatten hölzerne und metallene Konstruktionen aufgestellt, die noch nicht erahnen ließen, wie der Wellnessbereich einmal aussehen sollte. Überall standen Kisten und Container herum, die gegen Windböen und Regenfluten gesichert waren. In den Ablaufrinnen gluckerte Wasser, dennoch hatten sich Pfützen gebildet. Sie waren an den Stellen entstanden, wo sich die Decke abgesenkt hatte.

Frank Müller sagte sich, dass an diesem Ort kein Feuer Nahrung finden würde. Der Regen war kräftig genug, um jeder Flamme Einhalt zu gebieten. Nur im Inneren des Gebäudes wäre ein Feuer geschützt genug, um sich mit seiner wütenden Hitze durchs Mauerwerk fressen zu können.

Noch dazu waren die Lichtverhältnisse katastrophal. Da die Börse das höchste Gebäude der Umgebung darstellte, erreichte sie zwangsläufig kein Laternenlicht. Am Nachthimmel hing ein dunkler Vorhang und verbarg die Sterne. In der Ferne glimmten kleine, helle Punkte – die Lichter der Stadtteile Lay und Algenrodt.

„Wo ist er?“, raunte Lanzinger. „Kannst du jemanden sehen?“

„Nein.“

Die Polizisten getrauten sich nicht, die Stablampen zu benutzen. Sie warteten ein paar Minuten und beobachteten angestrengt das Dach. Lanzingers Augen brannten. Sein Kopf dröhnte. Müller atmete tief durch und ging gebückt auf die freie Fläche. Sofort schlugen unzählige Regentropfen auf seiner Kleidung ein. Es klang sehr laut für seine Ohren und schirmte ihn von anderen Geräuschen ab. Diesen Nachteil hatte aber auch der Strohbär – allerdings trug er zum Ausgleich einen Restlichtverstärker.

Oberkommissar Müller wandte sich um. Lanzinger schlüpfte aus der Tür und sah sich aufmerksam um. Er fror. An einem solchen Platz hatte er noch nie einem Verbrecher nachgestellt.

Ein Großteil der Gerüste war an den wuchtigen Aufbau angelehnt, der die Dachfläche praktisch in zwei Hälften teilte. Müller kauerte auf dem Boden und drehte sich auf den Fußspitzen langsam im Kreis. Seine Augen schmerzten, denn die Pupillen versuchten ständig, die Regentropfen zu fixieren. Er zwang sich jedoch, in die Ferne zu blicken, um den Strohbär aufzuspüren.

‚Wo steckt der Mistkerl?', fragte er sich.

Herbert Lanzinger stapfte an ihm vorbei. Er bewegte sich wie ein Gorilla auf allen Vieren, achtete aber darauf, dass seine Waffe nicht nass wurde. Sie suchten den ganzen Bereich ab, fanden aber keine Spur von dem Strohbär.

„Zeig dich, du Bastard", knurrte Müller.

Seine Finger krampften sich um die Maschinenpistole.

‚Zwei Kröten, schau, zwei Kröten, watscheln wie die Enten, blind wie Fische, schade, schade, so ein Pech, muss euch wohl töten, Jungs, schade, schade, schade, schade, bin doch einer von den Guten, schade, schade.'

Dann zündete er den ersten Sprengsatz.

Finn rannte gerade an einer Apotheke vorbei, als eine Explosion ihren Donnerhall über die Stadt wälzte. Er sah nach oben. Die Börse wirkte wie eine gigantische Kerze. Jemand hatte einen Docht auf ihr angezündet. Hundert Meter weiter sprangen Kommissar Peters und sein Streifenpartner aus dem Wagen.

Von dem Kreisel rasten zwei weitere Streifenfahrzeuge heran und bremsten mitten auf der Straße. Steinmann sprintete zu ihnen und rang nach Luft. Er bedeutete zwei Kollegen, dort zu bleiben, um den Verkehr zu regeln. Nachrückende Kollegen mussten eingewiesen werden.

„Ihr anderen kommt mit. Der Strohbär ist da drin! Aber es ist nicht Helmut Strohm! Gib das auf jeden Fall weiter! Er hat uns reingelegt. Herbert und Frank stecken in der Klemme!“

Die Männer staunten. Horst Engel hatte bereits durchgegeben, dass der gesuchte Killer in der Börse war, aber nicht, dass sie den falschen Mann suchten.

Finn ließ sich keine Gelegenheit zum Verschnaufen. Er hastete bereits über die Straße zur Börse.

Herbert Lanzinger sprang auf die Beine. Ganz oben, auf der Spitze des Dachaufbaus, dort, wo das Edelsteinsymbol über der Stadt thronte, schoss eine Feuerlanze kerzengerade in den Himmel. Sie erhellte flackernd die feucht glänzende Umgebung. Einen Moment sah es so aus, als würden die beiden Polizisten auf der öligen Haut eines gigantischen Reptils stehen, dann stürzte die Flammensäule in sich zusammen.

Das Diamantzeichen brannte. Sein Material war anscheinend nicht feuerfest, oder jemand hatte es präpariert. Das Feuer trotzte dem Regen und loderte grell auf. Funken sprühten.

„Er hat sich an das Symbol gefesselt“, brüllte Müller unvermutet und rannte zur Aufstiegsleiter des Baugerüstes.

„Tatsächlich“, murmelte Lanzinger und folgte seinem Partner.

Ein menschlicher Schatten klebte an dem brennenden Zeichen. Er hatte Arme und Beine weit von sich gestreckt. Die Polizisten kletterten eilig an dem Gerüst hoch und verloren die Sicht auf die Person.

Aber sie hörten seine Schreie.

Herbert Lanzinger hatte einmal ein Reh auf einer nächtlichen Streifenfahrt überrollt. Das arme Tier hatte Geräusche von sich gegeben, die ihn an eine Mischung aus Reifenquietschen und Säuglingsweinen erinnert hatten.

Der Mensch, der dort oben am Diamantsymbol verbrannte,

schrie genauso. Lanzinger wusste sofort, dass er dieses Gebrüll sein ganzes Leben lang mit sich tragen würde. Er hörte Frank Müller rufen, er solle sich beeilen, er hörte das nervtötende Tak-Tak des Regens, er roch brennendes Fleisch, er sah flackerndes Feuerlicht, welches große Teile von Idar wie eine lustige Kaminflamme beleuchtete, und er spürte, wie Tränen der Wut aus seinen Augen rannen. Wie um alles in der Welt hatte dieser Bursche so schnell sein können? Sie waren ihm doch praktisch auf dem Fuß gefolgt.

Lanzinger blickte auf. Er sah Müllers Beine, die sich auf den höchsten Punkt der Edelsteinbörse schwangen. Die Maschinenpistole kratzte über den Beton, dann erreichte er selbst das kleine Aufbaudach.

„Du Vollidiot!", schrie Müller den lichterloh brennenden Menschen an, der wie eine abgestochene Sau kreischte und den Kopf hin und her warf.

Lanzinger taumelte würgend hinter ihm auf die Beine. Ein plötzliches Aufflackern von Polizeiinstinkt stoppte seine Bewegung, und er packte seinen Freund bei den Schultern.

„Frank! Frank, sieh doch, er ist an beiden Handgelenken gefesselt!"

Müller starrte ihn verständnislos an.

„Er kann sich nicht selbst gefesselt haben! Es muss noch jemand hier sein!"

Frank Müller zuckte wie unter einem Stromschlag zusammen. Er fuhr auf dem Absatz herum und riss panikartig die Waffe hoch. Lanzinger rollte sich zur Seite, als ein kurzer Feuerstoß aus der Maschinenpistole ratterte.

Zuerst glaubte er, Müller habe auf ihn geschossen, aber dann sah er die mächtige Gestalt, die sich von hinten angeschlichen hatte und blitzartig aus der Schussbahn gesprungen war.

Groß. Breit. Ein tonnenförmiger Brustkorb. Die Körperhaltung eines Golems. Ein dunkler Kopfaufsatz.

Der Strohbär.

Finn stand ungeduldig in der dunklen Fahrstuhlkabine. Der Strohbär hatte offenbar Gefallen an seinem Sichtgerät gefunden und dafür gesorgt, dass zukünftige Passagiere ohne Licht die Stockwerke wechseln mussten.

„Was machen wir, wenn wir ihn sehen?“, fragte Peters. „Weißt du, wer er ist?“

„Nein. Aber dort oben können nur Herbert, Frank und Helmut Strohm sein. Der vierte Mann ist der, den wir stoppen müssen. Ich will ihn lebend. Wir diskutieren nicht mit ihm, wir verhandeln nicht mit ihm. Katja Neisingers Hinweise waren eindeutig. Er ist unberechenbar, höchst aggressiv und skrupellos. Wir müssen uns auf die gleiche Ebene begeben. Ich möchte, dass er sofort niedergestreckt wird. Schießt ihm in die Beine. Er darf keinen Spielraum haben. Jede Möglichkeit zu einer Handlung bringt uns alle in Gefahr.“

Betretenes Schweigen herrschte in der Kabine. Die sechs Männer bereiteten sich auf den Einsatz von Schusswaffen vor. Auch wenn jeder Polizist regelmäßig den Schießstand aufsuchte – auf lebende Menschen zu zielen war ein Moment, der einen für immer prägte. Den Abzug zu krümmen und eine Kugel auf die Reise zu schicken gehörte ins Reich der Albträume.

Der Fahrstuhl hielt an. Finn schloss die Finger um das Griffstück seiner Pistole. Die Tür öffnete sich. Taschenlampen leuchteten wie Laserschwerter auf und erhellten den Vorraum des Restaurants. Neben dem Fahrstuhl führte eine Feuerschutztür in den Treppenschacht.

Das Rattern einer Maschinenpistole ließ die Männer zusammenfahren. Der Knall des kurzen Feuerstoßes hallte durch den Schacht. Finn überwand seine Schrecksekunde als Erster und zog die Tür auf. Er wartete nicht, sondern rannte die Treppe hinauf, nahm mehrere Stufen auf einmal. Hinter ihm beeilten sich die Schutzpolizisten, Licht zuckte durch den Schacht.

Finn erreichte die Abschlusstür. Er packte den demolierten Griff und spannte seine Muskeln an. In diesem Moment ertönte eine zweite Explosion.

Herbert Lanzingers Verstand saugte das Szenario wie ein trockener Schwamm auf und speicherte es für die Ewigkeit. In seinem Rücken loderte die Hölle, begleitet von den irren Schreien eines verbrennenden Menschen. Vor ihm, flackernd angestrahlt vom orangefarbenen Licht der Flammen, stand ein wahrer Gigant von einem Mann. Der Riese trug eine Pistole, die in seinen behandschuhten Pranken lächerlich klein wirkte.

Frank Müller hielt den Strohbär im Visier. Sein Feuerstoß war daneben gegangen, aber nun bewegte sich der Mann nicht mehr. Er stand reglos und beachtete die Polizisten nicht. Er lauschte anscheinend den Todesschreien von Helmut Strohm.

Lanzinger war immer noch in der Hocke. Er hatte seine P5 beidhändig auf den Strohbär gerichtet. Er dachte ständig an die Rechnung, die er mit dem Kerl noch zu begleichen hatte.

Als Helmut Strohm endlich verstummte, bewegte sich der Strohbär. Es ging viel zu schnell, um dies verhindern zu können. Die freie Hand des Riesen ballte sich zu einer Faust.

Teile der Gerüstkonstruktion lösten sich infolge einer zweiten Explosion von der Wand und brachten das ganze Gebilde zum Einsturz.

„Er hat einen Fernzünder", brüllte Herbert Lanzinger und zielte entschlossen auf die Beine des Strohbären.

Der Hüne sprang blitzschnell vorwärts. Zwei Schüsse lösten sich aus seiner Pistole. Frank Müller taumelte getroffen rückwärts.

Lanzinger feuerte ebenfalls. Er musste die Waffe hochnehmen und traf den Strohbär mitten in den Brustkorb. Der Riese schwankte kurz.

Aber er fiel nicht. Stattdessen sah Lanzinger, wie sein Gegner die Pistole auf ihn schwenkte. Ein Mündungsblitz flammte grell auf. Lanzinger sprang gleichzeitig zur Seite.

Die Kugel, die seinen Schädel wie eine reife Melone hätte platzen lassen, verfehlte ihn und durchschlug seinen Oberarm. Lanzinger fühlte einen grässlichen Schmerz im Bizeps. Der Muskel wurde durchtrennt und zog sich nach beiden Seiten wie eine gekappte Girlande zusammen.

Lanzinger schrie.

Finn hörte Lanzinger brüllen und wusste sofort, dass es ein Schmerzensschrei war. Er rannte auf das Dach der Börse. Seine Aufmerksamkeit wurde augenblicklich von den beiden Flammensäulen an dem Dachaufbau gefesselt. Das Diamantzeichen auf der Spitze brannte bereits aus. Nur am Rande bemerkte Finn den leblosen Körper, der daran hing.

Die zweite Flammenwand war an der Seite des Aufbaus entstanden. Ein Loch klaffte im Beton. Die meterhohe Gerüstkonstruktion war in sich zusammengestürzt, was eine Kletteraktion schwierig machen würde.

Finn sah den Strohbär auf dem Aufbau stehen. Der menschliche Panzer stand aufrecht wie ein Triumphator. Zwei Polizisten krümmten sich zu seinen Füßen. Er beachtete sie nicht, sondern deutete auf die Neuankömmlinge und ballte seine Faust.

Finn hielt es für eine Drohgebärde, doch einen Sekundenbruchteil später wurde er eines Besseren belehrt.

Der Strohbär hatte sich gut vorbereitet. Seine dritte Bombe platzte inmitten eines Pulks aus Baucontainern und verwandelte diese in eine tödliche Splitterwolke. Finn fühlte sich von der Druckwelle hochgehoben. Er rutschte über den Boden und rechnete jeden Moment mit dem scharfen Schmerz eines einschlagenden Trümmerteils. Aber er blieb unversehrt.

Die hinter ihm stehenden Polizisten hatten weniger Glück. Der Sprengsatz war dafür ausgelegt, ungebetene Gäste schon an der Zugangstür aufzuhalten. Peters, der ganz vorne auf das Dach gestürmt war, bekam einen großen Brocken direkt auf den Oberkörper. Zwei Männer neben ihm sahen sich einem pfeifendem Schwarm kleinster Steinsplitter ausgesetzt, der die Gesichtshaut wie winzige Skalpelle aufschnitt. Schreie hallten durch die Nacht. Finn sprang benommen auf die Beine. Er war bis vor den Aufbau gerutscht. Der Strohbär konnte ihn hier nicht sehen. Kleinere Brandherde um ihn herum zischten unter den Regentropfen wie aggressive Schlangen.

Steinmann blickte auf die Tür und sah die restlichen Beamten, die trotz Todesangst ihre verletzten Kollegen in das Innere des Treppenhauses zerrten.

Er war allein auf dem Dach.

‚Einer fehlt, wo steckt er, es ist der Hauptkommissar, egal, wo steckt er, sei vorsichtig, verschwinde, das Ziel ist erreicht, alle vier sind tot, wo steckt er, zeig dich endlich – dann leck mich doch.'

Finn hörte die schweren Schritte des Strohbären über sich auf dem Aufbau. Er hoffte, dass Lanzinger und Müller noch lebten. Martinshörner erklangen auf der Straße, die einundzwanzig Stockwerke tiefer lag. Er betrachtete die Gerüstkonstruktion. Eine Metallleiter hatte sich vom Hauptteil gelöst und lag in seiner Nähe. Er packte sie so leise wie möglich, hoffte, das Rauschen des Unwetters würde seine Handlungen übertünchen.

‚Bisher hast du gegen uns gearbeitet', beschwor Finn den Regen, ‚jetzt kannst du dich revanchieren.'

Er stellte die verbogene Leiter gegen die Wand und erklomm die ersten Sprossen. Wieder hörte er das Stampfen des Strohbären. Der Mann entfernte sich anscheinend auf die andere Seite des Aufbaus. Finn kletterte hastig drei weitere Sprossen in die Höhe. Er verharrte.

Lauschte.

Keine Reaktion.

Finn erreichte das Ende der Leiter. Um den Rand des Aufbaus zu greifen, musste er sich strecken. Er packte den Rand und zog sich hoch, biss die Zähne zusammen, um nicht zu ächzen.

Er sah Herbert Lanzinger, der sich am Boden wand. Frank Müller lag reglos auf dem Rücken. Regentropfen schlugen in sein blasses Gesicht. Finn hätte fast geheult vor Wut.

Der Strohbär war mit einem langen Seil beschäftigt, das er sich nach Art eines Bergsteigers um den Körper wickelte.

‚Das Schwein will abhauen', dachte Finn. ‚Er will außen an der Börse absteigen.'

Finn kroch zu Müller und nahm ihm die Maschinenpistole aus den kalten Fingern. Er konnte nicht sagen, ob der Oberkommissar noch atmete. Dann stand er langsam auf und nahm sich Zeit, auf den Strohbär zu zielen.

„Keinen Schritt weiter", sagte Finn laut. „Hände hoch."

Sein riesiger Gegner blieb stocksteif stehen. Er trug eine Kapuze, die seinen Kopf verdeckte.

„Nimm die verdammten Hände hoch!", brüllte Finn.

„Nein."

Er sprach ohne seinen Verzerrer.

‚Ich habe diese Stimme schon einmal gehört.'

„Dreh dich um!"

„Nein."

Finn überlegte. Dann legte er sich flach auf den Boden und zielte auf den Strohbär. Er vermied jedes verräterische Geräusch.

„Dreh dich um, verdammt noch mal, sonst schieße ich dir die Beine weg!"

„Das glaube ich dir nicht."

Der Strohbär wirbelte herum. Woher er so plötzlich die Pistole wieder in der Hand hatte, war Finn ein Rätsel. Der Hüne wirkte jedoch einen winzigen Moment irritiert, da niemand hinter ihn stand. Dass einer mehr vor ihm lag, übersah er.

Finns Feuerstoß traf seine säulenartigen Beine. Der Strohbär knickte in den Knien zusammen und schoss in die Luft. Kein Schmerzenslaut kam über seine Lippen.

Steinmann sah bestürzt, dass sich der Mann wieder erheben wollte.

‚Das gibt es nicht', dachte er.

Der Strohbär schoss noch einmal. Finn spürte den Luftzug des Projektils. Auch er drückte den Abzug der Maschinenpistole durch. Der große Mann wurde nach hinten geworfen und blieb still liegen.

Finn wuchtete sich auf die Beine. Er ging rückwärts und warf einen raschen Seitenblick auf Frank Müller. Herbert Lanzinger presste mit schmerzverzerrtem Gesicht eine Hand auf seinen Oberarm.

„Finn!“

Peters tauchte am Rand des Aufbaus auf. Sein Gesicht war rußgeschwärzt. Die Weste hatte den größten Teil der Aufprallwucht abgefangen. Trotzdem waren drei Rippen gebrochen, wie später die Röntgenaufnahme zeigen sollte.

„Ich glaube, ich habe ihn. Er liegt da hinten“, deutete Finn mit der Maschinenpistole auf den Strohbär.

Peters nickte und zog sich ganz hoch. Er stöhnte.

„Wir können keine Erste Hilfe leisten, wenn dieses Monstrum vielleicht noch am Leben ist“, ächzte er.

Finn stimmte ihm zu. Gemeinsam näherten sie sich dem reglosen Riesenkörper. Mit Kapuze und Sichtgerät mochte er gut und gerne 2,20 Meter groß sein.

Steinmann und Peters blieben bei dem Strohbär stehen. Es war keine Atmung zu erkennen. Finn bückte sich und rollte die Kapuze zurück. Dann zog er mit einem kräftigen Ruck das Sichtgerät vom Kopf des Mannes.

„Nein“, heulte Herbert Lanzinger. „Oh, nein.“

Er hatte sich erhoben und die Aktion beobachtet. Jetzt betrachtete er fassungslos das Gesicht des Strohbären. Der Mann war zweifellos tot. Die gebrochenen Augen blickten leblos in den Himmel. Regentropfen sammelten sich auf den Augäpfeln.

Peters stützte sich auf seine Knie und weinte bitterlich. Finn spürte, dass auch ihm Tränen in die Augen schossen. Tränen des Unglaubens. Des Unglaubens darüber, dass einer aus ihrer Mitte hier niedergestreckt auf dem Boden lag.

Der Strohbär war ein Polizist.

Es war Klaus Frankenstein.

31.

Finn hustete erstickt. Er konnte den Blick nicht von Frankensteins Gesicht abwenden. Sein Körper bebte. Er hatte bei der Explosion Prellungen erlitten. Er fühlte sich matt und ausgelaugt.

‚Reiß dich zusammen', schalt er sich. ‚Ein Polizist ist schwer verletzt. Beweg dich!'

Steinmann drehte sich schwerfällig um. Peters murmelte etwas. Seine Hautfarbe war aschfahl geworden. Er sah aus wie eine lebende Leiche.

Herbert Lanzinger kniete am Boden. Seine Augen waren vor Schreck geweitet. Ein Speichelfaden hing von seinem Kinn herab. Er wandte sich zeitgleich mit Finn von dem toten Strohbär ab und kroch zu Frank Müller. Finn erreichte den Oberkommissar zuerst.

„Lebt er noch?", keuchte Lanzinger verzweifelt.

Finn legte sein Ohr an Müllers Mund, aber er konnte nicht feststellen, ob der Mann atmete. Der Regen und der Wind gestatteten es nicht. Er fummelte hastig an Müllers Jacke. Seine Hände färbten sich plötzlich rot.

„Scheiße, scheiße, scheiße, scheiße", fluchte Lanzinger und weinte.

Jetzt verstand er, was Frank Müller im Birkenfelder Wald durch den Kopf gegangen war, als er selbst verletzt im Streifenwagen gesessen hatte. Unbewusst griff Lanzinger an seine Stirn und befühlte das große Pflaster.

„Hilf mir", sagte Finn barsch.

Lanzinger nickte und zog Müllers Dienstjacke auf. Steinmann schob seine Hand in den Spalt und legte sie flach auf Müllers Brustkorb.

Lanzingers Lippen bebten. Sein Arm schmerzte höllisch. Es war ihm egal. Peters taumelte keuchend heran. Er hielt sich die Seite. Der Kommissar ging neben Lanzinger auf die Knie und versorgte notdürftig die Schusswunde. Der Oberkommissar beachtete ihn nicht.

Finn tastete suchend mit seiner Hand Müllers Brustkorb ab. Offenbar hatte die Kevlarweste eines der beiden Geschosse abgehalten. Finn ertastete die Kugel und legte sie in die Regen. Das andere Projektil war unglücklicherweise an der Weste vorbeigestreift. Es schien irgendwo am Schlüsselbein in Müllers Körper eingedrungen zu sein. Finn schob die Hand unter die Weste.

„Er lebt!“, schrie er, lachte und weinte gleichzeitig. „Er lebt!“

Lanzinger stützte den Kopf auf die geballte Faust. Seine Schultern zuckten auf und ab.

Andere Polizisten stiegen an der zerstörten Wand des Aufbaus hoch und umringten die vier verletzten Männer. Sie kümmerten sich sofort um Frank Müller und Herbert Lanzinger. Nur um den toten Strohbär herum schien eine unsichtbare Grenze zu sein. Niemand wagte es, zu nahe an ihn heranzutreten.

Finn betrachtete den Leichnam aus der Ferne.

‚Warum?’, fragte er sich. ‚Warum?’

Endspiel

Als endlich Stille einkehrt, öffnet sich eine kleine Tür im Wohnzimmerschrank. Ein normalwüchsiger Junge hätte nicht in das kleine Fach dahinter gepasst.

Ein Gnom wie Shorty schon.

Der Junge steigt schlotternd aus dem Schrank, in dem er die letzten Minuten verbracht hat. Seine Hände sind eine blutige Masse. Er hat sich in seiner Panik selbst gebissen.

Tims Schreie summen immer noch in seinen Ohren. Shorty blickt zitternd auf die Leiche seines besten Freundes. Sein kindlicher Verstand begreift die obszöne Körperhaltung nicht, in die ihn seine Mörder gerückt haben.

Er muss verschwinden. Er ist als Angsthase bekannt – zu Recht. Er fürchtet sich vor den Männern, von denen er nur die Stimmen kennt. Bis auf ein einzelnes, grinsendes Gesicht, das er durch einen Spalt in der Schranktür kurz gesehen hat. Es gehört einem Mann, der Hans heißt.

Sie werden ihn erwischen, noch bevor er jemandem erzählen kann, was hier passiert ist. Sie können nicht wissen, dass Tim ihn in dem Schrank versteckte, weil er Angst vor dem Strohbär hatte. Aber wenn sie es erfahren werden ... dann könnte es sein, dass sie ihm dieselben schrecklichen Dinge antun, die sie lachend und grölend bei Tim gemacht haben.

In der Welt des Fünfjährigen gibt es keine Polizeiermittler, die ihm helfen können. Es gibt nur Monster, Freunde und Eltern. Sein Vater glaubt ihm nie, wenn er etwas erzählt. Seine Mutter streicht ihm über den Kopf, aber er weiß, dass sie ihm nicht zuhört. Freunde hat er keine, der einzige, den es gibt, liegt nun tot und geschunden vor ihm.

Was bleibt, sind die Monster. Shorty hat vier Männerstimmen erkannt.

Er stürzt, da seine Beine ihren Dienst versagen und sein Gewicht nicht mehr tragen wollen. Er bricht direkt neben Tim zusammen. Ein Strohhalm sticht ihm in die Wange. Es ist überall. Er kriecht von der Leiche weg und bewegt sich wie eine Schnecke auf die Tür zu. Erst als er etwas Abstand gewonnen hat, findet er die Kraft, sich wieder zu erheben. Shorty taumelt aus der Haustür. Er denkt daran, dass Tim ihn nicht verraten hat. Sein Freund ist gestorben, ohne ihn in Gefahr gebracht zu haben.

Shorty schluchzt, als ihm bewusst wird, wie feige er ist. Er hätte etwas tun müssen, einen überraschenden Moment abwarten. Er hätte Hilfe holen müssen.

Shorty bemerkt es nicht, aber seine Wut zerstört alle Luftschlösser, die Jungs in seinem Alter produzieren. Er altert innerhalb weniger Sekunden zu einem verbitterten Greis.

Ein Arzt würde ihm eine schwere, geistige Störung attestieren - ein Trauma. Doch es ist kein Mediziner zur Stelle, um den Verstand des Jungen zu retten. Mit jedem Schritt verwandelt sich Shorty mehr und mehr. In seinem Geist entsteht am Rande des Irrsinns eine winzige Knospe und wächst zu einer Blume heran.

Shorty übt sich in Rachegedanken. Er muss sich bei Tim bedanken für das Schweigen, welches sein Leben gerettet hat. Er muss die bösen Männer schlagen und treten, ihnen sagen, was er von ihnen hält. Er muss sie bestrafen für die Frechheit, ihm seinen besten Freund weggenommen zu haben.

Shorty schluchzt wieder. Seine wilde Entschlossenheit presst einen Deckel auf die Angst und sperrt sie ein. Als er zu Hause ankommt, ist er beinahe ruhig. Er wischt sich ein letztes Mal über die Augen. Das Zittern verschwindet. Er betrachtet seine immer noch blutende Hand. Er wird sich eine Ausrede einfallen lassen müssen. Ja, eine Ausrede, etwas, um unerkannt zu bleiben.

In jenem Augenblick im Frühjahr 1979 löst sich der kindliche Verstand des Jungen auf. Obwohl er atmet, stirbt er. An seine Stelle tritt ein anderes Bewusstsein. Die Blume in Shortys Kopf öffnet sich zu einer prächtigen Blüte. Sie hat jedoch keinen Kelch.

In ihrer Mitte liegt nur ein Halm aus Stroh.

32.

Finn wartete schweigend, bis der Techniker die Tür aufgesperrt hatte. Er hing düsteren Gedanken nach und kehrte immer wieder zu dem Augenblick zurück, in welchem er den Strohbär erschossen hatte. Die Projektile rasten aus dem kurzen Lauf der Maschinenpistole und drangen schmatzend in Frankensteins Körper ein.

Das entstellte Gesicht des Kommissars verfolgte ihn seitdem. Sein Antlitz war noch im Tod eine Fratze der Wut gewesen. Dr. Neisinger hatte nach einer ersten Sichtung festgestellt, dass sieben Kugeln in seinem Körper steckten. Eines der Geschosse, wahrscheinlich das letzte, war von unten durch Frankensteins Rippen gedrungen und hatte sein Herz durchbohrt. Die anderen Einschläge hatte er mehr oder weniger ignoriert. Katja Neisinger vermutete einen starken Chemiecocktail in Frankensteins Leiche. Die Obduktion mochte es zeigen. Er war gestorben, ohne zu wissen, wie ihm geschah.

Helmut Strohm war bis zur völligen Unkenntlichkeit verbrannt. Niemand hatte ihm helfen können. Die Hitze des Feuers hatte ihn eingedampft, sein Körperfett war mit der Kleidung verschmolzen. Er hing an dem Diamantzeichen wie zu lange gebratenes Grillgut und glänzte in einem öligen Schwarz. Die Identifizierung würde nur über seine DNA möglich sein. Speichelproben auf den Jointresten in seiner Wohnung mochten dabei helfen.

„Die Tür ist jetzt offen“, sagte der Techniker und zog sich zurück.

„Wollen wir?“, fragte Aslan.

Finn nickte und drückte die Tür zu Klaus Frankensteins Wohnung auf. Er erwartete abgestandene Luft und eine düstere

Atmosphäre, aber stattdessen trat er in gut gelüftete Räumlichkeiten. Er dachte an die vielen Polizisten, die von dem Kommissar verletzt worden waren. Eine Fügung des Schicksals hatte dafür gesorgt, dass alle überlebt hatten. Auch Frank Müller, den es am schwersten getroffen hatte, würde durchkommen. Er lag bereits im OP.

Die Beamten bewegten sich träge durch Frankensteins Wohnung. Das schreckliche Wissen, einen aus den eigenen Reihen, einen Serienmörder, gestellt zu haben, lähmte die Männer und Frauen.

Der Strohbär war ein Einzelgänger gewesen. Sein Wohnzimmer unterschied sich völlig vom Rest des ansonsten normalen Appartements. Er konnte unmöglich Besucher gehabt haben. Jeder Gast wäre sofort zurückgeschreckt.

Das Wohnzimmer war der Tempel eines Irren. Die Wände hatte Frankenstein schwarz gestrichen, was den Raum bedrückend eng machte. Fotografien und Zeitungsausschnitte bedeckten große Teile der Wände. Sie zeigten gequälte Kinder und Berichte von Misshandlungen.

An einer Art Schrein stand ein lebensgroßes Strohbärkostüm. Die Ermittler blickten andächtig auf den sorgfältig geflochtenen Anzug, der wohl nur Klaus Frankenstein selbst gepasst hatte. Dunkle Flecken verunzierten das Stroh. Es war Blut.

„Wahrscheinlich finden wir verschiedene Blutgruppen, wenn wir Proben davon nehmen“, sagte Aslan.

„Ja“, antwortete Finn rau. „Ich nehme an, er hat das Kostüm getragen, als er die Männer tötete.“

Er hatte Angst davor, was sie noch alles finden würden.

Die nachfolgenden Tage waren ein Spießrutenlauf für die gesamte Inspektion Idar-Obersteins. Es herrschte ein kollektiver Schockzustand.

Die Wohnung von Klaus Frankenstein war ein unheimlicher Ort. Der entsetzlichste Fund waren Tonbandaufnahmen, auf denen die Geständnisse von vier verängstigten Männern zu hören waren. Sie schilderten im Detail, dass und wie sie Tim Scherer getötet hatten. Krönender Abschluss der Aufnahmen – bis auf die von Strohm - war ihr eigenes Ableben, welches Frankenstein wie ein Nachrichtensprecher kommentierte. Er zeigte keinerlei Gefühlsregung. Die Geräusche waren entsetzlich. Die Auswertung der Tonbänder würde den Einsatz von Polizeipsychologen erfordern. Eines war jetzt schon deutlich: Die Rolle der einzelnen Täter bei Tims Ermordung wurde durch die Art und Weise gespiegelt, wie sie von Frankenstein präpariert worden waren.

Zusätzlich zu dem bizarren Wohnzimmer verfügte Frankensteins Wohnung über einen steril eingerichteten Trainingsraum. Hier hatte der Kommissar seine Muskeln geschunden, mit unglaublichen Gewichten, wie es schien. Ein Vorratsschrank enthielt Medikamente in einer Auswahl, die schwindelig machte. In seinem Schlafzimmer fand sich ein kleines Tagebuch – ein wichtiges Dokument, wie sich zeigen sollte.

Sein Appartement war jedoch nicht der Ort, an dem die Opfer gestorben waren. Dafür hatte er einen kleinen Verschlag auf einem Waldgrundstück benutzt, der offenbar nur zu diesem Zweck von ihm gekauft worden war. Die Polizisten hatten sich nur mit Atemschutzgeräten in der Hütte bewegen können. Es roch dort wie in einer Metzgerei – einer Metzgerei, die schon seit Jahren nicht mehr gereinigt worden war. Hier hatte er auch den Sprengstoff hergestellt. Das Zeug nannte sich Hexogen, ein ohne Rückstände explodierendes Gemisch aus Lebensmitteln, die in jedem Supermarkt erworben werden konnten. Es reagierte mit Feuer, was den Einsatz der Benzinzünder erklärte.

Frankenstein hatte seine ersten Lebensjahre in Mohnweiler verbracht. Die Ermittlungen ergaben, dass es sich bei den Frankensteins um eben jene Familie handelte, die damals für ihre Kleinwüchsigkeit bekannt war. Der jüngste Spross, der Junge, der nur als Shorty bekannt gewesen war, hörte auf den Namen Klaus.

Die Autopsie von Dr. Neisinger ergab schauerliche Details. Die Organe von Kommissar Frankenstein hatten nur noch notdürftig funktioniert. Es war anzunehmen, dass er höchstens noch vier oder fünf Jahre gelebt hätte. Der Zerfall rührte von der übermäßigen Zufuhr illegaler Aufbaustoffe her, von denen die am Kammerwoog gefundenen Steroide noch die harmlosesten waren. Sechzehn verschiedene Medikamente fand Dr. Neisinger in Frankensteins Magen. Seine Knochenstruktur wies starke Verwachsungen und Fehlstellungen auf. Die Ärztin stellte fest, dass sich der Kommissar schon von Jugend an mit dem Längenwachstumsmittel STH bis zu seiner enormen Körpergröße gequält hatte, einem Medikament, welches noch Mitte der achtziger Jahre aus der Hypophyse von Toten gewonnen worden war. Der Fall Frankenstein erregte medizinisch internationales Aufsehen. Ein derartiges Wachstum war noch nie beobachtet worden.

Klaus Frankenstein hatte schon damals Zeitungsberichte von dem Mord an Tim Scherer gesammelt. Die Psychologen waren der Ansicht, dass er zu jener Zeit bereits mit Rachegedanken gespielt hatte, was die Frage nach dem Geisteszustand des fünfjährigen Shorty aufwarf. Wie mochte eine Jugend verlaufen sein, die noch im Vorschulalter von Mordabsichten geprägt worden war? Welch eisernen Willen hatte Shorty aufbringen müssen, sein Ziel nicht aus den Augen zu verlieren? Er hatte willentlich seine Gesundheit riskiert, um den vier Bestien als Erwachsener überlegen zu sein. Er hatte gelauert, bis zu dem Tag, an dem ihm ein bekanntes Gesicht über den Weg lief. Deshalb war er wohl Kripobeamter geworden – hier hatte er am ehesten Chancen gesehen, Tims Peiniger zu finden.

Frankenstein hatte die Namen der Mittäter bei dem über zwei Jahre zurückliegenden Verhör von Hans Köhler erfahren. Er hatte Köhler geschickt auf alte Freunde angesprochen, ohne seine wahren Absichten zu verraten.

Der Kommissar hatte die Bewährungsstrafe des Mannes abgewartet. In dieser Zeit war er schon mit den Vorbereitungen für seinen Feldzug beschäftigt gewesen. In seiner Wohnung fand sich noch die alte Rechnung von dem Industriehaken, den er bereits vor einem Jahr in der Sohni-Schmiede platziert hatte. Er erwarb gleichzeitig das kleine Grundstück am Wald, abgelegen, ruhig. Die riesige Holzkiste, die in der Hütte stand, stank wie ein Abort. Aslans Leute fanden heraus, dass ein Mensch darin für längere Zeit gelegen hatte. Probenvergleiche belegten, dass es Lochner gewesen war.

Als dann Köhlers Bewährung ablief, war es soweit. Frankensteins Hass entlud sich in dieser beispiellosen Mordserie.

Am Schluss hatte er sogar in aller Seelenruhe die Wohnung von Helmut Strohm präpariert, um die Ermittler auf die falsche Fährte zu locken. Den Hinweis „10 leuchtet" hatte er wohl in einem Anflug schwarzen Humors von Strohm auf die Zeitungen kritzeln lassen. Finn musste einsehen, das Geschreibsel falsch gelesen zu haben. Es hieß in Wirklichkeit „I-O leuchtet", ein Synonym für das kulturelle Leben in der Edelsteinmetropole. Der Begriff war rasch zum geflügelten Wort geworden. Beschleunigt wurde der Prozess durch die Beleuchtung bestimmter Fenster in der leeren Börse, die die Initialen I und O gezeigt hatten.

Der Strohbär hatte ihnen also ganz offen seinen letzten Tatort präsentiert. Niemand hatte es kapiert.

Finn fragte sich ständig, warum Frankenstein so sicher hatte sein können, dass Köhler einer der Männer war, die seine Jugend vorzeitig beendet hatten. Er konnte schließlich nicht einfach geraten haben. Die Vernehmungsprotokolle von damals deuteten in keiner Weise darauf hin. Wie hatte er ihn erkannt? Die Akte von Tim Scherer brachte Finn in dieser Frage nicht weiter. Es würde wohl für immer ein Rätsel bleiben.

Das Medienecho auf den Fall war enorm. Die Boulevardpresse liebte nichts so sehr wie einen Nestbeschmutzer. Die meisten Zeitungen charakterisierten den Strohbär als geistesgestörten Irren, einige wenige als den einzig wahren Polizeibeamten Deutschlands. Rechte Gruppierungen forderten eine Art Heiligsprechung für Frankenstein.

Finn hatte den Abschlussbericht vorgelegt und dann die Heimreise nach Trier angetreten. Zwischenzeitig war auch sein Wagen repariert worden. Steinmann erntete Hohn und Spott, als bekannt wurde, dass ihm ein Marder einige Kabel blank gebissen hatte. Er behielt den zerfetzten Schlauch als Anschauungsobjekt.

Der Abschied von den anderen fiel kurz und schmerzlos aus. Steinmann wusste, dass man sich irgendwann wiedersehen würde. Nur mit Herbert Lanzinger sprach er etwas länger und notierte sich die Geheimnisse eines gut eingelegten Schwenkbratens.

Dann dankte er ihm – ihm und seiner Intuition, die dazu geführt hatte, dass Frankenstein aufgehalten worden war. Die Psychologen gingen davon aus, dass der Strohbär über kurz oder lang weitergemacht hätte. Er saß schließlich an der Quelle und hatte sicherlich zahlreiche Kandidaten im Kopf gehabt, die Mittelpunkt von Strohkreisen hätten werden können.

Aslan war schon längst wieder in der Direktion Trier. Er hatte sich gefreut wie ein kleines Kind, als er zu seiner Familie gefahren war.

Für Finn war es einerlei, wo er Dienst tat. Obwohl er in Trier lebte, war es doch nicht seine Heimat. Er kam sich vor wie ein Vagabund. Vielleicht würde er eines Tages wieder in den Norden gehen.

Er machte auf der Autobahn eine kurze Rast und kehrte in Gedanken wieder zu Klaus Frankenstein zurück. Die Fixierung auf das Stroh hatte nicht ganz geklärt werden können. Irgendwie schien der Kommissar keine Vergangenheit zu haben. Es hatten sich keinerlei Erinnerungsstücke in seiner Wohnung befunden, die den Mensch Klaus Frankenstein ausmachten. Es war, als sei er keine reale Person gewesen, sondern nur eine gesellschaftliche Maske, die morgens angelegt wurde, um die Kollegen zu täuschen.

In diesem Moment kam Finn der Wahrheit sehr nahe. Aber er entfernte sich wieder von ihr, als hätte er Angst davor. War der Kommissar am Ende nur eine leere Hülle gewesen? Hatte er sich selbst für einen Strohbär gehalten, und nicht mehr für einen Menschen? Finn fürchtete, zu weit in die Motivation Klaus Frankensteins einzudringen und führte den Gedanken nicht weiter.

Er malte mit seinem Fuß einen Kreis in den lockeren Boden

unter der Bank, auf der er saß. Die Strohkreise waren Frankensteins Fingerzeig auf die Bedeutung seiner Handlungen gewesen. In seiner Wohnung hatten sich Bücher über die tibetanischen Mandalas gefunden. Offenbar fand sich hier das einzig private Element in Frankensteins Leben, das nur aus Planungen bestanden hatte.

Viele Fragen würden für immer ungeklärt bleiben. All jene, die etwas dazu hätten sagen können, waren tot. Der Mord an Tim Scherer war aufgeklärt. Die Tiere, die ihn getötet hatten, waren am Ende selbst auf einer Schlachtbank gestorben. Der Mann, der diese Aufgabe übernommen hatte, lebte ebenfalls nicht mehr.

Sara Schmidt, Frankensteins Kollegin, berichtete von zahlreichen seltsamen Bemerkungen, die der Hüne von sich gegeben hatte. Sein Unverständnis über die Rechtsprechung bekam nun eine gänzlich andere Gewichtung. Auch seine häufigen Toilettenbesuche standen nun in einem neuen Licht. Es war der einzige Ort, um ungestört Medikamente zu sich nehmen zu können.

Finn seufzte und nahm noch einen Schluck Kaffee aus seiner Thermoskanne, die er sich in Idar-Oberstein gekauft hatte. Er dachte daran, die Stadt in naher Zukunft einmal als Tourist zu bereisen. Vielleicht gelang es ihm diesmal. Er griff in seine Jackentasche und zog einen kleinen Zettel heraus. Katja Neisingers private Telefonnummer stand darauf. Er war verlegen wie ein kleiner Junge gewesen, als er sie darum gebeten hatte.

Finn sah kurz zum Himmel auf. Hatte die SOKO „Strohbär“ Erfolg gehabt? Letztlich schon. Frankenstein war aufgehalten worden. Der Kommissar hätte weitergemacht, bis sein Körper versagt hätte. Daran klammerte sich Finn. Er dachte an Frankensteins Tagebuch, das er mit Bestürzung gelesen hatte. Jetzt verstand er die Geschichte, die der Strohbär erzählt hatte. Sie war düster und blutig.

Sie war aber gleichzeitig auch ein stummer Schrei nach Hilfe. Irgendwo in Frankensteins Gigantenkörper steckte der Geist eines kleinen Jungen fest, eines Kindes, das den Verlust des besten Freundes nie überwunden hatte. Die sporadischen Einträge in dem Buch belegten es.

Der winzige Funken Menschlichkeit hatte Frankenstein über all die Jahre davon abgehalten, auf eigene Faust Nachforschungen nach Tims Mörder anzustellen, wie ein Schutz, um nicht auf die gleiche Stufe abzugleiten.

Und dann hatte Köhler auf dem Spielplatz eine Dummheit begangen. Das Schicksal hatte ihn zu der einzigen Person geführt, die sich an das ungesühnte Verbrechen erinnerte, was bei Frankenstein eine Art Schock ausgelöst hatte. Ab diesem Punkt verschwand der kleine Junge aus den Eintragungen. Die Schrift wurde abgehackt und ließ eine persönliche Note vermissen. Shorty war gestorben, löste sich auf und kehrte nicht wieder.

‚Was für eine traurige Existenz', dachte Finn. ‚Frankenstein hat seine eigene Seele … subtrahiert.'

Was übrig blieb, war der Strohbär – ein eiskalter Rächer ohne nennenswerte Emotionen. Die Stimmverzerrung, die er zur Tarnung seiner Identität mittels eines simplen technischen Geräts bewerkstelligt hatte, traf auf erschreckende Weise den Kern seines Wesens.

Eine menschliche Maschine.

Finn stand von der Bank auf und streckte seine Knochen. Er dachte an die Familie Scherer, die er direkt nach Abschluss des Falles persönlich darüber informiert hatte, dass Tims Mörder nach beinahe dreißig Jahren … unschädlich … gemacht worden waren. Die Scherers hatten nach dem Tod ihres Sohnes tapfer weitergelebt und sogar noch zwei Kinder bekommen. Finn stellte bei seinem Besuch bei den Scherers fest, dass einige Bilder von Tim in der Wohnung platziert waren. Als er sich von dem Ehepaar verabschiedete, ließ er eine weinende Frau zurück, die von ihrem Mann getröstet werden musste.

Finn dachte traurig daran, dass es Wunden gibt, die auch von der Zeit nicht geheilt werden.

Eine milde Brise wehte ihm um die Nase. Der Frühling stand vor der Tür. Er stieg in seinen Wagen und ließ den Motor an. Als er wieder auf die Autobahn fuhr, richtete er seinen Blick auf die Zukunft.

Nachwort

Die Welt, in der ein Ungeheuer wie der Strohbär agieren kann, ist ein fiktiver Schauplatz. Er gleicht dem realen Landkreis Birkenfeld in fast jeder Nuance, weicht aber in Details von ihm ab. Den kleinen Ort Mohnweiler mit seinem dunklen Geheimnis gibt es nicht. Die Anordnung der Räumlichkeiten innerhalb der Polizeiinspektion Idar-Oberstein ist frei erfunden. Es gehört zu den Freiheiten eines Schriftstellers, die verschiedenen Handlungsschauplätze nach seinen Bedürfnissen anzupassen. Dies habe ich getan. Mehrfach.

An dieser Stelle möchte ich meinen Dank jenen Personen aussprechen, ohne die der „Strohbär" nicht zu seiner unheimlichen Existenz gekommen wäre. Polizeihauptkommissar Horst Korb von der Inspektion Idar-Oberstein stand mir mehrfach für Interviews zur Verfügung. Er gab mir einen Einblick in das Tagesgeschehen innerhalb einer Wache. Ohne seine Anmerkungen hätte ich diesen Roman nicht vollenden können. Dafür gebührt ihm Dank. Auch Michaela Scherer und Andreas Stümke, die mich tatkräftig unterstützt haben, möchte ich meinen Dank aussprechen.

Die wichtigste Person wacht jeden Morgen neben mir auf. Meine Frau ist ein unerbittlicher Kritiker. Sie findet aufgrund ihres Berufes mit Leichtigkeit Fehler und Unregelmäßigkeiten, die mir im Schreibwahn schon längst nicht mehr auffallen. Ich danke dem Schicksal jeden Tag dafür, dass ich ihr über den Weg lief.

Thomas A. Ruhk, im April 2007